ULLSTEIN

Das Buch

Charlie Baileygates ist ein gutmütiger Polizist aus Jamestown, Rhode Island. Sanft wie ein Schaf, lässt er sich fast alles gefallen. Kein Wunder, dass die Mitmenschen dem allein erziehenden Vater von Drillingen so manchen Streich spielen und ihn gnadenlos ausnutzen. Doch dann bricht eines Tages aus Charlie ein zweites Ich hervor. Hank, so heißt der unverschämte Kerl, stellt Charlies geschockte Umgebung auf eine harte Probe. Mit Psychopharmaka gelingt es, Charlies alte Persönlichkeit wiederherzustellen und Hank auszuschalten. Charlie ist wieder Charlie. Sein Chef betraut ihn mit einer Sonderaufgabe: Charlie soll Irene Waters in ihren Heimatort Messina eskortieren, wo ein Haftbefehl gegen sie vorliegt. Schon bald stellt sich jedoch heraus, dass Irene in größter Gefahr schwebt. Sie bittet ausgerechnet Charlie um Hilfe. Doch der lässt unterwegs seine Tabletten liegen – und damit hat Irene plötzlich zwei Begleiter: Charlie und Hank. Dass Irene, wie die Herren feststellen müssen, sich in akuter Lebensgefahr befindet, macht die Sache nicht einfacher ...

David Jacobs

Ich Beide & Sie

Der Roman zum Film

Aus dem Amerikanischen
von Anja Malich

Ullstein

Ullstein Taschenbuchverlag 2000
Der Ullstein Taschenbuchverlag ist ein Unternehmen der
Econ Ullstein List Verlag GmbH & Co. KG, München
Deutsche Erstausgabe

Titel der amerikanischen Originalausgabe: Me, Myself and Irene
(St. Martin's Press, New York)
Dieses Werk wurde im Auftrag von St. Martin's Press,
L.L.C., durch die Literarische Agentur Thomas Schlück GmbH,
Garbsen, vermittelt.
Übersetzung: Anja Malich
Redaktion: Dietmar Hefendehl
Umschlagkonzept: Lohmüller Werbeagentur GmbH & Co. KG, Berlin
Umschlaggestaltung: Init GmbH, Bielefeld
Titelabbildung: Cover art © 2000 Twentieth Century Fox
Film Corporation.
All Rights Reserved
Gesetzt aus der Sabon, Linotype
Satz: Josefine Urban – KompetenzCenter, Düsseldorf
Druck und Bindearbeiten: Elsnerdruck, Berlin
Printed in Germany
ISBN 3-548-25094-7

1

Stellen Sie sich einen Wurm vor.

Er kriecht wie eine Schlange, allerdings ist er nicht so gewandt, gefährlich oder giftig. Deshalb zollt ihm auch niemand Respekt. Genau genommen kriecht er noch nicht einmal, kriechen wäre zu schnell. Er kraucht. Wenn er auf ein Hindernis stößt, kraucht er drum herum. Er hat keine Wirbelsäule, die Nerven enden in der Haut. Halbiert man ihn, leben zwei neue Würmer weiter – jeder sein eigenes Leben.

Wenn das bei einem Wurm so ist, wie ist es dann bei einem Menschen?

Lesen Sie dazu, was Charlie Baileygates Seltsames widerfahren ist.

An einem Werktag Ende April, einem Tag, der sich von vornherein durch allerlei denkwürdige Ereignisse ausgezeichnet hatte, kehrte Charlie Baileygates früher als gewöhnlich von der Arbeit in sein kleines Vorstadthaus in Jamestown, Rhode Island, zurück. Es lag in einer sauberen Wohnsiedlung, die aus bescheidenen Häusern mit gepflegten Vorgärten bestand.

Im Vergleich blieb Charlies Rasen hinter dem Standard der anderen Gärten zurück. Er war voller Hundehaufen, was merkwürdig war, da Charlie gar keinen Hund besaß. Sein Nachbar Ed hingegen hatte zwei.

Ed, mit rotem, aufgeschwemmtem Gesicht, wusch sein Auto in der Einfahrt, als Charlie auf seinem Motorrad langsam vorbeifuhr und in die Einfahrt seines eigenen Grundstücks einbog.

Nachbar Ed beachtete Charlies Ankunft nicht weiter, wenn er sie überhaupt bemerkte. Charlie war ohnehin nicht der Typ, der viel Aufmerksamkeit erregte, abgesehen von dem Tss-tss-tss oder dem überheblichen Lächeln, wenn ihm mal wieder besonders übel mitgespielt wurde – und das geschah häufig.

Charlie stieg von seinem Motorrad und ging mit starrem, angespanntem Gesicht entschlossen auf Eds Grundstück zu. Er starrte in eine nicht existente Weite. Charlie war um die Vierzig, gepflegt, dunkelhaarig, mit straffen Gesichtszügen und langen, schlaksigen Armen und Beinen.

Er blickte immer noch stur geradeaus, als er dicht an Ed vorbeiging, der mit einem grünen Gartenschlauch, aus dem Wasser spritzte, in seiner Einfahrt stand. Als Charlie sich näherte, hörte Ed auf, das Auto zu waschen.

Ohne die geringste Andeutung eines Grußes und dem geringsten Anzeichen, dass er seinen Nachbarn überhaupt wahrnahm, schritt Charlie an Ed vorbei auf das Haus zu.

Ed stand erstaunt und doch amüsiert mit dem Gartenschlauch in der Hand da, aus dem in hohem Bogen ein gleichmäßiger Wasserstrahl in die Einfahrt spritzte.

Charlie betrat Eds Haus durch den Seiteneingang, den Ed nicht verschlossen hatte, als er herausgekommen war, um das Auto zu waschen. Ed war jetzt gar nicht mehr amüsiert und starrte umso erstaunter auf die Tür, hinter der Charlie verschwunden war.

Er kratzte sich am Kopf.

Als Charlie einen Moment später wieder herauskam, stand Ed immer noch regungslos mit dem Gartenschlauch in der Hand in seiner Einfahrt und bekam nasse Füße, da das Wasser auf dem Asphalt Pfützen bildete.

Charlie schien unverändert, abgesehen davon, dass er jetzt eine gefaltete Zeitung unter dem Arm trug. Noch immer tat er so, als sei Ed nicht da.

Er stellte sich mitten in Eds Vorgarten, zog sich Hose und Boxershorts hinunter und hockte sich hin, um einen Haufen auf den Rasen zu setzen.

Kurze Zeit später erhielt das nächstgelegene Revier der Rhode Island State Police einen Anruf. Jemand wollte Anzeige erstatten, dass ein gewisser Charlie Baileygates gerade auf dem Rasen seines Nachbarn Ed sein Geschäft verrichte. Und das am hellichten Tag! – Ein eindeutiger Verstoß gegen die Gesetze des Staates Rhode Island.

Und das war bei weitem nicht die einzige Anzeige, die heute gegen Charlie erstattet wurde. Beim zuständigen Polizeirevier war er kein Unbekannter. Ganz im Gegenteil.

Er war einer von ihnen.

Charlie Baileygates war Polizist.

Ja, er trug sogar noch seine Uniform, als er unaufgefordert menschlichen Dünger auf Eds Rasen verteilte. Zu dem Vergehen kam erschwerend hinzu, dass er sich in der Öffentlichkeit ohne Kopfbedeckung aufhielt, was gegen die allgemein gültigen Erscheinungs- und Verhaltensrichtlinien der Rhode Island State Police verstieß.

Wie war es dazu gekommen, dass Charlie Baileygates, Vater von drei Kindern, engagierter und nimmermüder Staatsdiener und langjähriger Gesetzeshüter, auf den Rasen seines Nachbarn schiss?

Zufall, sagen Sie? Falsch. Charlies neues Leben – wunderbar und schrecklich zugleich – war nicht einfach wie ein Giftpilz nach einer durchregneten Frühlingsnacht aus dem Boden geschossen.

O nein.

Charlies Zusammenbruch – oder Durchbruch, je nach Standpunkt, hatte eine jahrelange Vorgeschichte. Mindestens achtzehn Jahre. Achtzehn Jahre, in denen sein Ego erniedrigendem psychologischen Superstress ausgesetzt war.

Bei ausreichendem Druck, der lange genug ausgeübt wird, verwandelt sich ein Stück Kohle in einen glitzernden, harten Diamanten.

Der Geist eines Mannes wie Charlie verwandelt sich bei ausreichendem Druck, der lange genug ausgeübt wird, in ... *was*?

Eins ist sicher – Diamanten waren das nicht, die Charlie da in Eds Vorgarten hinterließ.

Die Quelle für Charlies Trauma lag weit in der Vergangenheit, aber die Wunden waren noch immer frisch. Begonnen hatte es vor fast zwanzig Jahren, als Charlie der beste Nachwuchspolizist der State Police war, ein Paradebeispiel des strengen, aber gerechten Gesetzeshüters, und bis über beide Ohren in die reizende junge Layla Hansen verliebt.

Warum auch nicht? Layla war nicht nur schön, sie war wohlgeformt. Und clever. Sie war Vorsitzende des örtlichen Verbandes von Mensa, der Gesellschaft für Hyperintelligente.

Charlie mag seine Qualitäten gehabt haben, aber hyperintelligent war er nicht. Das wurde einmal mehr deutlich, als Layla und er an einem heißen Sommertag auf einer Decke in einem lauschigen Eckchen auf dem Rasen im Park picknickten, Wein tranken und lachten.

Es war ganz nützlich, dass Charlie Polizist war, da es verboten war, im Park Wein oder andere alkoholische Getränke zu konsumieren. Aber er war nicht im Dienst, und in Zivil ging das schon mal.

Da lagen sie also, Charlie und Layla, zwei verrückte, verliebte Turteltäubchen, und fühlten sich mehr als okay, sie fühlten sich vollkommen in Ordnung.

Layla sagte: »Du kannst dir gar nicht vorstellen, wie sehr ich dich liebe, Charlie.«

Charlie lag ausgestreckt auf dem Rücken, mit dem Kopf in ihrem Schoß, und blickte in die Wolken, die über ihnen am blauen Himmel vorbeizogen. Auf einem langen, frischen, zahnstocherdicken Grashalm kauend erwiderte er: »Wirklich? Aber jetzt stell dir mal vor, wir müssten an den Südpol ziehen, dürften nie zurückkommen, und müssten für den Rest unseres Lebens Lebertran essen – würdest du trotzdem bei mir bleiben?«

Sie antwortete: »Ja.«

»Klar, das ist ja noch einfach. Aber was wäre, wenn ich bei einem schrecklichen Unfall vollständig gelähmt würde und du hinter mir her putzen, mir den Hintern abwischen und Tropfen in die Augen träufeln müsstest, weil ich noch nicht mal blinzeln kann. Würdest du dann immer noch bei mir bleiben?«

Layla seufzte: »Das tue ich doch jetzt schon, Charlie.«

Er blickte verlegen drein. »Das war nur ein einziges Mal und es wäre mir sehr lieb, wenn du das nie wieder erwähnst.«

»Okay, Charlie.«

»Und was wäre, wenn ich entführt würde und du mich nur frei bekämst, indem du einen riesigen Popel deines ärgsten Feindes isst, den du mit einem großen Eimer von Ben Johnsons Urin runterspülen musst.«

»Ja, Charlie. Ich würde es tun, aber ich hoffe trotzdem, dass es nicht dazu kommt.«

»Ja, ich auch, aber es ist trotzdem gut zu wissen – nur für den Fall der Fälle.«

Sie beugte sich zu ihm hinunter und sie fingen an, sich zu küssen. Der Grashalm, auf dem er kaute, war im Weg. Er zog ihn aus dem Mund. Wenn er lächelte, sah man grüne Flecken auf seinen Zähnen.

Und so wurden sie in einer idyllischen, alten, grauen Steinkirche getraut. Der Bräutigam war sehr ansehnlich und die Braut wunderschön. Allerdings wirkte sie kein bisschen verlegen, als sie aus dem spitz zulaufenden Kirchenportal traten und unter einem Reisregen und dem Applaus von Freunden und Verwandten den betonierten Weg entlangschritten.

Charlies Boss, Captain Partington, ein stämmiger Mann mit faltigem Gesicht, fing das glückliche Paar ab, küsste die Braut und umarmte Charlie herzlich. Als Charlies Rippen unter dem Druck zu brechen drohten, fragte er sich, ob es nicht besser gewesen wäre, sich auch küssen zu lassen.

Partington war ebenfalls außer Atem und hatte einen roten Kopf bekommen. Er sagte: »Herzlichen Glückwunsch, Charlie.«

»Danke, Captain.«

Der Captain sah Charlie und Layla wohlwollend lächelnd nach, als sie in der wartenden Limousine verschwanden, während er noch den unerwarteten Geschmack von Laylas Zunge genoss, die sie ihm in den Mund geschoben hatte, als er die Braut geküsst hatte. Jetzt war er es, der verlegen wurde.

Der Fahrer der Limousine, ein gewisser Shonte Jackson, war ein schweigsamer Schwarzer. Er trug eine schwarze Kappe mit kleiner Krempe, ein weißes Hemd und ein dunkles Jackett, dessen Nähte sich über den breiten Schultern spannten. Als Charlie und Layla ihre Taschen einluden, stieg er nicht aus, um ihnen zu helfen.

Die Limo glitt davon.

Das Ziel war das Liebesnest der beiden Frischvermählten, ein bescheidenes Vorstadthaus, in dem Charlie noch wohnte, als er achtzehn Jahre später Eds Rasen verunzierte.

Die lange Limo bog in die Einfahrt ein. Charlie und Layla stiegen aus und gingen zur Haustür, wo der Bräutigam die Braut ganz traditionell über die Schwelle trug.

Es war ihr Traumhaus, ihr erstes gemeinsames Zuhause. Es war nicht viel, aber für sie war es der Himmel auf Erden. Es war nicht leicht für Charlie gewesen, die Anzahlung zusammenzukratzen, aber was zählte das jetzt schon.

Layla ging ins Schlafzimmer.

Unterdessen erschien der Fahrer der Limousine an der Tür und brachte die Taschen der Frischvermählten. Es überraschte Charlie, dass er nur einen guten Meter groß war. Er war ein Liliputaner. Da er die ganze Zeit nicht vom Fahrersitz aufgestanden war, hatte Charlie gar nicht bemerkt, dass er so viel kleiner war als normal.

Einen Moment lang brachte ihn das aus der Fassung. Der Fahrer stand auf der kleinen Veranda vor der Tür, die er nur zur Hälfte ausfüllte, und stellte die Taschen ab.

Charlie griff in seine Hosentaschen und stellte erschrocken fest, dass er kein Portemonnaie bei sich trug. Es steckte noch in einer anderen Hose. So konnte er jetzt dem Fahrer kein Trinkgeld geben.

Es war ihm sehr unangenehm. Ausgerechnet an seiner Hochzeit. Aber es sollte nicht so aussehen, als wolle er dem Fahrer kein Trinkgeld geben. Das würde ein schlechtes Licht auf ihn und damit auf alle anderen Polizisten werfen.

Deshalb fragte er: »Oh, entschuldigen Sie, nehmen Leute wie Sie auch Schecks?«

Shonte, der Fahrer, bekam die Frage in den falschen Hals. Ein Leben lang in den Schritt anderer Menschen gucken zu müssen, hatte ihn offensichtlich verbittert werden lassen.

Er schnaubte empört. »Sagen Sie das noch mal. Ob *Leute wie wir* auch Schecks nehmen? Schwarze Leute meinen Sie?«

Charlie war es höchst unangenehm, sich nicht klar ausgedrückt zu haben. »Nein, nein, ich meine Ihre *Firma.*«

Der Fahrer glaubte ihm kein Wort. »Hören Sie bloß auf mit dieser rückständigen Scheiße. Das war eine rassistische Verleumdung.«

Es wurde immer unangenehmer. Charlie versuchte es erneut: »Nein, wirklich, ich ...«

Shonte erwiderte bissig: »Wissen Sie was? Ich mache Ihnen einen Vorschlag. Bezahlen Sie mich doch einfach in Baumwolle oder mit einem Karren voll Wassermelonen, oder wie wäre es mit ein paar Brathähnchen.«

Charlie machte eine abwehrende Handbewegung. »He, he, he, jetzt übertreiben Sie aber.«

Layla, die gehört hatte, dass etwas nicht stimmte, erschien an der Tür: »Was ist los?«

Shonte sagte: »Der Kerl will nicht wahrhaben, dass auch Neger Schecks einlösen können.«

Layla erblasste vor Empörung: »Charlie! Benutze dieses Wort *niemals* in diesem Haus!«

»Was? Ich habe nichts gesagt, was auch nur im geringsten rassistisch gewesen wäre.«

Ein bitterer, scharfer, extra-zynischer Zug erschien um Shontes Mund. »Dann haben Sie also ein Problem mit Liliputanern?«

Charlie erwiderte: »*Nein.*«

»Sie denken, nur weil ich kleiner bin, können Sie mit mir machen, was Sie wollen? Komm schon, Freundchen, wehr dich.«

Breitbeinig und mit gesenktem Kopf umkreiste Shonte ihn, das Kinn auf die Brust gepresst, die Arme vor sich wie ein Ringer, der nur darauf wartete, den vernichtenden Angriff zu starten. »Ich zeig dir mal, was für Vorteile ein niedriger Schwerpunkt hat.«

Charlie sagte matt: »Nein, lassen Sie das ... hören Sie auf.«

Shonte umkreiste ihn trippelnd und täuschte Angriffe vor. Charlie wurde schon beim Zusehen ganz schwindelig.

»Wenn du dich wie eine kleine Ratte fühlst, dann beiß zu!«

Charlie blickte unglücklich drein. »Ich will Sie doch gar nicht wie eine Ratte behandeln, Sir. Glauben Sie mir, es tut mir Leid, wenn Sie mich missverstanden haben.«

»Sparen Sie sich Ihr gönnerhaftes ›Sir‹-Gequatsche.«

Die Situation drohte zu kippen. Shonte griff zu einer Waffe. Aus seiner offenen, dunklen Jacke zog er ein Nunchaku hervor, eine im asiatischen Kampfsport verwendete Waffe aus zwei Stäben, die mit einer Kette verbunden sind.

Sein ungeschickter Umgang damit machte es nicht weniger gefährlich.

Layla stellte sich zwischen die beiden. »Jetzt ist aber Schluss!«

Sie wandte sich ihrem frischgebackenen Ehemann zu. »Charlie, lass mich das machen.«

Layla blickte auf das Namensschild des Fahrers und sagte: »Entschuldigen Sie, Mr. ... hmm, Jackson, wie heißen Sie mit Vornamen?«

»Shonte.«

»Shonte. Ich möchte mich wirklich aus vollem Herzen bei Ihnen entschuldigen. Ich bringe Sie zu Ihrem Wagen.«

Sie ging mit Shonte zur Limousine hinüber, während Charlie deprimiert nach den Taschen griff und sie ins Haus trug.

Shonte sagte: »Ich habe mit Leuten, die andere nach Äußerlichkeiten beurteilen, einfach keine Geduld.«

»Das ist auch richtig so«, erwiderte Layla mit ernster Miene.

Shonte hegte noch immer einen gewissen Groll. »Mich wie ein Stück Scheiße zu behandeln. Was glaubt er eigentlich, mit wem er es zu tun hat? Ich bin ordentlicher Professor für Molekulargenetik an der Brown-University und leite Bostons Ortsverband von Mensa. Diese Limousine fahre ich nur als soziologisches Experiment.«

Laylas Augen leuchteten auf: »Mensa? Das gibt es doch nicht. *Ich* bin Vorsitzende des Ortsverbandes von Providence.«

Shonte blickte interessiert auf ...

»Seid fruchtbar und mehret euch«, sprach Gott und Layla befolgte dies, empfing und ließ die Frucht in sich wachsen. Als sie zu platzen drohte, begab sie sich in den Kreißsaal des örtlichen Krankenhauses, um sich Erleichterung zu verschaffen.

Charlie stand neben Layla im Kreißsaal, um dem Wunder neugeborenen Lebens beizuwohnen. Wochenlange Geburtsvorbereitungskurse hatten Charlie nicht wirklich für die Realität dieses Prozesses gewappnet. Es war schrecklich – Herzrasen, Schnaufen, Krämpfe, Schwächeanfälle und sogar Schreie. Und das erlitt allein Charlie. Einer der Ärzte gab ihm ein Beruhigungsmittel, worauf er sich etwas entspannte, aber er war noch immer in ziemlich schlechter Verfassung, und sein Gesicht war grüner als der Kittel, den man ihm verpasst hatte.

Die Natur nahm ihren Lauf. Die Schwestern schufteten wie verrückt, der Arzt hatte alles unter Kontrolle und Layla kämpfte sich durch das letzte qualvolle Stadium des Schaffensprozesses.

Charlie zuckte zusammen, aber wenn Layla es aushielt, dann musste er es auch schaffen. Er nahm die Hand von den Augen und sah hin.

Layla presste noch ein letztes Mal und dann war es vollbracht. Fett und glitschig flutschte es in die offenen, mit Gummihandschuhen bekleideten Hände des Arztes.

Charlie traute seinen Augen nicht. Der Doktor und die Schwestern auch nicht, aber sie waren professionell genug, sich nicht anmerken zu lassen, wie sehr es sie erstaunte, was Laylas Mühen hervorgebracht hatten.

Das Baby war gesund und kräftig, hatte zehn Finger und zehn Zehen, und es brüllte lustvoll auf, als der Doktor ihm einen Klaps gab, um es in der Welt willkommen zu heißen.

Das Baby war schwarz, zweifellos war es stolzer afro-amerikanischer Abstammung. Der Arzt stieß ein wenig verwirrt hervor: »Es ist ein ... mmh ... mmh ... ein ... na ja, ein Junge.« Er übergab es Charlie, dem nominellen, wenn auch nicht biologischen Vater.

Charlie murmelte geschockt: »Wow ... er ist so ... wow.«

Layla lächelte ein wenig verlegen, bevor sich ihr Gesicht vor Schmerzen verzog. Der Arzt und die Schwestern sammelten sich um sie.

Zu Charlie gewandt, verkündete der Arzt mit einem Blick über die Schulter: »Oh ... Sie haben Glück.«

»Hä?«

»Da kommt noch eins.«

Tatsächlich wurde Charlie stolzer Ersatzvater von drei putzmunteren kleinen Jungen, da Layla Drillinge zur Welt brachte. Charlie redete sich ein, dass diese Melaninüberproduktion auf einen Streich der Natur zurückzuführen sei, irgendein rezessives Gen auf der DNA-Helix einer der beiden Familien.

Doch die Zweifel verschlimmerten sich, als Layla darauf bestand, eins der Babys ›Shonte Jr.‹ zu nennen. Die anderen beiden wurden Jamal und Lee Harvey getauft.

Charlie war eine gute Seele und liebte die Kleinen tief und innig.

Die Tratscherei blieb trotzdem nicht aus und die Umstände förderten den Klatsch über die obskure Herkunft der Kinder noch. Sogar einige seiner »Kumpels« von der Polizei konnten es sich nicht verkneifen, Charlie mit diesem heiklen Thema zu piesacken, wie ihm während eines Grillfestes im Garten, zu dem Layla und er an einem schönen Sommertag eingeladen hatten, nur allzu bewusst wurde.

Ein halbes Dutzend Polizisten in Zivil, in Polohemden und Freizeithosen, hatten sich in einer Ecke des Gartens versammelt und spielten Rasendarts oder besser gesagt Jarts, wie man das Spiel in dieser Gegend nannte. Die Jarts waren torpedoförmige, grellbunte Plastikpfeile in der Größe von kleinen Limoflaschen mit vier Flossen an einem Ende und einer 10 cm langen Stahlspitze am anderen. Auf dem Rasen lagen in regelmäßigen Abständen kleine Plastikringe, die um »das Schwarze« in der Mitte herum die unterschiedlich zu wertenden Zielfelder markierten. Das Spiel wurde ähnlich wie Darts gespielt, indem die Spieler abwechselnd ihre Jarts auf den abgesteckten Bereich auf dem Rasen warfen und dabei versuchten, so viele Punkte wie möglich zu sammeln.

Nach ein paar Bier dauerte es erfahrungsgemäß nicht lange, bis die Spieler sich gegenseitig ausgelassen mit Jarts bewarfen.

Am anderen Ende des Gartens saßen die Polizistenfrauen auf der betonierten Terrasse um einen hölzernen Klapptisch, auf dem eine rot-weiß karierte Plastikdecke lag.

Eine Handvoll Kinder rannte durch den Garten, rein ins Haus und wieder hinaus.

Jamal, Lee Harvey und Shonte Jr., die inzwischen zwei

Jahre alt waren, planschten nackt in einem kleinen Plastikbecken. Eine der Frauen passte mit Argusaugen auf sie auf, während Layla von drinnen neue Getränke holte.

Charlie stand mit dem Wender in der Hand am Grill und kümmerte sich um die Burger und Würstchen, die auf dem Rost brutzelten. Er trug eine Schürze, auf der der Klassiker KÜSS MICH, ICH BIN DER KOCH prangte.

Der Polizist Finneran, ein bulliger Kerl mit buschigen Augenbrauen und der Statur eines Kühlschranks, kam mit einer offenen Dose Bier in jeder Hand zu Charlie herüber. »Na, mein Freund.«

Charlie sagte: »Ich hoffe, du hast Appetit mitgebracht.«

»Klar doch«, antwortete Finneran und rülpste. Nach einer kurzen Pause setzte er wieder an: »Nichts für ungut, Charlie, aber hast du bemerkt, dass deine Kinder so eine Art ganzjährigen Teint haben?«

Charlies Hand zuckte nur ganz leicht, während er mit dem Wender die Burger und Würstchen umdrehte. Er erwiderte: »Na ja ... meine Großmutter ist aus Italien, ganz aus dem Süden.«

Finneran ließ nicht locker. »Aber was ist mit ihrem Haar. Siehst du, wie das Wasser einfach davon abperlt?«

»Ach ja?«, entgegnete Charlie ein wenig gereizt. »Jeder hat andere Haare. Worauf willst du hinaus?«

Finneran schnaubte. »Verdammt noch mal, Charlie, die Schwänze der Kleinen sind dicker als die Würste, die du da grillst.«

Charlie sagte beleidigt: »Eh, Finneran, jetzt reicht's. Sprich nicht so über meine Kinder –«

Captain Partington rief: »Finneran!«

Finneran kannte die Stimme seines Bosses und drehte sich zu dem Polizeichef um. »Kommen Sie schon«, sagte Partington, »Sie sind dran.«

Finneran ließ Charlie stehen und ging zu den anderen Kollegen zurück. Einige Bier später fingen die Polizisten an, sich die Jarts gegenseitig vor die Füße zu werfen. Das war der Anfang. Dann begannen sie, sich die Jarts auf die Füße zu werfen.

Am Ende humpelten nicht wenige von ihnen und waren dankbar, dass es nicht zu ihren Pflichten gehörte, Streife zu laufen.

Obwohl er sich nichts anmerken ließ, spürte Charlie ein Unbehagen tief in seinem Innern, das nichts mit seiner derzeitigen Situation zu tun hatte, seine Seele wurde vielmehr von merkwürdigen Spannungen und einem psychischen Druck belastet – beunruhigendes Anzeichen für etwas, auf das er sich keinen Reim machen konnte.

Um sich Erleichterung zu verschaffen, suchte er in der unantastbaren Heiligkeit der Beichte Rat und Unterstützung bei einem Geistlichen.

Charlie kauerte sich in die intime Dämmerung des Beichtstuhls. Das gedämpfte Licht und die vergitterte Trennscheibe verbargen ihn vor den Augen des Priesters, der auf der anderen Seite der Wand saß.

Der Priester fragte mit sanfter, interessierter Stimme: »Wie kann ich dir helfen, mein Freund?«

Charlie begann zögernd: »In mir brodelt etwas, Vater. Es wird immer stärker und ich habe Angst, dass ich, wenn ich nichts dagegen tue ... eines Tages explodiere.«

»Woher kommt dieser Zorn, mein Sohn?«

»Das weiß ich nicht«, antwortete Charlie seufzend. »Da kommt vieles zusammen. Da ist zum Beispiel meine Frau. Ich liebe sie wie niemanden sonst auf der Welt, aber ich werde die Vermutung nicht los, dass sie eine Affäre hat. Vielleicht bin ich paranoid, aber ich habe das Gefühl, die ganze Stadt lacht hinter meinem Rücken über mich.«

Auf der anderen Seite war es lange ruhig.

Dann fragte der Priester: »Charlie ... bist du es?«

Kurze Zeit später brach für Charlie eine Welt zusammen – Layla trennte sich von ihm. Sie ging nicht heimlich, mitten in der Nacht, sondern stellte am helllichten Nachmittag ihre Koffer in den Kofferraum einer langen, polierten Stretch-Limo, die in Charlies Einfahrt parkte.

Auf dem Fahrersitz saß Shonte mit einigen Telefonbüchern unter dem Hintern und trommelte ungeduldig mit den Fingern auf das Lenkrad.

Charlie stand niedergeschlagen daneben, mit gesenktem Kopf und hängenden Schultern, Augen- und Mundwinkeln.

Layla sagte, ohne dass es ihr Leid zu tun schien: »Es tut mir so Leid, Charlie. Wirklich. Aber ich muss es tun. Niemand versteht mich so wie er.«

Charlie stieß einen tiefen Seufzer aus. »Niemand? Ich dachte, ich wäre ...«

Shonte streckte seinen Kopf aus dem Fenster des Wagens und rief: »Komm schon, Schatz, lass uns los!« Er meinte Layla.

Layla sagte: »Ich weiß nicht, was ich sagen soll, Charlie. Aber ich glaube, man sollte dem Ruf seines Herzens folgen.«

»Aber mein Herz ruft nach dir!«

»Wir sprechen hier über mein Herz, Charlie, nicht über deins. Das ist so typisch für dich. Immer denkst du zuerst an dich und nie an meine Wunsche und Bedürfnisse.«

Charlies Unterlippe zitterte. »A-aber, was ist damit, dass du mich von hier bis hintern Mond liebst?«

Shonte rief ihm zu: »Mach dir darum keine Sorgen. Um den Hintern kümmere ich mich jetzt.«

Layla stieg in die Limo, und sie fuhren davon. Charlie sah ihnen nach. Nachdem sie nicht mehr zu sehen waren, rief er: »Gut, dass ich auf dich nicht zählen muss, falls ich mal entführt werde!«

Laylas Verschwinden aus seinem Leben hinterließ in Charlie ein schweres Trauma. Er war tief verletzt. Andere Männer wären zusammengebrochen und hätten geweint, hätten das Fenster aufgerissen und wahllos auf Passanten geschossen oder sich eine Pistole in den Mund gesteckt, die für einen Polizisten klassische Selbstmordmethode.

Charlie tat nichts dergleichen. Aber er verdaute das Ganze nur schlecht, und der stechende Herzschmerz lastete schwer auf dem Knoten in seiner Kehle, bevor er wie ein vereister Stein in seinen Bauch hinabfiel. Er schloss alles in sich ein und schwor sich, dass er sich nie wieder verlieben würde.

Aber Charlie hatte eins vergessen, wenn es ihm überhaupt bewusst war – die Naturgesetze besagen, dass jede Kraft eine Gegenkraft gleicher Größe hervorruft.

Ein Gesetz, das nicht nur für die Physik, sondern auch für die unergründlichen Tiefen der Seele gilt.

Aber solche Verinnerlichungen waren Charlie fremd, und er versuchte das Ganze zu vergessen. Als ob das möglich gewesen wäre!

Das Leben ging weiter, und er hatte Pflichten und Verantwortung gegenüber seiner Familie. Layla war nicht mehr da, aber nicht vergessen, insbesondere, weil sie davon abgesehen hatte, ihre Kinder mitzunehmen, und es allein Charlie überlassen war, Jamal, Lee Harvey und Shonte Jr. großzuziehen.

Das Zufallsprinzip des genetischen Würfels hatte es so gewollt, dass Shontes Zwergwuchs eine Generation übersprang und die drei Jungen sich ihrem Alter entsprechend körperlich normal entwickelten. Außerdem fügte es sich, dass sich die geistigen Fähigkeiten, die Shonte und Layla bis in die höchsten Ränge von Mensa, der weltumspannenden Gesellschaft für Menschen mit hohem IQ, hatten aufsteigen lassen, auf ihre Söhne vererbt hatten.

Charlie war stolz auf die begabten Kinder, obwohl ihre intellektuellen Fähigkeiten bald ein alarmierendes Ausmaß annahmen. Eines Tages, als die Jungen ungefähr neun Jahre alt waren, war Charlie in seiner Uniform auf dem Weg zur Arbeit, als er das Trio über einem Haufen Metallteile in der Einfahrt hocken sah. Darunter waren der Motor des Rasenmähers, Fahrradrahmen und Ähnliches, was sie aus den Geräten, die in der Garage standen, ausgebaut hatten.

Charlie fragte: »Was baut ihr denn da, Jungs?«

Lee Harvey antwortete: »Ein Flugzeug, Daddy.«

War das nicht niedlich! Was konnte man sich für kleine Jungen Schöneres vorstellen, als einträchtig zusammen ein Modellflugzeug zu bauen.

Stolz sagte Charlie: »In der Werkzeugkiste sind Gummibänder, die sich gut dafür eignen müssten.«

Die Kinder blickten ihn erstaunt an.

Später, als er von der Arbeit nach Hause kam, war es Charlie, der erstaunt war. Panik ergriff ihn, da seine Kinder gerade dabei waren, den Start eines Ultraleichtflugzeugs in voller Größe vorzubereiten, das sie in seiner Abwesenheit gebaut hatten.

Der Rasenmähermotor blökte und stotterte vor sich hin und trieb einen alten Ventilator an, der als Propeller diente und sich fröhlich an der Spitze eines aus einem Fahrradrahmen bestehenden Gestells drehte.

Shonte Jr., der auf dem Fahrradsattel thronte, war der Pilot der Maschine. Der Footballhelm auf seinem Kopf sollte ihn bei einem Sturz schützen. Lee Harvey und Jamal standen an beiden Seiten des Flugzeugs und hatten die Hände hinten am Sattel, um der Maschine durch Anschieben zu mehr Schwung und Schnelligkeit beim Abheben zu verhelfen.

Ganz ruhig und cool und darauf bedacht, die Jungen nicht in Panik zu versetzen, brachte Charlie seine Zweifel an dem Erfolg der Aktion zum Ausdruck, indem er wild mit den Armen fuchtelnd auf die Maschine zu rannte und schrie: »NEIN, NEIN, NEIN, IHR WERDET NICHT VERSUCHEN, MIT DIESEM DING ZU STARTEN!«

Charlie konnte den Start gerade noch verhindern, womit der Jungfernflug nicht stattfand – sehr zum Ärger der Jungen, die ganz sicher waren, dass das selbst gebaute Miniflugzeug geflogen wäre.

Charlie glaubte das auch, weshalb er doppelt froh war, dass er sie hatte aufhalten können, obgleich der rotierende Propeller-Ventilator seine schicke Polizeiuniform übel zugerichtet hatte. Er war nur froh, dass er noch alle Finger an den Händen hatte.

Charlie war stolz auf seine progressiven Erziehungsmethoden. Deshalb bemühte er sich neben der schulischen Ausbildung auch darum, dass die Jungs nicht den Kontakt zu ihrem kulturellen Erbe verloren.

Er saß mit den Jungen im Wohnzimmer vor dem Fernseher und sah sich diverse Qualitätsprogramme an, die über die Mattscheibe flimmerten.

Die Plastikverpackung knisterte, als Shonte Jr. sich eine Portion gebratenen Schweinespeck zu Gemüte führte und damit seinen Fastfoodkonsum weiter steigerte, dem er sich seit kurzem ernsthaft hingab.

Charlie wunderte sich: »Shonte Jr., wie kannst du diesen Mist nur die ganze Zeit essen, ohne auch nur ein Pfund zuzunehmen?«

Shonte Jr. zuckte mit den Schultern. »Keine Ahnung. Hab da wahrscheinlich Glück.«

»Unglaublich.«

Auf der Mattscheibe schmetterte ein Bariton im Smoking während einer Varieté-Show eine Opernarie.

Charlie beugte sich fasziniert in seinem Sessel vor. »Was für ein unglaublicher Gesang. Das ist Gomer Pyle.«

Der Star der Erfolgsserie über einen tollpatschigen Marinesoldaten verfügte offensichtlich über ungeahnte Talente, unter anderem eine goldene Kehle.

Die Kinder langweilten sich und wurden unruhig. Lee Harvey fragte: »Daddy, dürfen wir Richard Pryor auf HBO sehen?«

»Richard Pryor?« Charlie brauchte einen Moment, bis er sich an den Namen erinnerte. »Ach, das ist der Typ, den ich bei Merv gesehen habe. Klar, der scheint echt komisch zu sein.«

Aber was Pryor im Privatfernsehen von sich gab, hatte nichts mit der klinisch reinen Show zu tun, mit der er im Mervelous-Griffin-Sender aufgetreten war. Der Stand-up Comedian hatte seinen unanständigen Monolog über einen weißen Spießer, einen schwarzen Zuhälter und drei Nutten auf einem Doppelbett kaum begonnen, als Charlie sich bereits nervös nach der Fernbedienung umsah, um auf ein harmloseres Programm umzuschalten.

Aber die Kinder lachten und als er sah, wie sehr sie sich amüsierten, gab Charlie nach und lachte sogar mit.

Die Jahre vergingen, die Kinder wurden selbstständiger und wuchsen zu drei fast erwachsenen Teenagern heran, die zusammen fast 800 Pfund starke, schwarze Männlichkeit auf die Waage brachten. Deutlich mehr als ein Drittel dieses Gewichts ging auf das Konto von Shonte Jr., der mit der Zeit doch auseinander gegangen war, da all der gebratene Schweinespeck jetzt seine Wirkung zeigte.

Eines jedoch hatte sich nicht geändert. Die Begeisterung,

mit der sich Charlie und die Jungen vor der guten alten Braunschen Röhre versammelten und sich die besten und qualitativ hochwertigsten Programme ansahen, die das Fernsehen zu bieten hatte.

Oder wie Charlie es formulierte, als die Familie die neueste Comedyshow auf HBO konsumierte: »Dieser Chris Rock ist echt 'n witziger Wichser.«

Weniger komisch hingegen und ganz und gar nicht zum Lachen waren die Veränderungen, die tief in Charlie selbst vor sich gingen, ganz unten im psychischen Souterrain. Lee Harvey, Shonte Jr. und Jamal waren gesund und wussten sich zu benehmen, soweit das für Teenager überhaupt galt. Das konnte man von Charlie nicht behaupten.

Verhaltensforscher sind dem Problem schon vor langer Zeit mit der Hilfe von Laborratten auf den Grund gegangen. Sie brachten einer Ratte bei, einen Hebel zu betätigen, wenn sie etwas fressen wollte. Als die Ratte dies gelernt hatte, spielten ihr die Laborheinis jedoch einen Streich, indem das Nagetier jedes Mal, wenn es den Hebel berührte, einen schmerzhaften elektrischen Schock bekam. Nach mehreren Fehlversuchen gab die Ratte irgendwann auf, verkroch sich und erlitt einen Nervenzusammenbruch.

Seit vielen Jahren hatte Charlie Stress in sich aufgesaugt. Angefangen hatte es mit dem von Layla ausgelösten Trauma, und als netter, aufrichtiger Mensch, der andere Menschen mochte, wurde er zum seelischen Abfalleimer für mehr emotionalen Müll, als eine Giftmülldeponie je verkraften könnte.

Er saugte alles in sich auf, jedes bisschen, ohne jemals etwas wieder herauszulassen. Tief in seinem Innern brodelte es wie heißer Haferschleim, es wühlte ihn auf und schwelte zusammen mit seinem eigenen rastlosen Pseudoleben.

Ein radioaktiver Brei schäumenden Grolls.

An jenem Tag jedoch, an dem er die kritische Masse erreichte, gelang Charlie der Durchbruch.

Zuvor ereignete sich allerdings ein Zwischenfall in der Umkleidekabine des Polizeireviers, der noch einige Grafitstäbe in die Plutoniummasse stieß.

Das Polizeirevier von Jamestown war in einem schuhkartonförmigen Gebäude untergebracht, das direkt an dem Highway stand, der Rhode Island mit dem Nachbarstaat verband. Charlie hatte seinen Dienst gerade beendet und ging in die Umkleidekabine.

Sie schien leer zu sein. Die anderen Polizisten, deren Schicht jetzt ebenfalls zu Ende war, hatten sich wohl noch nicht wieder auf dem Revier eingefunden.

Dann erblickte er Finneran am Ende des Ganges, der sich zu einem offenen Spind vorbeugte und ein paar Geldscheine aus einem Portemonnaie nahm, das er dann wieder in die Tasche einer Hose steckte und diese in den Schrank zurücklegte.

Es war nicht Finnerans Spind.

Charlie hatte Finneran auf frischer Tat ertappt, wie er einem Kollegen Geld stahl. Mit den geklauten Scheinen in der Hand stand er mit hängenden Schultern regungslos da wie das Modell eines Malers und hätte schuldbewusster nicht aussehen können.

Charlie konnte kaum glauben, was er sah. Er sagte: »Finneran, was zum Teufel machst du an Captain Partingtons Spind?«

Finneran wusste nicht, was er sagen sollte. Sein Gesicht glänzte und seine Augen waren glasig. Er fuhr sich mit stumpfer Zunge über die fleischigen Lippen. Dann stammelte er: »Ich, mmh ... ich spiele Weihnachtsmann.«

Das glaubte nicht einmal Charlie. »Es ist Mai.«

»Ach ja? Ich plane im Voraus und versuche schon mal rauszukriegen, was er gebrauchen könnte.«

»Sieht so aus, als könnte er ein wenig Bargeld gebrauchen, jetzt wo du ihm alles abgenommen hast«, sagte Charlie und stemmte seine Hände in die Hüften, ohne zurückzuweichen.

Finneran änderte den Tonfall und versuchte es auf die Mitleidstour. Er blinzelte mit den Augen, bis sie feucht wurden, und jammerte: »Hör zu, ich mache schwere Zeiten durch und bin nicht ganz ich selbst. Ich habe meine Frau erwischt, wie sie mich betrügt, und das macht mich wahnsinnig.«

Charlie runzelte die Stirn. »Ich dachte, sie hätte dich erwischt.«

»Wie auch immer. Unsere Ehe ist nicht in Ordnung. Ist es das, was du hören willst?«

Charlie wusste nicht, was er tun sollte.

Vielleicht hatte er die Unsicherheit seines Gegenübers gespürt, jedenfalls wurde Finneran hartnäckiger. Mit den breiten Händen vor sich ausgestreckt, stand er da.

Er sagte: »Ich mache schwere Zeiten durch. Du kennst das. Ich bitte dich, verpfeif mich jetzt nicht.«

Charlie ließ es sich durch den Kopf gehen und war schon dabei, weich zu werden. »Finneran, ich werde eigentlich dafür bezahlt, dass –«

»Ich mach sowas eigentlich nicht. Es war wohl ein unbewusster Hilfeschrei ... und jetzt ist er erhört worden ... von dir, meinem besten Freund.«

»*Ich* soll dein bester Freund sein?«

»Traurig, was?«

Charlie war hin und her gerissen, bis er schließlich nachgab: »Okay ... ich werde niemandem was sagen, aber du legst das Geld zurück und kümmerst dich um ...«

Urplötzlich, als wäre ein Schalter umgelegt worden, änderte sich Finnerans Verhalten. Aus dem kleinlauten Schuldigen wurde ein Triumphierender. Seine blassen Augen glänzten in dem roten Gesicht, er stieß seine Fäuste in die Luft und begann zu klatschen, als hätte sein Team gerade einen Punkt gemacht.

Er sagte: »Ha! Das reicht, Jungs. Zahlen!«

Vier weitere Polizisten streckten ihre Köpfe aus der Duschkabine, wo sie sich versteckt hatten, um die ganze Sache hautnah mitzuerleben. Er war reingelegt worden.

Pritchard, Neely und noch zwei andere kamen hervor. Pritchard mit seinen strengen Gesichtszügen und kleinen Augen war besonders sauer. Rasend.

Er schimpfte: »Schönen Dank auch, Charlie. Du hast jeden von uns gerade zwanzig Dollar gekostet.«

Absolut souverän, ganz Herr der Situation und mit offenem Mund brachte Charlie nichts weiter hervor als: »Hä?«

Finneran sagte: »Ich habe mit diesen Naivlingen gewettet, dass du der schlechteste Polizist weit und breit bist. Was für ein gutgläubiger Trottel – Ha!«

Pritchard fragte voller Abscheu: »Wie konntest du ihn nur gehen lassen, obwohl er den Spind des Captains aufgebrochen hat?«

Neely presste seine Lippen verächtlich zusammen. »Wir von der Rhode Island State Police haben da eigentlich höhere Standards. Ich bin mir nicht sicher, ob du es noch verdienst, diese Uniform zu tragen.«

Pritchard schüttelte den Kopf, eher mitleidig als verärgert. »Was zum Teufel ist in dich gefahren, Charlie? Du warst mal ein guter Polizist, aber seit ... na, du weißt schon ... lässt du dir von allen auf der Nase herumtanzen.«

Neely sagte: »Du bist eine Schande für die gesamte Polizei, Charlie.«

Das war ihr letztes Wort. Die Polizisten verließen die Umkleidekabine und ließen Charlie allein zurück.

Am nächsten Tag, *jenem* Tag, waren Charlies drei Söhne früh auf und gingen ihren diversen Beschäftigungen nach. Shonte Jr. saß über seinen Schulbüchern am Küchentisch, wobei die Stühle unter seinem übergewichtigen Körper gefährlich knackten, und brütete über seinen Hausaufgaben. Er saß auf zwei Stühlen, einen für jede Pobacke. Dennoch war die Konstruktion recht instabil.

Auf der anderen Seite des offenen Durchgangs saß Jamal vor dem Computer, und seine Finger hackten Befehle in die Tastatur. Er hatte ein kantiges, langes Gesicht, kalte Augen und einen schmalen Mund wie ein Strich.

Lee Harvey stemmte in der anderen Ecke Gewichte, wobei die Adern an seinem Stiernacken und den muskelbepackten Armen wie Schlangen herausquollen.

Shonte Jr. knüllte ein Stück Papier zusammen, auf dem er gearbeitet hatte, und warf es in den Müll. »Mist. Ich krieg die Atommasse von diesem verdammten Deuteron einfach nicht raus.«

Jamal kam in die Küche und schaute über die breiten Schultern seines Bruders auf die Seiten, die voll mit Gleichungen waren. Er sagte: »Shit, das ist doch einfach. Also, woraus besteht ein Deuteron?«

Shonte Jr. antwortete: »Aus einem Proton und einem Neutron.«

»Und was macht dann dieses verdammte Elektron da?«

Shonte Jr. grübelte und kratzte sich mit dem Radiergummi am Ende seines Bleistifts am Kopf. Schließlich sah er auf und zuckte mit den Schultern.

Jamal, der diese Begriffsstutzigkeit kaum glauben konnte, fauchte ungeduldig: »Jetzt nimm es verdammt nochmal endlich weg!«

Lee Harvey setzte im Nachbarzimmer die Hanteln ab, was das Haus leicht erbeben ließ, obwohl er sich bemüht hatte, sie vorsichtig auf dem Boden abzulegen. Er schlurfte in die Küche, um zu sehen, was dort los war.

Shonte Jr., der das Ganze zu verstehen versuchte, sagte: »Okay, also ich muss die Atommasse des Protons und des Neutrons addieren, das verstehe ich, aber was mache ich dann mit dem gottverdammten Elektron? Kann ich das hier hintun?«

Jamal rollte die Augen mit einer Gott-im-Himmel-hab-Gnade-Geste. Seine Lippen kräuselten sich verächtlich, als er erwiderte: »Enrico Fermi würde sich verdammt nochmal im Grab umdrehen, wenn er das hören tät.«

Lee Harvey versuchte Frieden zu stiften und sagte: »Jamal, gib dem Mann doch ein bisschen Zeit.«

»Ich will ihm ja nur helfen, sein Gesicht zu wahren. Wenn der weiter solche Fragen von sich gibt, glauben die Leute bald, dass er völlig meschugge ist!«

Da war was dran. Lee Harvey nickte und sagte gar nichts mehr.

Charlie betrat den Raum in seiner Uniform. Er hatte dunkle Ringe unter den Augen. Die letzte Nacht hatte er nicht gut geschlafen, weil er immer wieder an den Vorfall in der Umkleidekabine hatte denken müssen.

Dennoch versuchte er sich nichts anmerken zu lassen und lächelte der Kinder wegen. »Morgen, Jungs.«

»Hi Daddy«, antwortete das Trio im Chor.

Charlie sah sich in der Küche um und fragte: »Was ist denn hier los?«

Jamal antwortete: »Ach, nur so 'n Schulscheiß.«

Charlie schenkte sich eine Tasse Kaffee ein. Dann sagte er liebevoll: »Und wie geht es meinem Kleinen?«

Der mehr als 300 Pfund schwere Shonte Jr. sagte: »Ich tu mich schwer. Diese Quantenphysik ist einfach verwirrend. Wenn ich das nicht in die Birne bekomme, dann krieg ich noch mal bloß eine 2+.«

Lee Harvey sagte frei heraus: »Der ist so blöd, der glaubt, Phlegma sei eine Hautcreme.«

Shonte Jr. konterte: »Ja, und du glaubst, Inkontinenz ist der vornehme Ausdruck für Erdteil.«

Vater und Söhne brachen in Gelächter aus. Aber als Charlie allein das Haus verließ und in die Morgensonne des späten Aprils hinaustrat, war ihm gar nicht mehr nach Lachen zumute.

Er ging die Einfahrt entlang auf sein Motorrad zu und versuchte, sich innerlich für den Moment zu wappnen, da er seinen Kollegen wieder gegenübertreten musste, als ihn etwas innehalten ließ. In seinem Vorgarten hatten sich zwei riesige Hunde niedergelassen, eine dänische Dogge und ein Afghane, und setzten zwei dicke Haufen auf den Rasen. Dass dies kein Zufall war, sondern Teil eines langen und andauernden Prozesses, zeigte sich an den vielen anderen Haufen auf dem Rasen. Sein Vorgarten glich einer Kuhwiese für Hunde.

Die Hunde gehörten Ed. Ihr Herrchen stand nicht weit entfernt und blickte sie liebevoll an, während sie ihr Geschäft beendeten und zu seinem Grundstück zurücktrotteten.

Charlie wunderte sich weniger über ihre Anwesenheit, als über die Abwesenheit von etwas anderem – seiner Morgenzeitung.

Er sagte: »Guten Morgen, Ed.«

»Morgen, Charlie.«

»Hm, Ed, haben Sie zufällig meine Zeitung gesehen?«

»Duke, mein Sohn, hat sie mit aufs Scheißhaus genommen.«

»Oh, okay, dann soll er sie mir halt auf die Terrasse werfen, wenn er fertig ist.«

Ed fragte unwirsch: »Kriegen Sie auf der Arbeit keine?«

Einen Moment lang erhärtete sich das Gesicht seines Gegenübers, und in seinen Augen war ein kaltes Glitzern zu erkennen. Aber einen Augenblick später war es bereits wieder vorbei und der normale Charlie Baileygates, den man kannte, der gute Nachbar Charlie, antwortete: »Na ja ... wahrscheinlich schon.«

Er dachte sogar noch daran zu lächeln, bevor er auf sein Motorrad stieg und abfuhr.

Jamestown war eine kleine, verschlafene Stadt mit steinernen Kirchen, weißen Türmen und unzähligen roten Backsteinhäusern.

An den Enden der Main Street, der Hauptstraße des Ortes, stand jeweils eine Bankfiliale mit klassizistischem Säulenportal. Dazwischen säumten Geschäftshäuser beide Seiten der Straße, die in der Mitte breiter wurde und um eine ovale Grasfläche herum verlief, auf deren Mitte ein Denkmal zur Erinnerung an den Sezessionskrieg prangte.

Charlie hatte heute Streifendienst in der Stadt. Die Vormittagssonne fiel schräg auf die Main Street, als er neben einem Buick anhielt, der frontal vor dem Friseur parkte.

Charlie musterte das Auto, blickte auf seine Armbanduhr und runzelte die Stirn. Er rollte mit seinem Motorrad an die Seite, stieg ab und ging in den Salon des Friseurs.

Aus den verschiedenfarbigen Flaschen in dem Glasregal unter dem Spiegel, der die gesamte Breite und die halbe Höhe der Wand einnahm, strömten Düfte, die sich zu einem süßlichen Geruch vereinten.

Freddie, der Friseur, hatte einen Kopf wie ein Elch, und sein schütteres Haar war ordentlich über den knöchernen Schädel gekämmt. Er trug einen mintgrünen, hochgeschlossenen Friseurkittel und lief mit klappernder Schere im Kreis um den achtjährigen Timmy herum, dem er das flachsblonde Haar schnitt.

Etwas abseits saßen sich Dick McGinn und sein Freund

Jack an einem kleinen Tisch gegenüber und spielten Backgammon.

Dick McGinn war ein elegant gekleideter Immobilienmakler mit spitz zulaufenden Augenbrauen, dicken Tränensäcken und hängenden, aber ordentlich rasierten Wangen. Jack war jünger, sah gut aus, hatte einen athletischen Körperbau und trug teure, lässige Freizeitkleidung.

George, ein pummeliger, kegelförmiger Kerl, stand neben dem Schaufenster und beobachtete die vorbeigehenden Fußgänger auf dem Bürgersteig.

Charlie trat ein. Freddie, der Friseur, begrüßte ihn: »Hi Charlie.«

Timmy sagte höflich: »Hallo.«

Charlie antwortete: »Wie geht's, Freddie? Hallo Jungs.« Freddie nickte. Weder Dick McGinn noch Jack blickten von ihrem Spiel auf. George bemerkte ihn gar nicht, so fasziniert war er von dem, was sich draußen näherte.

Begeistert rief er: »Eh Freddie, guck mal, die hat vielleicht Holz vor der Hütte.«

Freddie legte seine Schere auf den Tresen, eilte ans Fenster und reckte den Kopf, um einen Blick zu erhaschen. Dick und Jack unterbrachen ihre Partie Backgammon und begaben sich ebenfalls ans Fenster. Nach kurzem Zögern folgte Charlie ihnen.

Das Objekt ihrer Begierde war eine attraktive, junge Frau mit riesigem Busen, die einen Kinderwagen schob.

Dick McGinn zog die Lippen zu einem lautlosen Pfiff zusammen. »Das ist doch was!«

George war schweißnass und sagte lechzend: »Die sieht aus wie ein Unentschieden in einem Zeppelinrennen.«

Sogar der sommersprossige, flachsblonde kleine Timmy hatte sich zu der gaffenden Ansammlung am Schaufenster gesellt und sagte: »O ja, sowas mag mein Daddy.«

Charlie schüttelte den moralischen Zeigefinger auf väterliche Pfadfinderart: »He Jungs, reißt euch mal zusammen. Sie ist Mutter.«

Sie starrten ihn an, als käme er vom Mars – allerdings erst, als die kurvige, pralle Mama vorbeigegangen war und sich mit ihrem runden, wackelnden Hintern immer weiter entfernte.

Schließlich begaben sich alle an ihre ursprünglichen Plätze zurück: Der kleine Timmy schwang sich auf den Frisierstuhl, Freddie nahm seine Schere und machte sich wieder an die Arbeit, Dick und Jack spielten weiter. George klebte weiter wie eine Klette am Fenster und glotzte sich an dem Geschehen vor der Tür die Augen aus.

Charlie ging auf die Backgammonspieler zu und seine Körpersprache verriet, dass er jetzt dienstlich werden wollte. Er räusperte sich und sagte: »Dick, tut mit Leid, dass ich Sie stören muss, aber Ihr Auto kann da nicht stehenbleiben.«

Dick erwiderte ohne aufzublicken: »Ist gut, ich bin in zehn bis fünfzehn Minuten fertig.«

Das kam bei Charlie gar nicht gut an. Er stellte sich ein wenig aufrechter hin. »Hm, ich will ja nicht pingelig sein, aber das Gesetz verbietet es, dort länger als eine Stunde zu parken, und Sie stehen da ...«

Charlie schaute nochmals auf die Uhr und kalkulierte die Parkzeit.

»Es sind jetzt fast drei Tage«, rechnete er.

Dick seufzte nachdenklich. »Okay, okay, Gesetz ist Gesetz.«

Er warf Charlie etwas zu, das Charlie im Reflex aus der Luft fing. Es waren Dicks Autoschlüssel.

Dick war bereits wieder in sein Spiel vertieft und sagte lässig. »Park es doch bitte hinter dem Lebensmittelladen, Charlie. Okay?«

Charlie starrte erst die Schlüssel, dann Dick an. »Ja ... ja, klar.«

Ein paar Geschäfte neben dem Friseur befand sich ein Supermarkt, der Kwikee Mart des Ortes. Davor sprang ein neunjähriges Mädchen mit engelhaftem Gesicht und blonden Zöpfen auf der Straße Seil.

Charlies Beschützerinstinkt war geweckt, und er ging auf sie zu. Freundlich sagte er zu ihr: »Süße, das ist gefährlich. Geh lieber auf den Bürgersteig, wo keine Autos sind.«

Die Kleine erwiderte schnippisch: »Mein Daddy sagt, du bist ein Witz und ich brauch nicht auf dich zu hören.«

Sie sprang weiter.

Charlie zögerte und wusste nicht, wie er reagieren sollte. »Nun, dein Vater kann denken, was er will, aber ich vertrete das Gesetz ... bei aller Liebe, ich könnte ... wenn ich nicht noch anderes zu tun hätte ...«

Das kleine Mädchen sprang immer noch Seil und tat so, als wäre Charlie gar nicht da.

Nach einer Weile verstand er.

»Aber sei vorsichtig«, sagte er und zog kopfschüttelnd von dannen.

Er betrat den Supermarkt, nahm eine Zeitung und einige weitere Dinge aus dem Regal und wanderte zur Kasse hinüber. Ein oder zwei Leute waren vor ihm, sodass es nur ungefähr fünfzehn Minuten dauerte, bis die begriffsstutzige Person hinter der Kasse all ihre Einkäufe eingetippt, in Tüten verstaut und sie somit abgefertigt hatte.

Nur eine Viertelstunde. Für diesen Laden nicht schlecht, und jetzt war Charlie an der Reihe.

Bevor er seine Einkäufe allerdings auf das Band legen konnte, kam Mrs. Bittman, eine massige und selbstbewusste Frau mit dem Gesicht eines Pitbulls und dem Körper eines Michelin-Männchens angerauscht. Was ihr an Schönheit fehlte, machte sie mit einem Mangel an Charme und Benehmen wett.

Sie schrie eher, als dass sie sprach. »Entschuldigen Sie, hätten Sie was dagegen, wenn ich kurz vorgehe? Ich habe es wirklich eilig."

Charlie blickte sie an. Sie hatte nur ein Brot und einen Viertelliter Milch in der Hand, und da er es nicht wirklich eilig hatte, jedenfalls nicht so eilig wie sie, tja, da war es doch nur höflich und wohlerzogen, sie vorzulassen.

Überschwänglich und allzu großzügig, bot er ihr an: »Äh, ja, nein natürlich, Sie können vor, Mrs. Bittman.«

Sie brüllte: »Hier rüber, Kinder.«

Ihre beiden Kinder, die auf dieses Kommando gewartet hatten, standen mit einem Einkaufswagen, der bis zum Rand mit Lebensmitteln gefüllt war, zum Angriff bereit da. Sofort schoben die Kinder mit dem Wagen los, drängelten sich vor Charlie und versetzten ihm einen schmerzhaften Stoß vors Schienbein.

Er jaulte auf: »Heee!«

Mrs. Bittman und ihre zwei Blagen schoben sich nach vorn, ohne ihn überhaupt noch wahrzunehmen.

Da begann es in Charlies Kopf zu beben. Irgendetwas in seiner Denkmaschine löste knirschend einen Vorgang aus, der den gesamten Mechanismus aus dem Gleichgewicht brachte. Er schaltete knirschend in einen anderen Gang.

Charlie glühte. Er schnappte nach Luft. Seine Ohren dröhnten. Die Gesichter der Leute um ihn herum waren verzerrt, als würde er durch ein Fischauge schauen. Die meisten von ihnen sahen eh nicht gerade wie Models aus.

Wie war das? Das war doch nicht er. Er, Charlie, mochte die Menschen doch. Er versuchte in jedem das Gute zu sehen.

Zur Zeit fühlte er sich selbst allerdings gar nicht gut. Er

hatte das Gefühl, gleich ohnmächtig zu werden, und legte die Hand auf den Tresen, um sich abzustützen, da vor seinen Augen alles verschwamm und seine Knie weich wurden. Sein Blick trübte sich, und seine Haut wurde grau.

Sein Kopf fiel nach vorn, der Hals konnte ihn nicht mehr halten. Seine Lider waren schwer, die Augen fast geschlossen. Sein Kopf schwankte von einer Seite zur anderen wie eine schwere Blüte auf einem zu dünnen Stiel. Er war aschfahl.

Kurz bevor er endgültig das Bewusstsein verlor, kam er plötzlich zu sich, war voll da, standfest, und in ihm brodelten kaum zurückgehaltene Energien.

Man könnte von einer Jekyll/Hyde-Verwandlung sprechen!

Charlie gab es nicht mehr. Wer oder was auch immer jetzt aus Charlies Augen blickte, es war nicht Charlie. Sein gesamter Gesichtsausdruck war anders: unstet, heimtückisch, verschlagen und wechselhaft. Sein vorstehender, fleischiger Mund zuckte.

Er sah hinterhältig und gerissen aus. Allerdings nicht ganz so gerissen, wie er selbst von sich glaubte.

Er hatte das Gesicht eines Klugscheißers, eines Unruhestifters.

Der Anti-Charlie.

Der Polizist musterte Mrs. Bittmanns Berg von Lebensmitteln im Einkaufswagen und sein durchdringender Blick entdeckte zu seiner Freude einen Gegenstand, den sie vergeblich unter den anderen Einkäufen zu verstecken versucht hatte.

Er krempelte seinen Ärmel auf, stieß seine Hand in die Lebensmittel und zog mit unfehlbarer Präzision eine Flasche VAGASAV Vaginalsalbe für spürbar intensivere Intimpflege mit Duftstoffen und Gott weiß was aus dem Wagen.

Höhnisch grinsend hielt der hinterhältige Kerl die Flasche mit dem Etikett nach vorn so geschickt hoch, dass ein professioneller Straßenverkäufer stolz auf ihn gewesen wäre, und rief: »Oh, was haben wir denn da? Vagasav.«

Dann warf er Mrs. Bittman einen lüsternen Blick zu und zog eine Seite seines Gesichts hoch wie Popeye. »Bisschen mehr Käse auf dem Taco gefällig?«

Es dauerte einen Moment, bis sie sich wieder so weit gefasst hatte, dass sie etwas sagen konnte: »Entschuldigen Sie bitte?«

Er sagte: »Sie sind entschuldigt.«

Darauf platzte sie heraus: »Charlie, was ist passiert? Sie reden so seltsam!«

»Nicht Charlie«, sagte er. »Hank.«

»Hä?«

»Hank, so wie bei Bob Hope: ›Hank's for the memories‹.« Charlie/Hank hielt die Flasche Vagasav höher und betrachtete sie genau von allen Seiten.

Er sagte: »Da ist kein Preis drauf, aber ich erledige das schon für Sie.«

Er griff nach dem Mikrofon an der Kasse und hielt es sich vor den Mund. »Den Preis für Vagasav bitte. Der Preis für Vagasav wird gebraucht. Kasse fünf.«

Seine geisterhaft verzerrte Stimme hallte und schallte metallisch durch den Laden. Die Kunden blickten verwundert auf.

Er brüllte in das Mikro, dass die Wände wackelten. »Achtung, Achtung! Wir haben hier eine Kundin, die eine gewaltige Eileiterinfektion hat. Bei ihr sprießt ein Pilz, und es ist sicher kein Champignon. Ende der Durchsage.«

Hank, der Fremde in Charlies Haut, stellte das Mikrofon wieder ab und grinste Mrs. Bittman breit an, die mit aschgrauem Gesicht nach einem Versteck suchte, wo sie sich verkriechen konnte, bis diese schreckliche, erniedrigende Situation vorbei sein würde.

Hank verließ das Geschäft, wobei er praktischerweise vergaß, die Zeitung und die anderen Dinge, die er in der Hand hatte, zu bezahlen. In der Aufregung hatte keiner der Angestellten daran gedacht, das Geld einzufordern, abgesehen davon, dass ihn eh niemand zur Rede gestellt hätte. Für das lausige Gehalt, das Kwikee Mart zahlte, riskierte keiner Kopf und Kragen.

Außerdem ging etwas Abstoßendes von Hank/Charlie aus, etwas das sagte: *Lebensgefahr – nicht berühren.*

Der Geschäftsmann und Präsident des örtlichen Optimist Clubs Earl Shugsider, wusste noch nichts von Hanks Existenz, als er unglücklicherweise genau in jenem Moment an dem Lebensmittelladen vorbeikam und den zuverlässigen und bescheidenen Polizisten ansprach, den er als Charlie kannte.

Stolz sagte er: »Hallo, mein Freund, wussten Sie schon, dass mein Sohn Billy die Hauptrolle im Schulmusical spielt?«

Hank erwiderte: »Oh, là, là, dann ist er wohl vom anderen Ufer!«

Earl stutzte, denn damit hatte er nicht gerechnet. Er war sich nicht sicher, ob er wirklich gehört hatte, was er verstanden hatte. Während er noch darüber nachdachte, ging Hank fort.

Das Problem in Jamestown war, dass zu viele Leute zu lange mit viel zu viel durchgekommen waren, ohne dass man sie zur Ordnung gemahnt hätte. Hank war auf einer Mission, die Stadt zu säubern, und es machte ihm gar nichts aus, sich dabei die Hände ein wenig schmutzig zu machen.

Zuerst knöpfte er sich die kleine Springseil springende Göre vor. Hank erwischte sie, wie sie auf der Stufe zum Springbrunnen des Ortes stand und sich über die Fontäne beugte, um einen Schluck davon zu trinken. Von hinten packte er sie und hielt ihr Gesicht in den Wasserstrahl.

Das war nicht schön, aber das Motto lautete pro-aktiver Gesetzesvollzug. Von Rache ganz zu schweigen.

Er sagte: »Und? Willst du immer noch auf der Straße Springseil springen, hmm?«

Als er sie nach Luft schnappen ließ, japste und spuckte sie und stieß mit weinerlicher Stimme hervor: »Was soll das, Charlie?«

»Mein Name ist Hank, du Miststück, und ich würde dir empfehlen, mich auch so zu nennen.«

Er hatte ihr die Leviten gelesen – gründlich. Deshalb ließ er sie jetzt gehen, und sie schlich sich davon.

Es war ein wunderschöner Tag für einen Besuch im Park. Die großbusige junge Mutter, die mit wackelndem Vorbau an dem Friseur vorbeistolziert war, saß jetzt im Schatten auf einer Bank. Sie las eine Zeitschrift, der Kinderwagen stand schräg vor ihr.

Man stelle sich nur vor, wie erstaunt sie gewesen sein musste, als Hank auf die Bank zu geschlendert kam und sich plötzlich verrenkte, bis sein Kopf mit dem Gesicht nach oben in ihrem Schoß lag, um kurze Zeit später unter ihrer Bluse zu verschwinden.

Als sie sich vom ersten Schock erholt hatte, wich das Erstaunen schnell der Entrüstung, und sie zog ihre Brustwarze aus Hanks saugendem Mund.

Er blickte an ihr hinauf. Um seine Lippen glänzte ein feuchter Milchbart. Er sagte: »Macht müde Männer munter!«

Beim Friseur war es ziemlich ruhig. Es hatte sich nicht viel geändert. Dick McGinn und Jack lungerten immer noch über ihrem Backgammonspiel. Freddie hatte den kleinen Timmy fertig frisiert und wollte ihn gerade mit der Kleiderbürste einmal kräftig abbürsten. George stand immer noch am Fenster und gaffte die bunte Schar der Passanten an.

Jack zog einen Spielstein auf dem rotbraunen Brett. »Dick, du bist dran.«

Dick blickte einen Moment lang auf und rieb sich den Kopf. Plötzlich schrie George auf und erstarrte zu einer Salzsäule. Dick sah beiläufig zu ihm hinüber.

George wich zurück, weg vom Fenster.

Ein riesiger Schatten kam auf das Schaufenster des Friseurs zu, der sich schnell als Dicks brandneuer Buick entpuppte, der nicht länger unerlaubt parkte, sondern über den Bürgersteig direkt auf Freddies Schaufenster zu rollte und dann hindurch fuhr.

Mit quietschenden Reifen und röhrendem Motor machte das Auto einen Satz nach vorn. Dick zuckte zusammen, während er noch immer den Würfel festhielt, den er gerade hatte werfen wollen.

Die Glasscheibe zersprang in tausend Stücke und auf den Buick regnete eine klirrende Dusche Glasscherben hinab, als der Wagen in den Salon bretterte.

In einer Gips- und Staubwolke vermischt mit auffliegenden Spänen des schwankenden Gebälks kam er kurz vor dem kleinen Tisch zum Stehen.

Die Fahrertür öffnete sich und es streckte jemand den Kopf heraus, den die Leute im Friseursalon für den Polizisten Baileygates hielten, aber es war kein Geringerer als Hank, der Anti-Charlie. Hank ging, immer noch mit dem Milchbart um seinen zuckenden, grinsenden Mund, vorn um das Auto herum und warf Dick die Autoschlüssel zu.

Der war so perplex, dass er nicht einmal versuchte, sie zu fangen. Sie trafen ihn an der Brust und fielen von dort auf den Boden.

Hank sagte: »Bitte schön, Dick. Ich habe es für dich umgeparkt.«

Er schlenderte zum Auto zurück, stellte einen Fuß auf die

2

Die Ärzte pumpten Hank mit hammermäßigen Beruhigungsmitteln voll, und als er aufwachte, war er wieder Charlie, total groggy und verwundert, warum er plötzlich im Krankenhaus lag. Hatte er etwa einen Unfall gehabt und durch den Schock vergessen, was passiert war?

Er wunderte sich noch mehr, als er erfuhr, dass er sich in einer Nervenheilanstalt auf der geschlossenen Station für potenziell gewalttätige Patienten befand.

Er, Charlie Baileygates, sollte verrückt sein? Das war doch ... ja, verrückt war das!

Er erzählte allen Angestellten, Ärzten, Pflegern und Sanitätern, dass es ihm gut ginge und er völlig normal sei. Sie behielten ihn dennoch für einen Großteil der Woche zur Beobachtung da. Da es keine weiteren Vorkommnisse gab, die auf sein Hank-Ich hinwiesen, und da der Platz für schlimmere Fälle gebraucht wurde, aber hauptsächlich, weil seine Krankenkasse nicht mehr länger zahlte, entließen sie ihn dann.

Am Wochenende blieb er zu Hause und ruhte sich aus. Am Montagmorgen zog er seine Uniform an und machte sich auf den Weg zur Arbeit. Aber Charlie fuhr nicht wie üblich Streife, sondern ging zu einer Besprechung hinter verschlossenen Türen in Captain Partingtons Büro. Das Thema: Die Frage, ob Charlie seinen Dienst wieder aufnehmen konnte. In seiner

Funktion als Partingtons Stellvertreter war auch Finneran anwesend.

Partington, Finneran und Charlie saßen um einen Tisch. Charlie saß mit gefalteten Händen an einem Ende und sah die beiden anderen auf der gegenüberliegenden Seite erwartungsvoll an.

Partingtons Stuhl knarrte, als er sich vorbeugte und versuchte, besorgt und kumpelhaft auszusehen. Seine Augen glänzten, wie die eines wohlgesinnten Krokodils, das gerade gefressen hatte und noch nicht wieder hungrig war.

Finneran sah aus, wie das, was er war: ein totales Arschloch.

Mit männlicher Plumpheit und der Haltung eines Mannes, der offen ausspricht, was er denkt, sagte Finneran frei heraus: »Du bist irre, Charlie! Oder, wie es die besten Seelenklempner von New England ausdrücken: Du tickst nicht ganz richtig.«

Captain Partington zuckte leicht zusammen und sagte dann: »Finneran, ein bisschen mehr Mitgefühl wäre schon angebracht, okay? Herrgott noch mal, schließlich handelt es sich hier um einen Menschen, um einen Kollegen.«

An Charlie gewandt fuhr er fort: »Charlie, was wir Ihnen hier auf nette Art und Weise beizubringen versuchen ist, dass Sie eine gewaltige Schraube locker haben.«

Charlie dachte einen Moment lang darüber nach, wobei ihn die beiden anderen anstarrten und auf seine Antwort warteten. Schließlich sprach er: »Hä?«

Partington setzte erneut an und nickte dabei freundlich. »Die Ärzte haben bei Ihnen eine gespaltene Persönlichkeit diagnostiziert.«

Finneran mischte sich wieder ein: »Du bist ein Schizo.«

Charlie fiel es schwer, diese Diagnose zu schlucken. »Ich ... ich weiß nicht, was ich dazu sagen soll, Chef. Ich wünschte, ich könnte mich daran erinnern, was passiert ist, aber es ist alles weg.«

»Das kommt daher, weil es dem Bericht zufolge nicht Ihnen passiert ist, sondern ... diesem anderen Kerl«, erklärte der Captain mit ernster Miene.

Finneran fügte hinzu: »Hank.«

Charlie starrte ihn mit offenem Mund an. »Wem?«

Finneran sagte: »Er nannte sich Hank.« Den Namen würde Finneran so schnell nicht vergessen. Charlie konnte man nicht ernst nehmen, aber Hank war, um ehrlich zu sein, ein bisschen ... na ja, er machte einem nicht direkt *Angst*, aber er war doch, ja, er war unberechenbar, schwer einzuschätzen.

Na ja, irgendwie machte er einem doch Angst.

Partington fuhr fort: »Anscheinend drängte Hank nach draußen.«

Das war ja ein starkes Stück. Charlie fragte ungläubig: »Was meinen Sie mit nach draußen? Wie ist er denn reingekommen?«

Finneran antwortete: »Du hast ihn geschaffen.« Seine Betonung lag auf dem »Du«. Als wolle er Charlie die Schuld dafür geben.

War er schuld? Er wusste es selbst nicht.

Partington erklärte: »Sie haben ihn geschaffen, indem Sie Ihre Probleme nicht verarbeitet haben, Charlie. Seit ... na, Sie wissen schon, seit wann ... haben Sie Auseinandersetzungen gemieden. Dieser Mann in Ihnen drin dagegen ...«

»Hank«, sagte Finneran, der entschlossen war, Charlies chaotisches Alter Ego nicht in Vergessenheit geraten zu lassen.

»... tut das jedenfalls nicht«, sagte der Captain. »Die Ärzte sind der Ansicht, dass er aus einer Notwendigkeit heraus geboren wurde. Sie haben sich nie verteidigt und das hat sich anscheinend jetzt gerächt.«

Charlie versuchte klar, engagiert und völlig normal auszusehen. Er gab sich große Mühe, aber das Blitzen in seinen Augen hätte die anderen beunruhigt, auch wenn die psychotische Hank-Episode nie passiert wäre.

Charlie gab sich vernünftig. »Tja, die dürfen ihre Expertenmeinung natürlich äußern, aber ich stimme dem nicht zu. Ich habe Auseinandersetzungen keinesfalls gemieden. Stimmt's, Finneran? Nun sag's schon.«

Finneran spottete: »Ach hör doch auf, Charlie. Du sagst doch nie, was du denkst.«

Partington fragte: »Charlie, warum haben Sie sich keine Auszeit genommen, damals, nachdem Layla Sie verlassen hat?«

Die Nennung von Laylas Namen versetzte Charlie immer noch einen Stich, der sich auf seinem Gesicht widerspiegelte. Schon wirkte er nicht mehr so sicher und reagierte ausweichend und aufbrausend:

»Warum sollte ich? Jeden Tag verlassen Frauen in diesem Land ihre Männer. Das ist kein Grund, meinen Arbeitgeber übers Ohr zu hauen.« Seine Stimme überschlug sich vor Emotionen.

»Ich hab doch kein Fieber oder sonst irgendeine Krankheit gehabt", fügte er ermattet dazu.

Partington und Finneran sahen sich an. Behutsam fragte Partington: »Charlie, haben Sie sich Ihre Medikamente besorgt?«

Charlie gewann einigermaßen die Fassung wieder. »Ja, aber ich mag sie nicht. Ich krieg davon so ein schrecklich stumpfes Gefühl im Mund.«

»Sie müssen sie aber trotzdem nehmen. Dr. Rabinowitz hat uns versichert, dass alles gut wird, wenn Sie sie nehmen.«

»Ja, ja, wenn Sie dann zufrieden sind ...«

Stimmen drangen gedämpft durch die geschlossene Tür,

die auf einen Tumult am Empfangstresen schließen ließen. Es schien ein Handgemenge zu geben, dann rief eine Frauenstimme: »Eh, lassen Sie los!«

Es hörte sich gar nicht gut an. Auch zehn Tage nach Hanks Wüten war auf dem Polizeirevier noch ein gewisses Unbehagen zu spüren.

Partington, Finneran und Charlie standen auf und traten vor die Tür, von wo aus sie den Empfangstresen einsehen konnten.

Der Polizist Pritchard kam mit einer Frau in Handschellen auf sie zu. Sie war Ende Zwanzig, schimpfte wie ein Rohrspatz – und war sehr schön. Schlank, aber wohlgeformt mit runden Kurven. Sie hatte wirres Haar, ihr Gesicht war rot angelaufen, und ihre Augen funkelten ärgerlich und womöglich auch ein kleines bisschen ängstlich.

Aber sie war zweifelsohne eine dufte Puppe, ein toller Feger.

Und sie wusste sich ausdrücken. Als sie Captain Partington sah, rief sie: »Hören Sie mal, das ist doch Scheiße!«

Sie schrie direkt in Pritchards Ohr, worauf der erschrocken zurückwich. Er hatte die Hände auf ihre Schultern gelegt und führte sie den Korridor hinab. Dann sagte er: »Ist ja gut. Regen Sie sich nicht so auf.«

Sie erwiderte: »Lassen Sie mich verdammt noch mal sofort los!«

Partington machte eine Schritt auf sie zu. Der lange Schatten seiner imposanten Autorität legte sich auf die beiden. Finneran und Charlie folgten ihm.

Der Captain fragte: »Pritchard, was geht hier vor sich?«

Pritchard antwortete: »Ihr Name ist Waters, Irene P., Captain. Ich habe sie mit kaputtem Rücklicht auf der 95 angehalten. Dann kam raus, dass im Nordwesten des Bundesstaates New York Haftbefehl gegen sie vorliegt.«

»Absoluter Blödsinn!«, sagte Irene.

Die Vehemenz, mit der sie das sagte, ließ darauf schließen, dass sie womöglich sogar selbst daran glaubte. Aber das war nichts Neues für die Polizisten. Sobald jemand es mit dem Gesetz zu tun bekam, war er nach eigener Einschätzung immer unschuldig. Wenn man den Verdächtigen glauben wollte, hatte die Polizei noch nie eine schuldige Person verhaftet. Sie waren alle unschuldig, bis sie sich mit dem Staatsanwalt auf einen Vergleich geeinigt hatten.

Durch Partington entspannte sich die Situation ein wenig, und Irene beruhigte sich zumindest soweit, dass es einigermaßen sicher war, ihr die Handschellen abzunehmen. Sie rieb sich die schmalen Gelenke, wo die Handschellen rote Stellen auf ihrer glatten, rosafarbenen Haut hinterlassen hatten.

Partington führte sie zu einem Tisch im Verwaltungsbereich des Reviers und ließ sie sich setzen, während Maryann für ihn prüfte, ob ein Haftbefehl gegen Irene vorlag.

Natürlich bestätigte sich dies, und Partington überflog den Text auf dem Computerausdruck.

Irene fragte empört: »Ein Haftbefehl? Weshalb?«

Partington antwortete mit ernster, fast betroffener Miene: »Fahrerflucht. Ein verletzter Fußgänger hat Anzeige erstattet.«

Irene wurde immer gereizter. »Das ist doch lächerlich, ich war noch nie in meinem Leben in einen Unfall verwickelt.«

Partington zuckte mit den Achseln. »Ich habe gerade mit der New York State Police telefoniert. Die scheint das gar nicht lächerlich zu finden.«

Es fiel ihr sichtlich schwer, aber sie hielt sich unter Kontrolle, schaltete einen Gang zurück und sagte ziemlich cool: »Ich sag euch eins: Spulen wir doch einfach vor bis an die Stelle, wo ich nackt im Schulbus sitze, sodass ich aus meinem Albtraum aufwachen kann.«

Partington blickte sie kühl an, ohne etwas zu sagen. Irene beugte sich vor und sagte ruhig, aber bestimmt: »Da hat jemand einen Fehler gemacht.«

Soweit waren sich der Polizeichef und sie einig. Aber da endeten die Gemeinsamkeiten auch schon und ihre Auffassungen gingen weit auseinander. Alles, was Partington wusste oder wissen musste, war, dass die New Yorker Polizei einen Haftbefehl wegen Fahrerflucht erlassen hatte, und dass die Verdächtige gerade vor ihm saß.

Der Captain ließ sich nicht leicht zum Narren halten, aber verdammt noch mal, die Frau wirkte wirklich überzeugend. Der Haftbefehl war in einem Ort namens Messina erlassen worden: Messina, New York.

»Miss Waters, waren Sie letzten Freitag, am zweiten Mai, in Messina, New York?«

»Ja, schon ...« Sie ließ den Satz unvollendet in der Luft stehen und ihr Blick trübte sich leicht, während sie grübelnd dasaß.

Schließlich sagte sie: »Ich habe dort in den letzten zwei Jahren gelebt, aber ich war nie in einen Unfall verwickelt. Jetzt bin ich auf dem Weg, um meine Schwester in Martha's Vineyard zu besuchen. Können wir das nicht per Post erledigen?«

»Dummerweise müssen Sie nicht mich davon überzeugen, dass hier ein Fehler vorliegt, sondern die Kollegen in Messina.«

Irene schnappte nach Luft: »Warten Sie mal, soll das heißen, dass ich den ganzen Weg bis ganz in den Westen des Staates New York zurückfahren soll?«

»O nein.«

»Na, Gott sei Dank!«

»Ein Kollege von mir wird Sie dort hinfahren«, sagte der Captain gelassen. Auf dem Gang ging etwas vor sich, was ihn ablenkte.

Charlie stand dort am Trinkwasserspender und nahm eine Tablette. Es war eine große, dicke Pille, die er sich auf die Zunge legte und mit etwas Wasser hinunterspülte, worauf sein Adamsapfel auf und ab hüpfte.

Vielleicht war es ein psychologisches Problem, aber kaum hatte er die Tablette hinuntergeschluckt, da wurde sein Mund auch schon ganz trocken. Staubtrocken. Er fühlte sich an, als wäre er voller scharfer Salzcracker. Seine Zunge wurde dick und schwer.

Er versuchte sie aufzurollen und seine Lippen zu bewegen, wobei er schmatzende Laute von sich gab.

Irene sank entmutigt tiefer in ihren Stuhl.

Captain Partington beobachtete Charlie und strich sich gedankenverloren über das kantige Kinn.

»Ja, Miss Waters, Sie werden von einem Polizisten eskortiert.«

Irene seufzte.

Während Irene sich auf dem Polizeirevier von Jamestown, Rhode Island, herumärgerte, stapften zweihundert Meilen davon entfernt, in Messina, im Nordwesten des Bundesstaats New York, nicht weit von der kanadischen Grenze entfernt, vier Männer bei einer Partie Golf über das feuchte Grün des Mississauga Country Clubs.

Der Golfplatz befand sich auf einem ehemaligen Sumpf- und Vogelschutzgebiet. Der morastige Boden war trockengelegt und gestaltet worden, bevor das Clubhaus, ein Restaurant, ein Sportgeschäft, ein Schwimmbad, Tennisplätze und eine weitläufige 18-Loch-Anlage darauf gesetzt worden waren.

Trotz dieser teuren Aufbereitung konnte der Boden seine sumpfige Vergangenheit nicht abstreifen. Unter dem satten und teuren Grün war der Boden feucht und durchweicht. Die

Rasenflächen sahen stets so aus, als wenn es gerade einen ganzen Tag geregnet hätte, und die Roughs glichen einem Dickicht, auch wenn die Greenkeeper die Büsche noch so zurückstutzten. Die Wasserlöcher ähnelten schwarzen Lagunen, in der blassgrüne Pflanzenreste auf trübem, schwarzgrünem Wasser trieben.

Aber Golf bleibt Golf, und die vier Stümper gehörten zu den Menschen, die es sich erlauben konnten, den Montagmorgen auf dem Golfplatz zu verbringen, während der größte Teil der Bevölkerung bereits seiner Arbeit nachging.

Einer der vier war Dickie Thurman, ein ausgesprochen cleverer Unternehmer mit glücklichem (faltigem) Händchen. Er war so elegant, dass er sowohl einen Seidenschal als auch eine Fliege trug. Sein zweifarbiges, gelb-weißes Hemd war farblich auf die passende grün-gelb-rot karierte Hose abgestimmt. Weiße Golfschuhe mit fächerförmigen Zungen, die mit Federn besetzt waren, und eine grün-weiße, übergroße karierte Kappe mit gelbem Bommel rundeten sein Outfit ab.

Es war eines dieser Ensembles, in dem sich niemand irgendwo anders auf der Welt hinwagen würde als auf einen Golfplatz, und auch hier kreuzen nicht viele in so einer Aufmachung auf. Aber fehlendes Selbstbewusstsein gehörte nicht zu Dickies Charakterprofil.

Das Quartett stand auf dem Grün. Einer von ihnen versuchte gerade aus drei Metern einzulochen.

Ein Mückenschwarm umkreiste ihn, während er zum Putten ansetzte. Er wedelte mit der Hand vor seinem Gesicht und versuchte, die Insekten zu verscheuchen.

Er spielte den Putt, wobei der Ball einen guten Meter am Loch vorbeirollte.

Dickie kommentierte dies belehrend: »Das musst du aber noch ein bisschen üben.«

Der andere, der gerade das Loch verfehlt hatte, warf ihm einen bösen Blick zu. Er fuhr sich mit der Hand über Mund und Nase, als wolle er etwas wegwischen. »Dieses verdammte Ungeziefer ist überall!«

Er positionierte sich wieder über dem Ball, schwang den Schläger einmal zur Vorbereitung durch die Luft und nahm Maß. Gerade, als er sich voll auf den Schlag konzentrierte, klingelte Dickies Handy.

Dickie lächelte den anderen kühl an, nahm sein Handy vom Gürtel und hielt es sich, ein bisschen zu lässig, ans Ohr. »Jaaa?«

Am anderen Ende der Leitung fauchte Irene: »Du bist ein riesiges Arschloch!«

Dickie, der ihre Stimme nicht sofort erkannte, war einen Moment lang sprachlos. Es gab einige Frauen in seiner Bekanntschaft, die Grund gehabt hätten, ihn als solches zu bezeichnen.

»Wer ist da bitte?«, fragte er.

»Hier ist deine Mutter. Ich habe eine Zeitmaschine erfunden, mit der ich mich in das erste Drittel der Schwangerschaft zurückversetzen lassen kann, um dich mit einem Bügel herauszuhebeln.«

Jetzt wusste er, mit wem er sprach. »Ah, hallo Irene. Was gibt's?«

Sie kochte. »Hör auf, den Unschuldsengel zu spielen. Ich bin hier bei der Polizei irgendwo in Rhode Island, und die wollen mich nach Messina zurückverfrachten, weil man mich angeblich wegen Fahrerflucht angezeigt hat.«

»Was zum ...?« Immer diese Komplikationen, dachte Dickie. »Irene, nun beruhige dich mal. Ich habe keine Ahnung, wovon du sprichst.«

Sie glaubte ihm kein Wort. »Ach, hör doch auf, Dickie. Ich weiß, dass du dahinter steckst.«

»Ich sage die volle Wahrheit. Wenn du Hilfe brauchst, dann sag Bescheid. Du brauchst mir nur zu sagen, worum es geht, und ich gehe der Sache auf den Grund.«

Neben ihm schlug der andere seinen Putt – und lochte ein. Als er den Ball herausholen wollte, hüpfte ihm ein Frosch entgegen und erschreckte ihn fast zu Tode.

Auf dem Polizeirevier ließ Captain Partington Charlie unterdessen nicht zum Dienst antreten, sondern schickte ihn nach Hause. Charlie war deprimiert und enttäuscht. Der Captain versuchte ihn damit aufzumuntern, dass er einen wichtigen Job für ihn habe, keine Beschäftigungsmaßnahme, sondern einen richtigen, offiziellen Auftrag, der ein oder zwei Tage in Anspruch nehmen würde. Deshalb solle Charlie sich jetzt dafür ausruhen.

Zu Hause erzählte Charlie seinen Bengels, dass er am nächsten und wahrscheinlich auch für einen Großteil des darauffolgenden Tages unterwegs sein würde, um einen Gefangenentransport durchzuführen.

Seine Stubenhocker waren davon nicht gerade begeistert. Misstrauisch fragte Lee Harvey: »Messina, New York? Das ist verdammt nah an Kanada.«

Charlie erwiderte: »Ich weiß, ich weiß, es war ja auch nicht meine Idee. Ich soll dieses Mädel da rauf eskortieren und dann soll ich dort eine Woche Urlaub machen.«

Shonte Jr. fragte: »Warum denn eine ganze Woche? Das ist eine verdammt lange Zeit.«

Charlie lächelte schwach mit zusammengekniffenen Lippen. »Tja, Partington meint, ich solle mich ein bisschen ausruhen und mich an die Medikamente gewöhnen.«

Jamal ging auf seinen Vater zu und legte seine Hand auf Charlies Schulter. »Mach dir um uns keine Sorgen, Daddy. Wir sind ja schon groß.«

»Ja, das seid ihr«, sagte Charlie und musste schlucken.

»Einer der beiden Schafsköpfe kauft ein und ich übernehme das Kochen.«

»Das klingt gut.«

Lee Harvey entgegnete: »Du willst kochen? Shit! Du bist doch derjenige, der bei Hamburgern nur an die Reeperbahn denkt. Shonte Jr. sieht dann bald aus wie Sally McBeal.«

Shonte Jr. sagte voller Mitgefühl: »Man sollte der Kleinen echt mal ein ordentliches Sandwich geben.«

Jamal erklärte: »Sie ist die Frau auf dem Plakat für die Hungerhilfe.«

Charlies Lächeln entspannte sich. Dann erinnerte er sich an seine elterlichen Pflichten und sagte mit ernster Stimme: »Ihr kennt die Hausregeln – nach elf keine Schweinereien mehr.«

Im Mississauga Country Club fand eine Cocktailparty statt. Es war eine Glitzerwelt voller attraktiver, wohlhabender Menschen beiderlei Geschlechts, die teilweise sogar mit ihren eigenen Ehepartnern zusammenstanden. Die Eiswürfel klirrten in den Gläsern, während banale Phrasen höflicher Konversation durch den Raum schwebten.

Das Wichtigste aber waren die Drinks.

Dickie Thurman konnte noch einen gebrauchen, denn er hatte ein Geschäft zu erledigen. Das war hier nicht unüblich. Viele Geschäfte entstanden beim Golf, auf dem Grün oder bei einem Cocktail im Clubhaus.

Für sein Geschäft musste er das Clubhaus verlassen. Er kehrte dem strahlenden Glanz und den festlich gekleideten Gästen auf der Party den Rücken zu und ging über den honigfarbenen, gebohnerten Parkettboden in Richtung Terrasse.

Der Weg nach draußen führte durch eine Schiebetür mit

Fliegengitter. Als er sie öffnete, ließ er einen Schwarm Insekten ins Clubhaus. Er schloss die Tür hinter sich.

Die Terrasse bestand aus einer runden, gepflasterten Fläche, auf der ein halbes Dutzend runde Tische mit gusseisernen, weißen Stühlen stand. Die Tische waren von Schirmständern durchbohrt, deren Schatten spendendes Tuch jetzt bei Nacht zusammengebunden war wie gereffte Segel.

Farbige Lichterketten waren darüber gespannt, die ein schachbrettartiges Muster aus hell und dunkel auf die Terrasse warfen.

Viel mehr fiel allerdings ein seltsames elektrisches Gerät auf, ein länglicher, rechteckiger Kasten, von dem ein unheimliches, purpurfarbenes Licht ausging und das wie ein Transformator summte. Es war ein Fliegengrill, und alle paar Sekunden hörte man ein Zischen, sobald sich ein weiteres Tierchen in seinen Untergang locken ließ und im Grill gegrillt wurde. Es knisterte fast ohne Unterbrechung, und der Geruch von Verbranntem hing über den feuchten Steinen der Terrasse.

Abgesehen von ein oder zwei Paaren, die im Schutz der Dunkelheit Ehebruch begingen und noch viel weniger bemerkt werden wollten als Dickie Thurman, war die Terrasse leer. Er entfernte sich so weit es ging von dem Fliegengrill und stellte sich in eine ruhige Ecke gegenüber der Glasfront des Clubhauses.

Jenseits des Lichtes lag der dunkle, feuchte Golfplatz. In der Luft schwirrten die Mücken. Aus der dunklen Ebene drang ein permanentes Rascheln und nervtötendes Zischen herauf – das Geräusch von Gänsen, die in den Golfplatz eingedrungen waren und sich im Schilfgras an den Wasserlöchern gegenseitig bekämpften.

Neben Dickie erschien eine Gestalt aus der Dunkelheit. Es war nichts Geisterhaftes an ihr. Vielmehr war sie eine sehr imposante Erscheinung. Es handelte sich um Joe Gerke, einen dicken Kerl in Freizeitkleidung mit zerfurchtem Gesicht und schmalen Schlitzaugen.

Seine Kaufhausjacke konnte die Waffe, die er um die Hüfte trug, nicht verbergen.

Verärgert und gereizt sagte Dickie: »Warum hast du so lange gebraucht?«

Gerke erwiderte unbeeindruckt: »Eh, ich hab so schnell gemacht, wie ich konnte. Du weißt, dass es für mich nicht gut aussieht, wenn ich mich hier blicken lasse.«

Dickie tat die Bedenken des anderen mit einer abfälligen Handbewegung ab: »Ja, ja.«

Er hatte schlechte Laune. Es waren Fehler begangen worden, die jetzt wieder rückgängig gemacht werden mussten. »Was hast du rausgefunden?«

»So einiges«, sagte Gerke. »Wer zum Teufel ist diese Irene überhaupt?«

»Sie hat die letzten beiden Jahren für mich gearbeitet. Ich mochte sie. Ein bisschen launisch, die Kleine, aber dumm war sie nicht.«

Gerke hatte seine eigene Meinung darüber, wer hier dumm war, aber die behielt er für sich. »Wieviel hat sie mitgekriegt?«

»Schwer zu sagen. Ich habe sie als Managerin für die Gestaltung des Golfplatzes eingestellt. Sie war schließlich ein cleveres Mädchen, hatte den besten Abschluss ihres Jahrgangs. Es stellte sich allerdings heraus, dass sie nicht die leiseste Ahnung von Golfanlagen hatte. Ich musste sie bei der Hand nehmen und mit ihr buchstäblich die Samen aussäen. Jedenfalls sind wir uns dabei nähergekommen, und du weißt ja, wie das ist: Der Schwanz wird hart und das Herz weich. Ich habe versucht, sie aus den Verhandlungen rauszuhalten, aber vielleicht hat sie doch Wind von der Sache gekriegt.«

Jetzt war es raus. Gerke hatte so etwas schon oft genug mitgemacht, um zu wissen, dass die meisten Leute dermaßen viel Angst davor hatten, den Tatsachen ins Auge zu blicken, dass sie die Wahrheit sogar vor sich selbst nicht zugeben konnten. Man musste sie schrittweise heranführen, bis sie erkannten, dass es für bestimmte Probleme nur eine Lösung gab.

Er würde sich langsam vorarbeiten. Es war noch früh. Zur Zeit zog er die Schrauben lediglich etwas fester und ließ Dickie die Realität schon mal in aller Härte spüren.

Angewidert sagte Gerke: »Ach du Scheiße, sowas kann dich den Kopf kosten, Dickie – und mich auch. Warum hast du sie gehen lassen?«

Dickie zuckte mit den Schultern. Die Wahrheit war, dass das, was zwischen ihm und Irene mal gewesen war, sich schon lange abgekühlt hatte, bis er die alte Matratze zum Schluss nicht schnell genug loswerden konnte.

Er antwortete: »Tja, das war, mmh, etwas kompliziert. Ich dachte, es würde sich von selbst erledigen, als sie aus der Stadt abgehauen ist. Aber jetzt kommt diese Fahrerfluchtscheiße dazwischen und ich frage mich, ob ich vielleicht zu gutgläubig war.«

»Das werden wir bald feststellen. Die Anzeige wurde von einem Typen namens Peterson erstattet.«

»Kenn ich nicht.«

Gerke ließ die Bombe platzen. »Er ist bei der Umweltbehörde, der EPA.«

Dickie drehte sich um und sah den anderen scharf an. »Bei der Umweltbehörde? Ich dachte, die hättest du im Griff?«

Gerke murmelte: »Nicht alle.«

Dickie runzelte die Stirn. Das war nicht gut.

Der Fliegengrill schrieb purpurfarbene Blitze in die Luft wie bei einem Frühlingsgewitter. Unten an den Wasserlöchern planschten und flatterten zischend unsichtbare Gänse.

3

Charlie trug die volle Montur der Rhode Island State Police, wie es für offizielle Gesandte vorgeschrieben war, die mit einer anderen Polizeibehörde zu tun hatten. Am Dienstagmorgen um kurz nach neun Uhr, nachdem er sein Motorrad noch einmal vorsorglich durchgecheckt hatte, machte er sich für den Transport der Gefangenen zur New York State Police in Messina, New York, startklar.

Er stopfte seine Umhängetasche in das seitliche Gepäckfach des Motorrades.

Captain Partington und Irene standen neben ihm. Sie hatte einen Motorradhelm in der Hand und sagte: »Als Sie davon sprachen, Sie würden mich nach Messina zurückbringen, hatte ich gedacht, Sie meinten im Auto.«

Partington sah sie mit ausdruckslosem Gesicht von der Seite an. »Ich wünschte, wir hätten eins übrig, Miss Waters. Aber die Polizei leidet unter Geld- und Ausstattungsmangel. Wir haben einfach keinen Wagen, auf den wir für längere Zeit verzichten könnten. Aber Charlie Baileygates ist einer unserer besten Motorradpolizisten. Der bringt Sie da schon hin. Keine Angst.«

Der Captain blickte um sich. »Das Wetter ist auch gut. Ich glaube nicht, dass es regnen wird. Ein Motorrad auf nasser Straße zu fahren kann nämlich ganz schön gefährlich sein.

Sie glauben nicht, was ich schon für Motorradunfälle gesehen habe. Mich würden Sie nicht auf so ein Ding kriegen! Aber Sie sind jung. Für Sie ist das ein Abenteuer.«

Wenig begeistert setzte Irene sich den Helm auf, den man ihr gegeben hatte, steckte ihre Haare darunter und zog den Riemen unter ihrem Kinn fest.

Der Captain begleitete sie zum Motorrad. Er gab Charlie einen Umschlag mit den Unterlagen für den Gefangenentransfer. Charlie steckte ihn ein, stieg auf das Motorrad und betätigte den Kickstarter, um den schweren Motor in Gang zu bringen. Der Auspuff röhrte, die Maschine bebte.

Irene kletterte hinter ihn und setzte sich steif auf den Soziussitz. Charlie sagte: »Halten Sie sich gut fest.«

Irene hielt sich am Sitz fest. Charlie betätigte Kupplung und Gas, und die Maschine setzte sich in Bewegung. Am Ende des Parkplatzes bogen sie auf den Zubringer, der das Polizeirevier mit dem Highway verband.

Maryann stand an der Tür und sah Charlie – mit dem Motorrad auf offizieller Mission – nach, bis er nicht mehr zu sehen war.

Sie sagte: »Ein paar Tage Urlaub sind genau das Richtige für ihn. Ich wette, er ist wie neugeboren, wenn er zurückkommt.«

Partington erwiderte barsch: »Wenn wir ihn zurückkommen lassen.«

Maryann fragte besorgt: »Was meinen Sie damit?«

»Ich meine, er wird zu einer so großen Belastung, dass wir ihn wohl entlassen müssen.«

»Aber Captain, die Arbeit bei der Polizei ist Charlies –«

»Ich weiß, verdammt noch mal«, sagte der Captain bedrückt. »Ich weiß.«

Charlie und Irene, die unfreiwilligen Easy Rider, begaben sich mit dem Chopper auf Entdeckungstour durch Amerika, zumindest durch den Teil, der zwischen Rhode Island und Messina, New York liegt. Richtung Westen stießen sie auf Vororte, Rotlicht-Bezirke und Highways. Die Besiedlung wurde immer dünner und schon bald säumten immer häufiger Wälder und Felder die Straße. Die Dichte der Raststätten nahm rapide ab.

Die Landschaft im Nordwesten des Staates New York ist hauptsächlich von Nadelwäldern geprägt, unterbrochen von Feldern und Weiden. Die Luft war kalt und klar. Irene klammerte sich hinter Charlie an ihrem Sitz fest und langweilte sich, während das Motorrad den Highway entlangbrauste.

Sie hielten an einer Tankstelle. Zwischen den Zapfsäulen stand ein kleiner quadratischer Plexiglaskasten, in dem ein Tankwart saß. Er machte keinerlei Anstalten herauszukommen.

Offensichtlich war hier Selbstbedienung. Charlie öffnete den Tankdeckel und schob den Schlauch in den Einfüllstutzen. Der Sprit wurde hochgepumpt und blubberte in den Tank.

Irene stieg vom Motorrad und streckte sich. Dann ging sie zu einem Getränkeautomaten.

Als der Tank voll war, hängte Charlie den Schlauch wieder an seinen Platz an der Zapfsäule und ging mit dem Helm unter dem Arm zu dem Plexiglaskasten. Der Tankwart war ein junger Kerl mit rundem, pickeligem Gesicht, Doppelkinn und schwarzen runden Augen. Er trug eine rote Baseballkappe mit passendem Jogginganzug, auf dem das Logo der Mineralölgesellschaft eingestickt war.

In dem Kasten gab es auch Zigaretten, Bifi, Duftbäumchen, Kaugummi und Ähnliches. Außerdem hatte der Tankwart eine Anzeige vor sich, von der er ablesen konnte, wieviel Benzin aus jeder Zapfsäule entnommen wurde. Charlie schob einen Zwanzig-Dollar-Schein durch den schmalen

Schlitz in dem Plexiglaskasten. »Für's Benzin, und dann hätte ich gern noch ein Paket Tum-Magentabletten bitte. Danke.«

»Tums hab ich nicht.« Durch das eingebaute Mikrofon klang die Stimme des Tankwarts blechern.

»Oh, das ist aber schade.«

Der Tankwart starrte Charlie an und blinzelte dabei ein paarmal. Charlie sagte: »Ich brauche eine Quittung, bitte.« Bevor er sie in sein Portemonnaie steckte, überprüfte er sie sorgfältig. Das war wichtig für einen Polizisten im Außendienst. Wer seine Reisekosten nicht mit den entsprechenden Quittungen belegen konnte, musste die Differenz aus eigener Tasche bezahlen. Charlie war in diesen Dingen sehr korrekt.

Er ging zum Motorrad hinüber, wo Irene Saft trank. Sie hielt ihm eine noch ungeöffnete Flasche hin und sagte: »Hier, für Sie. Trinken Sie.«

Er nahm sie und schaute auf das Etikett. »Papaya?«

»Das ist gut für den Magen.«

Charlie öffnete sein Getränk und setzte es sich an die Lippen. Einen Moment lang sprach keiner von ihnen. Als die Flasche halb leer war, sagte Charlie: »Mir tut die Sache übrigens wirklich Leid. Ich wünschte, wir hätten das alles von Rhode Island aus regeln können – das wäre für alle Beteiligten einfacher gewesen.«

Irene presste die Lippen aufeinander und stieß ein »Mm«, hervor. Aber wenig später entspannten sich die Züge um ihren Mund und sie wirkte nicht mehr feindselig, sondern resigniert: »Ich bin wohl selber schuld.«

»Wie konnte das passieren – haben Sie den Kerl nicht gesehen?«

»Ich habe Ihnen doch schon gesagt, dass es gar keinen Unfall gegeben hat«, sagte sie, »ich habe mich nur mit dem falschen Menschen eingelassen.«

»Wie meinen Sie das?«

»Mit einem Mann. Wir hatten ... ach, wissen Sie, das ist eine lange Geschichte.«

Sie sah so unglücklich aus, dass Charlie zu ihr ging und ihr unbeholfen den Rücken tätschelte, um sie zu trösten. »Sie müssen mir das nicht erklären. Ich habe das selbst mitgemacht ... mit einer Frau natürlich.«

Sie richtete sich auf, bis sie kerzengerade stand, und streckte den Oberkörper vor. Trotzig sagte sie: »Ich werde sowas nie wieder mitmachen.«

Ihren Lippen sah man nichts an, aber ihre Augen wurden feucht. Sie wandte sich ab und setzte ihren Helm auf. Charlie, der sich nicht in ihr Privatleben einmischen wollte, ging zum Mülleimer und warf seine leere Saftflasche hinein. Er war sich nicht sicher, aber er hatte das Gefühl, das Rumoren im Magen sei schon viel besser geworden. Vielleicht wirkte dieses Papayazeug wirklich.

Auf der anderen Seite der Zapfsäulen wurde der Motor eines Autos gestartet, und der Fahrer warf eine Tüte mit Fastfoodresten durch das offene Fenster auf der Beifahrerseite in Richtung Mülleimer.

Sie landete daneben, und der Inhalt der Tüte verteilte sich auf dem Boden. Er gab Gas, fuhr von der Tankstelle hinunter und brauste auf dem Highway davon.

Charlie bückte sich seufzend, sammelte die Tüte und deren Inhalt auf und warf es zusammen mit weiteren Abfällen, die ihr Ziel verpasst hatten, in den Müll.

Irene sagte verärgert: »Eh, Sie sind doch Polizist. Sie sollten dieses Arschloch verhaften.«

»Na ja, er hat zumindest versucht, seinen Müll in den Eimer zu werfen. Was soll ich machen? Ihm eine Verwarnung für einen missglückten Versuch geben? Wir sind hier sowieso nicht mehr in Rhode Island, und ich bin hier gar nicht mehr zuständig.«

Er warf die letzten Abfälle in den Müllcimer, und das unwohle Gefühl in seinem Magen, das der Papayasaft vorübergehend beruhigt hatte, war plötzlich wieder da. Später, als sie ein Stück gefahren waren, wurde es besser. Irene hatte ihre Arme um seine Hüfte gelegt und ihr schläfriger, behelmter Kopf ruhte auf seiner Schulter, während sie den Highway entlang sausten. Charlie sah sie aus den Augenwinkeln an und fühlte sich eigentlich richtig gut.

Vor ihnen lag eine Kreuzung, und auf einem Schild daneben stand: MESSINA, 26 MEILEN. Nicht weit dahinter bremste das Motorrad ab, verließ den Highway und bog auf eine zweispurige geteerte Landstraße, die sich durch weite Felder und dichte Wälder schlängelte.

Ab und zu waren Farmen mit Wohnhäusern, Scheunen, Silos, Schuppen und Nebengebäuden zu sehen. Es ging auf und ab, und die Kurven waren schlecht einsehbar, sodass Charlie langsamer fahren musste. Nur selten begegneten ihnen andere Fahrzeuge.

Auf einem geraden Stück lag regungslos etwas auf dem Mittelstreifen und versperrte die Straße in beide Richtungen. Charlie bremste und brachte das Motorrad kurz vor dem 300-Pfund-Kadaver zum Stehen.

Irene hielt sich die Hand vor den Mund. »O mein Gott ... sie ist tot. Eine tote Kuh.«

Das brachte Charlie in Rage. »Verdammte Trucker. Die können doch wenigstens jemanden anrufen, damit sowas weggeräumt wird.«

Sie stiegen vom Motorrad und gingen auf die Kuh zu, über der ein Schwarm Fliegen schwirrte. In beiden Richtungen war, soweit das Auge reichte, kein weiteres Fahrzeug zu sehen.

Ein unangenehmer Geruch wehte zu ihnen herüber und Irene hielt sich mit zwei Fingern die Nase zu. »Igitt, das stinkt bestialisch.«

Charlie sagte: »Ja, es sieht so aus, als liegt die hier schon 'ne Weile.«

Zum zweiten Mal an diesem Tag bückte sich der gutmütige Charlie, um anderer Leute Dreck wegzuräumen. Er packte den Kadaver am Hals und versuchte, ihn wegzuziehen. Er war schwer und rührte sich kaum von der Stelle.

»Es wird nicht einfach, das Ding von hier wegzukriegen, aber wir müssen es versuchen. Ziehen Sie an dem Horn hier«, ordnete er an.

Irene beugte sich vor und legte Hand an. Gemeinsam zerrten sie an der toten Masse, die plötzlich zu stöhnen anfing.

Erschrocken sprangen sie zurück. Irene rang nach Luft und stieß hervor: »O mein Gott! Das arme Ding lebt noch.«

Charlie wusste, was in diesen Fällen zu tun war. Er schüttelte verdrossen den Kopf und sagte mit ernstem Gesichtsausdruck: »Sie gehen lieber ein Stück zur Seite. Ich regele das hier schon.«

Er öffnete sein Halfter und zog seine Pistole. Irene wandte sich ab, weil sie das Ganze nicht mit ansehen konnte, und hielt sich die Ohren zu. Charlie stand über der Kuh und versuchte das Würgen zu unterdrücken. »So, mein Mädchen, das lange Leiden ist endlich vorbei.«

Er hielt seine Pistole nach unten und schoss. Irene sprang erschrocken auf.

Einen Augenblick später, als die Kuh ein ächzendes *Muuuh* von sich gab, sprangen sie beide erschrocken auf.

Vor lauter Schreck schoss Charlie noch drei weitere Male auf die Kuh.

Wieder war ein *Muuuh* zu hören.

Charlie entleerte den Rest seines Magazins in den Kadaver, eine Kugel nach der anderen. Als er keine mehr hatte, drehte er die Pistole um und schlug mit dem Griff auf die Kuh ein.

Muuuh.

Als letzten Versuch hielt er der sich wehrenden Kuh Maul und Nase zu, um sie zu ersticken.

Endlich hatte ihr Leiden ein Ende.

Wegräumen konnten das verdammte Ding nun andere, und die Autos sollten gefälligst darum herum fahren. Frustriert stiegen Charlie und Irene wieder aufs Motorrad. Charlie machte seinen Helm zu und wollte gerade losfahren, als Irene ihm auf die Schulter fasste. »Charlie, schauen Sie nur!«

Die elende, erbärmliche Kuh bewegte sich noch immer und versuchte mühsam, sich aufzurappeln.

»Keine Sorge, das sind nur die Nerven«, sagte Charlie und scherte schnell aus.

Das Motorrad fuhr über eine Anhöhe hinweg und ließ das Tier hinter sich. Auf der entgegenkommenden Fahrbahn kam ein Traktor näher, auf dem ein Farmer mit Baseballkappe, kariertem Hemd, Jeanslatzhosen und derben Arbeitsschuhen saß. Er stand auf und winkte ihnen zu. Charlie bremste ab und brachte das Motorrad neben dem Traktor zum Stehen.

Der Farmer hatte ein breites, zerfurchtes Gesicht, eine Boxernase und ein schiefes Lächeln. Er sagte: »Ich wollte Sie nur warnen. Meine preisgekrönte Kuh Daisy ist wieder mal ausgerissen. Sie legt sich gern mitten auf der Straße schlafen.«

Charlie drehte sich zu Irene um, und blickte ihr tief in die Augen. Nachdem sie sich einen Moment lang angestarrt hatten, sahen beide weg.

»Wir halten unsere Augen offen«, versicherte Charlie dem Farmer hastig und verlor keine Zeit, wegzukommen.

Querstraßen wurden jetzt häufiger. Über den Kreuzungen spannten sich Kabel, an denen blinkende Ampeln hingen. Die Landstraße wurde zu einer vierspurigen Hauptverkehrsstraße.

Auf einer Metalltafel neben der Straße waren die Logos

und Wappen der Freimaurer, des Rotary Clubs und anderer Bruderschaften und Clubs sowie der Handelskammer und von Dwight Tuckee's Eisenwarenladen angebracht, der das Schild zur Verfügung gestellt hatte.

Hinter der Tafel lag die Stadt Messina.

Das Polizeirevier befand sich in einem braun-grauen Steingebäude, an dessen Eingang zu beiden Seiten eine schmiedeeiserne Laternen mit runden Lampen stand. Es waren düstere Räumlichkeiten mit einem dunklen, alten Empfangstresen aus Holz, der an einen Richterstuhl erinnerte. Dort saß ein uniformierter Polizist und nahm telefonisch und persönlich vorgebrachte Anliegen entgegen.

Zugegen war außerdem Stubie, ein kartoffelgesichtiger Beamter des Messina Police Departments, der den Kollegen Baileygates und Irene empfing.

Stubie fragte: »Kann ich Ihnen behilflich sein?«

Charlie hielt ihm die offiziellen Unterlagen hin, in denen der Transfer dokumentiert war. »Ich bin Officer Baileygates von der Rhode Island State Police. Ich bringe Ihnen hier Miss Irene Waters.«

Stubie nahm den Umschlag und warf einen Blick auf die erste Seite. »Okay, ich sage Bescheid, dass Sie da sind.«

Er drehte sich um und ging mit den Unterlagen in der Hand über das Schachbrettmuster des Linoleumbodens in ein Hinterzimmer.

Während der langen Fahrt hatte Irene ihre alte Selbstbeherrschung und Haltung wiedergewonnen, aber jetzt, da sie als Gefangene nach Messina zurückkehrte und der örtlichen Polizei übergeben werden sollte, waren ihre Ängste wieder da. Sie war angespannt, argwöhnisch, nervös.

Als Charlie eine Tablette herausholte, zum Trinkwasserspender ging und einen Pappbecher mit Wasser füllte, wurde sie einen Moment lang abgelenkt.

»Wogegen nehmen Sie die eigentlich?«, fragte sie.

Charlie wich ihrem Blick verlegen aus. »Ich habe sowas Komisches, wogegen ich alle sechs Stunden eine Pille nehmen muss, sonst fühle ich mich ... so merkwürdig. Ist aber nichts Schlimmes.«

Er schluckte die Tablette. Irene fragte interessiert weiter: »Wie heißt die Krankheit?«

»Fortgeschrittene wahnhafte Schizophrenie mit unfreiwilligen narzisstischen Ausbrüchen«, sagte er. »Keine Sorge, das ist nur die vornehme Art zu sagen, dass ich mit Konfrontationen nicht gut umgehen kann.«

Irene nickte: »Fühlt sich Ihr Arsch taub an?«

»Nein, aber ich kriege davon für ungefähr zwanzig Minuten so ein widerliches stumpfes Gefühl im Mund.«

Charlie hielt die Tabletten hoch. »Sie sagen, es geht vorbei.«

Irene sagte: »Ich meine vom Sitzen auf dem Motorrad?«

»Oh.« Charlie hatte begriffen und fing an zu lachen.

Stubie kehrte aus dem Hinterzimmer zurück, gefolgt von zwei Beamten in Zivil, die dunkle Anzüge trugen. Jedes Stück an ihnen, vom Scheitel des kurz geschorenen Kopfes bis zur Sohle der riesigen Füße, die in schwarzen Halbschuhen steckten, schrie *Bulle*.

Sie kamen um den Tresen herum, und einer von ihnen hielt eine Plakette hoch. »Miss Waters, ich bin Agent Peterson.«

Dann zeigte er auf den anderen und sagte: »Das ist mein Partner, Agent Boshane.« Boshane nickte Irene zur Begrüßung zu. Er hatte einen breiten Kopf, der breiter zu sein schien, als er lang war.

Peterson hatte dünnes, helles Haar, ein breites, rötliches Gesicht und wachsame, blaue Augen. Er sagte: »Wir sind von der Sonderermittlung der EPA.«

Irene wiederholte verwirrt: »EPA? Die Umweltbehörde? Wen hab ich denn überfahren, einen Weißkopfadler?«

Charlie bekam vor Staunen den Mund nicht zu. Plötzlich fiel es ihm auf und er schloss ihn wieder. Seine Lippen fühlten sich gummiartig und klebrig an. Die Zunge hing ihm bleiern im Mund. Er leckte sich über die Lippen und gab dabei schmatzende Geräusche von sich. Obszön klingende Geräusche. Widerliche Geräusche.

Das stumpfe Gefühl im Mund, der gefürchtete Nebeneffekt seiner Anti-Hank-Pillen. Er fühlte sich an, als wäre er voll mit alter, abgestandener Peanutbutter. Nein, voll mit Lehm.

Unterdessen wandte sich Boshane Irene zu und sagte: »Wir werden Ihnen das alles erklären. Aber jetzt müssen wir Sie erst mal bitten, mit uns zu kommen.«

Sie wich seiner Hand, die nach ihr griff, aus, blieb entschlossen stehen und verschränkte die Arme vor der Brust. »Ich habe eine bessere Idee. Warum erklären Sie es mir nicht einfach hier und jetzt?«

Charlies Stumpfes-Gefühl-im-Mund-Geschmatze geriet außer Kontrolle, worauf die anderen sich nach ihm umdrehten. Er presste die Lippen aufeinander und signalisierte ihnen mit einem Nicken, sich nicht weiter um ihn zu kümmern.

Peterson wandte sich wieder Irene zu. »Wir haben die Fahrerfluchtanzeige nur ins System gegeben, um Sie ausfindig zu machen.«

Wer rechnet schon mit so etwas? Mit schriller Stimme fragte Irene: »Mich ausfindig machen? Aber warum denn?«

In dem Moment trat ein weiterer Polizist aus seinem Büro in den Empfangsbereich. Er war ein hohes Tier im Messina Police Department, ein Lieutenant.

Lieutenant Gerke, Dickie Thurmans Kumpane und krimineller Komplize.

Er sagte: »Agent Peterson, ich möchte Sie noch einmal darauf hinweisen, dass Ihnen die Räumlichkeiten des Reviers zur Verfügung stehen. Für Verhöre haben wir spezielle Büros.«

»Danke, das ist nett, aber es ist alles geregelt.«

»Wenn es noch irgendetwas gibt, ich –«

Plötzlich verstummte Gerke erstaunt und starrte auf etwas, das sich hinter Irene abspielte. Die anderen drehten sich ebenfalls um.

Ihrer aller Aufmerksamkeit war auf Charlie gerichtet, der einen kreideweißen Mund hatte. Seine Lippen klebten an seinen Zähnen wie bei einer grinsenden Clownsmaske.

Kleinlaut murmelte er: »Ich brauche etwas zu trinken.«

Er ging zum Trinkwasserspender und goss sich ein weiteres Glas Wasser ein. Seine gummiartigen Lippen klebten zusammen, und er hatte Mühe, sie voneinander zu lösen, um zu trinken. Er hielt den Rand des Bechers an seinen Mund und ließ das Wasser auf seine Lippen laufen, wobei es ihm über das Kinn bis auf die Brust lief.

Aber die Flüssigkeit löste seine Lippen und er konnte sie öffnen und den Rest des Wassers hinunterspülen. Er trank einen zweiten Becher und dann noch einen.

Schließlich ging er zu Stubie, nahm ihm die Unterlagen aus der Hand und trug ein Formular zu Peterson. »Wenn Sie bitte hier die Übergabe bestätigen würden, bin ich sofort weg.«

Peterson unterschrieb das Formular. Charlie dankte ihm, nahm es und legte es zu den anderen Unterlagen, die er in den Umschlag zurücksteckte, den er anschließend verstaute.

Er ging in Richtung Ausgang, blieb aber auf halbem Wege stehen und drehte sich zu Irene um. »Viel Glück, Miss Waters. Ich hoffe, für Sie nimmt alles ein gutes Ende«, sagte er.

Seine Aufrichtigkeit brachte sie zum Lächeln. »Danke, Charlie.«

Zu den beiden Beamten sagte er: »Kollegen, wenn ihr mich

für irgendwas braucht, ich bin in der Chucky Cheese Motor Lodge mit Minigolfanlage.«

Sie nickten höflich, ohne ihn wirklich zu beachten.

Plötzlich wurde Charlies Mund wieder trocken und sein Magen fühlte sich auch nicht allzu gut an.

Er verließ das Gebäude.

4

Peterson und Boshane, die Beamten der Umweltbehörde, wohnten in zwei nebeneinander liegenden Räumen im Red Rock Motel, einer Herberge am Highway außerhalb der Stadt. Die Fassade des Gebäudes war mit einer Plastikimitation verkleidet, die den Eindruck einer traditionellen Blockhütte erwecken sollte. Die Holzimitation trieb die Spechte in den Wahnsinn.

Das Motel stand etwas abseits allein am Highway und war von Wald und unbebauten Feldern gesäumt. Autos und Lastwagen fuhren in beiden Richtungen dröhnend vorbei. In der Dämmerung schalteten sie ihre Scheinwerfer an.

Das rote Neonschild des Red Rock Motels blitzte und blinkte und tauchte den Parkplatz und den Hof in ein orange-rotes Licht.

Im Zimmer eines der Beamten nahmen Peterson und Boshane Irene in die Mangel. Sie hätten es zwar nicht so genannt, zumindest nicht vor ihr, aber nichts anderes war es. Seit sie Irene am frühen Nachmittag in Gewahrsam genommen hatten, bearbeiteten sie sie.

Die Beamten fragten, wurden laut, schmeichelten, redeten zu und drohten. Alles strikt nach Vorschrift, wie sich von selbst versteht. Irene kannte ihre Rechte und wusste, dass sie nichts sagen musste, aber was sollte sie mit diesen beiden

Clowns, die sie in diesem Motelzimmer Stunde um Stunde festhielten, sonst machen?

Die Beamten hatten ein berufsbedingtes Problem. Theoretisch hatte jeder gesetzestreue Bürger die Pflicht, mit den Gesetzeshütern zu kooperieren, um Kriminelle vor den Richter zu bringen. Praktisch ist es aber nicht ganz ungefährlich, ein guter Bürger zu sein, besonders angesichts all dieser frei herumlaufenden tötungsgeilen Typen, für die das Wegputzen eines Zeugen keine größere Bedeutung hat als Naseputzen.

Deshalb war es für Peterson und Boshane so schwer, Irene auf ihre Seite zu ziehen. Der Geruch von Zigaretten, Schweiß und kaltem Kaffee hing in der Luft. Boshane hatte seine Krawatte gelockert. Dieser Hauch des Zwanglosen schien den zugeknöpften Peterson irgendwie zu stören. Er sagte nichts, aber als Boshane erneut anfing, an seiner Krawatte zu ziehen, warf Peterson ihm einen bösen Blick zu, als wolle er sagen: »Das sollten Sie aber besser wissen.« Boshane beachtete ihn nicht. Die Luft war stickig, Boshane schwitzte, und unter den Achselhöhlen sah man dunkle Schweißflecken auf seiner Anzugjacke.

Während er seinen Schlips weiter lockerte, beugte er sich über Irene, die in einem mit Stoff bespannten Holzstuhl an einem kleinen Schreibtisch im vorderen Teil des Zimmers nahe der Tür und dem Fenster mit den zugezogenen Vorhängen saß.

Er sagte: »Wir wussten, dass wir mit unseren Ermittlungen nicht weiterkommen würden, wenn wir Sie nicht mit an Bord ziehen.«

In Irene brodelte es, sowohl aus Angst als auch aus Wut, aber sie beschloss, nur die Wut herauszulassen. »Wie können Sie es wagen! Das ist ja schlimmer als in Russland. Ich habe nichts, aber auch gar nichts falsch gemacht, und das wissen Sie genau.«

Peterson lächelte bemüht, wobei seine Oberlippe nur mit Mühe zu sehen war: »Ach nein? Und was ist mit den Marihuanastummeln, die Sie in Ihrem Appartement zurückgelassen haben?«

Irene konnte kaum glauben, was sie da hörte, so rückständig konnte man doch gar nicht sein. »Na und? Ich kiffe ab und zu ein bisschen. Ist das ein Verbrechen?«

Boshane räusperte sich und sagte: »Ja, das ist es.«

Peterson fügte hinzu: »So wie es auch ein Verbrechen ist, Mitwisserin und Komplizin von Bestechung, Veruntreuung, Steuerhinterziehung und organisiertem Verbrechen zu sein.«

Irene sah von einem der beiden unsympathischen Beamten zum anderen: »Wovon reden Sie?«

Die Beamten sahen sich an und Peterson signalisierte seinem Partner, fortzufahren. Boshane fragte: »Sagt Ihnen der Name Dickie Thurman was?«

Da sich Irenes Gesicht verhärtete wie eine Faust, gab es daran wohl keinen Zweifel. Peterson lächelte auf sie herab.

Boshane fuhr fort: »Gegen seine Firma, die Mississauga Limited, wird seit achtzehn Monaten verdeckt ermittelt.«

Irene wollte wissen: »Und was hat das mit mir zu tun? Ich war lediglich dafür verantwortlich, dass die Grassamen auf Dickies Golfplatz ausgesät wurden.«

Boshane grinste. Peterson sagte: »Wir haben Grund zu der Annahme, dass nicht nur Grassamen im Spiel waren.«

Boshane reagierte mit echter oder gespielter Entrüstung: »Tss-tss, Peterson, passen Sie auf, was Sie sagen.«

Irene merkte, dass es an der Zeit war, zumindest einiges von der Geschichte – wenn auch in leicht abgewandelter Form – preiszugeben. Sie begann: »Also, ich bin für den Job hierher gekommen ... und wir haben uns gut verstanden. Ich wusste, dass da einige etwas merkwürdige Deals abgingen – Dickies Familie hatte mit ziemlich schrägen Leuten zu tun – aber ich hätte nie gedacht, dass es wirklich was Kriminelles war.«

»Was für schräge Leute denn?«

»Sein Vater ist mit den Clintons befreundet.«

Die beiden Beamten sahen sich an. Boshane machte sich ein paar Notizen.

Peterson bohrte weiter. »Der Mississauga Country Club ist nicht gerade ein kleines Unternehmen. Wie sind Sie an den Job gekommen?«

»Eigentlich habe ich ihn nur bekommen, weil jemand anders ausfiel«, sagte Irene. Witzigerweise stimmte das sogar zum Teil, zumindest ihrem Wissen nach, was in ihrer jetzigen Situation allerdings nicht auszureichen schien.

Sie sagte: »Es gab da einen Typen namens Tedeschi oder Tedescho, der den Job vor mir hatte. Aber er ist an einem Herzproblem oder so gestorben. Kann ich jetzt gehen?«

Peterson ließ nicht locker und kam zum Punkt. »Miss Waters, ich möchte Sie daran erinnern, dass wir hinter Dickie Thurman her sind, nicht hinter Ihnen. Aber wenn Sie sich weigern, mit uns zusammenzuarbeiten, dann wird es auch für Sie sehr ungemütlich, das verspreche ich Ihnen.«

Boshane legte ein in Leder gebundenes Buch auf den Tisch, das aussah wie aus einer Buchhaltungsabteilung.

Irene sah es an und blickte dann fragend zu ihm auf: »Was ist das?«

Boshane sagte: »Das ist Dickie Thurmans persönliches Notizbuch, und das gehen wir jetzt Zeile für Zeile durch. Sie sagen uns alles, was Sie über die jeweiligen Einträge wissen: Namen, Codes – alles, was uns weiterhelfen könnte.«

Nein, die Beamten verlangten nicht viel. Nicht viel. Sie wollten alles – wie immer.

Irene seufzte. Sie musste sich auf eine lange Nacht einstellen.

Das dachte in einem anderen Zusammenhang auch Charlie Baileygates, der versuchte, es sich in seiner neuen Bleibe, der Chucky Cheese Motor Lodge mit Minigolfanlage, ein wenig gemütlich zu machen. Das Motel befand sich an demselben Highway wie das Red Rock Motel. In der Tat wimmelte es in dieser Gegend nur so von billigen Unterkünften für den unkritischen Reisenden.

So wie Charlie. Im nahe gelegenen Laden kaufte er einige Lebensmittel, da er annahm, es sei billiger, als in Restaurants zu essen. Außerdem war es angesichts seines angeschlagenen Magens sicher besser, sich mit dem faden und simplen Essen, das er ausgewählt hatte, zu begnügen. Er hatte auch keine große Lust, auszugehen und andere Menschen zu treffen.

Der Hof war vom Flutlicht der Minigolfanlage, die Tag und Nacht geöffnet war, hell erleuchtet. Charlies Appartement befand sich ganz hinten gegenüber der Anmeldung.

Vor der Tür seines Appartements saßen zwei Viecher, dicke, pelzige Bestien mit langen, nackten Schwänzen. Als sie Charlie kommen hörten, verschwanden sie schnell im Gebüsch. Opossums? Vielleicht waren es auch Riesenratten, die vom Fett des Nagers im Logo des Chucky Cheese lebten?

Charlie ging hinein und stellte die Einkaufstüte in der Küchenecke ab. Er sah sich um. Die heruntergekommenen Zimmer deprimierten ihn etwas. Die Matratze hing durch, die Sprungfedern waren kaputt und die Decke auf dem Bett abgewetzt und ausgefranst.

Der Fernseher war so alt, dass er nur Programme zeigte, die schon seit Jahren abgesetzt waren.

Charlie ging in die Küche und packte seine Einkäufe aus: ein fabrikgefertigtes Weißbrot mit 0 % Nährwert, 100 % auf unergründliche Weise künstlich hergestellter Aufschnitt, ein Becher May-Nos, die im Fass gerührte Mayonnaise, eine Wassermelone, eine Packung Tum-Magentabletten zum Nachtisch und noch einiges mehr.

Als er seine Jacke auszog, fiel ihm ein Umschlag aus der Innentasche. Er bückte sich, um ihn aufzuheben. Es waren die Unterlagen für den Gefangenentransfer, einschließlich eines Computerausdrucks von Irenes polizeilichem Kopfbild, das Aufnahmen von vorn und von der Seite mit einem länglichen Schild mit einer Nummer unter ihrem Kinn zeigte.

Charlie sah es sich eine Weile von allen Seiten an, bevor er es aus der Hand legte. Allerdings schob er es nicht wieder mit den restlichen Unterlagen in den Umschlag. Der Ausdruck lag jetzt auf der Arbeitsplatte neben der Wassermelone, auf der Charlies Hand ruhte, während er untätig davor stand.

Die schimmernde, marmorierte blau-grüne Oberfläche der Melone war unbeschreiblich weich und glatt und fast sinnlich gerundet, bis zum Platzen geschwollen mit süßem, rotem Fleisch und köstlichen Säften.

Geistesabwesend drehte Charlie den Propangasofen an und legte die Wassermelone hinein. Seine Gedanken schweiften weit ab. Er träumte von Irene.

Ganz im Gegensatz dazu hätte Irene nicht mehr mit der trockenen Wirklichkeit konfrontiert oder enger an das betäubende Gewicht von Tatsachen gefesselt sein können. Die Beamten gingen mit ihr jede einzelne Eintragung in dem Notizbuch durch, versuchten, sie zu erklären, in fast mikroskopisch kleine Teilchen zu zerlegen, und benebelten Irenes Sinne dabei mit einer Masse todlangweiliger, nervtötender Fakten.

Es ging immer weiter. Peterson las vor: »Zwölfter Dezember 1998, 22 300 Dollar an J. Pauling. Wer ist das?«

Irene hatte schon lange aufgehört, ihr Gähnen zu unterdrücken, und gähnte ihm jetzt direkt ins Gesicht. Mit leerem Blick sagte sie monoton: »Umweltberater aus New York. Er kam alle paar Wochen, um mit Dickie die Erschließungspläne für das Feuchtgebiet zu besprechen. Sehr business-like und professionell.«

Boshane hatte sich inzwischen die Jacke ausgezogen und die Hemdsärmel hochgekrempelt, sodass seine haarigen, fleischigen Unterarme zum Vorschein kamen. Er schob ein Foto über den Tisch und fuchtelte damit vor Irenes Nase herum. »Ist er das?«, fragte er.

Sie schaute mit trübem Blick darauf: »Ja, das ist er.«

Immer noch zugeknöpft, hatte Peterson sich noch nicht einmal soweit entspannt, dass er seinen Schlips lockerte.

Er klopfte mit dem Zeigefinger auf das Foto und sagte: »Sein richtiger Name ist David Lamson. Er ist ein Lobbyist aus Washington, der zufälligerweise gute Verbindungen zu einigen hohen Tieren vom Komitee für Umweltschutzfragen des House of Representatives hat.«

»Aha«, sagte Irene.

Peterson fand langsam Gefallen daran, zu zeigen, wieviel er wusste, und fuhr fort. »Southern Pines brauchte eine Genehmigung, um einen Golfplatz auf das Feuchtgebiet zu setzen, aber als die Grünen davon hörten, dass die Marschlandschaft bebaut werden soll, wurde eine einstweilige Verfügung beantragt. Southern Pines hätte mehrere Millionen Dollar verloren, wenn die Pläne nicht durchgekommen wären. Da bot Dickie seinen Freunden in Washington eine beträchtliche Summe an.«

Boshane grinste wieder und fügte hinzu: »Zu dieser Zeit fand Ihr Vorgänger Mr. Tedescho raus, was vor sich ging ... und erkrankte an einer fatalen Arrhythmie.«

Irene starrte erst Boshane, dann Peterson an. Langsam wurde ihr einiges klar. »Wollen Sie damit sagen, dass ...?«

Boshane antwortete: »Sie kennen Dickie. Was glauben Sie?«

Irene lehnte sich beunruhigt zurück. Ihr war schwindelig und sie hatte ein flaues Gefühl im Magen. Sie rang nach Luft, sah grün aus und fürchtete, sich übergeben zu müssen.

Sie sprang auf: »Entschuldigen Sie, aber ich muss mal eben ins Bad.«

Hastig ging sie ins Badezimmer. Die Beamten sahen sich an. Peterson blickte herablassend drein. Boshane sah amüsiert aus.

Es klopfte jemand an die Tür. Peterson und Boshane erstarrten. Irene war noch im Badezimmer. Die Tür war geschlossen und das Wasser lief.

Peterson legte die Hand an den Griff seiner Waffe im Halfter. Boshane zog seine Pistole und richtete sie auf die Tür, während er darauf zuging. Dann schaute er durch den Spion.

Erleichtert atmete er auf und ließ die Pistole sinken.

Grinsend sagte er: »Der Pizzaservice. Hab mich schon gewundert, warum das so lange dauert. Ich habe schon vor über einer halben Stunde telefonisch bestellt.«

Peterson nahm die Hand von seiner Pistole. Boshane schloss die Tür auf und wollte sie gerade öffnen, als er zurückgestoßen wurde und das Gleichgewicht verlor, da die Tür von außen mit Gewalt nach innen gedrückt wurde.

Ein maskierter Eindringling stürmte in den Raum und fuchtelte mit einer großkalibrigen Handfeuerwaffe herum. Er schlug damit auf Boshanes Kopf ein, bis dieser zu Boden sank. Mit der Waffe im Anschlag stieg der Eindringling über ihn hinweg.

Peterson wollte seine Waffe ziehen, aber der andere schoss bereits und legte den Beamten um, bevor der seine Pistole richtig in der Hand hatte. Der maskierte Killer gab sich nicht mit Schalldämpfern ab. Der Raum bebte, als die hämmernden Schüsse in schneller Abfolge abgefeuert wurden.

Peterson wurde direkt in die Brust getroffen. Er ging zu Boden und war auf der Stelle tot.

Der Killer sah sich um. Boshane lag regungslos auf der Seite. Peterson war erledigt. Der Schütze schlenderte durch den Raum, wobei er die Waffe vor sich hielt wie eine Wünschelrute, deren Lauf vor Erregung zitterte, während sie auf der Suche nach frischer Beute war. Sie führte ihn schnell und unerbittlich zu der geschlossenen Badezimmertür, hinter der das Geräusch von laufendem Wasser zu hören war.

Der Killer trat sie ein und stand jetzt im Badezimmer.

Es war leer. Über der Toilette befand sich ein kleines, eckiges Fenster, das sperrangelweit offen stand. Der Schütze beäugte es zweifelnd. Sogar für eine schlanke Frau war es eher knapp bemessen.

Vielversprechender war da die Duschkabine, deren Plastikvorhänge zugezogen waren. Aber das Material war halb durchsichtig und dahinter war unverkennbar eine menschliche Silhouette zu erkennen.

Mit einem hässlichen, zum Mord bereiten Blick in seinem maskierten Gesicht schob der Killer den Duschvorhang mit dem Lauf seiner Waffe auseinander.

Dahinter befand sich jedoch nicht sein weibliches Opfer, sondern einer von Petersons grauen Anzügen, den er zum Aushängen auf einem Bügel an die Duschstange gehängt hatte. Ansonsten war die Kabine leer.

Der Killer fluchte aus tiefstem Herzen: »Verdammte Scheiße!«

Er ging zum Fenster und steckte seinen vermummten Kopf in die Nacht hinaus. Darunter ging es mindestens sechs Fuß nach unten auf eine leere Plattform, hinter der Büsche wucherten, die der Lichtkegel nicht erreichte.

Die Zeit wurde knapp. Er drehte sich um und eilte hastig aus dem Badezimmer und durch das Zimmer nach draußen.

Bei dem Killer handelte es sich um Gerke.

Eine halbe Minute später wurde auf dem Parkplatz ein Auto gestartet, die Räder drehten auf dem Schotter durch, dann fuhr der Wagen mit quietschenden Reifen auf den Highway. Der Motor heulte in immer höheren Drehzahlen auf, bis er schließlich nicht mehr zu hören war, als sich das Auto des Mörders entfernte.

Im Badezimmer öffnete sich knarrend die Tür des Schränkchens unter dem Waschbecken und Irene kam zum Vorschein, die sich zusammengerollt hatte, um dort hineinzupassen. Ihr Gesicht und ihre Arme und Beine waren aus Todesangst versteinert.

Gliedmaß für Gliedmaß quälte sie sich aus dem kleinen Schränkchen. Sie zitterte am ganzen Körper und schnappte nach Luft. Sie fürchtete sich so sehr, dass sogar ihre Gänsehaut Gänsehaut hatte. Als sie sich zur Badezimmertür schleppte, fühlten sich ihre bleiernen Glieder vor Angst so steif wie die einer alten Frau an.

Dahinter lagen Peterson und Boshane auf dem Boden des Motelzimmers. Was sie sah, wirkte wie ein Sensationsfoto der Boulevardpresse. Peterson blutete wie verrückt, aber das war egal, denn es machte ihm sicher nichts mehr aus, so tot wie der war.

Irene hatte die Schießerei gehört, aber nicht gesehen, und ging deshalb davon aus, dass beide Polizisten erschossen worden waren. Und sie hatte kein Interesse, dass sie das gleiche Schicksal ereilte.

Sie rannte weg, allerdings nicht, ohne ihre Handtasche mitzunehmen. Schließlich war da ihr gesamtes Make-up drin!

5

Ein Albtraum! Als etwas anderes konnte man Irenes Flucht durch das nächtliche Messina nicht bezeichnen. Aber sie war noch am Leben und das war wenigstens etwas.

Wer konnte ihr helfen? Die Polizei? Die lokalen Behörden steckten mit Dickie, der überall seine Spitzel hatte, unter einer Decke. Sie hätte nicht gewusst, welchem Polizisten sie vertrauen konnte, und es bedurfte nur eines Einzigen von ihnen, um sie zu verraten.

Verrat? Sie war bereits verraten worden. Der Killer hatte nach ihr gesucht, also musste ihm jemand erzählt haben, wo sie war.

Einen Polizisten gab es allerdings, dem sie vertrauen konnte. Als Außenstehender gehörte er nicht zu Dickie Thurmans korruptem Kreis, und er schien aufrichtig zu sein. Dumm aber aufrichtig.

Charlie Baileygates.

Sie hatte vorhin auf dem Polizeirevier mitbekommen, wo er absteigen wollte, als er es Peterson und Boshane erzählt hatte. Im Chucky Cheese Motel. Sie wusste, wo es lag. Sie wusste allerdings nicht, wie sie dort hinkommen sollte.

Als sie aus dem Badezimmer im Red Rock gekommen war und die beiden Beamten auf dem Boden liegen gesehen hatte, war sie einfach nur so schnell wie möglich abgehauen. Sie hatte keine Ahnung, ob der Killer wirklich nicht mehr da war, ob es ein Trick war oder ob er mit jemandem zusammenarbeitete, der ihr jetzt irgendwo versteckt auflauerte.

Sie wollte nur fliehen und den Tatort so schnell wie möglich hinter sich lassen. Als sie ein gutes Stück gelaufen war, wagte sie es, einen Moment stehen zu bleiben, um zu verschnaufen und nachzudenken. Dabei fiel ihr auf, dass sie die Tasche, in der sich ihr Geld und ihre Kreditkarten befanden, im Motel liegen gelassen hatte.

Zum Umkehren war es zu spät. Vielleicht war sogar die Polizei schon da.

Sie ging weiter. Ihren Mantel hatte sie auch vergessen, und es war kühl. Sie lief entlang des Highways und versteckte sich hinter Bäumen oder kauerte im Gebüsch nieder, sobald sie das Licht von Scheinwerfern näher kommen sah. Das Chucky Cheese lag weniger als eine halbe Meile vom Red Rock entfernt, aber durch das Ducken, Verstecken und Schleichen dauerte es eine ganze Weile, bis sie dort ankam.

Die Lichter der prächtigen 18-Loch Minigolfanlage strahlten in der Dunkelheit wie ein Leuchtfeuer, von dem Irene angezogen wurde. Als sie das Motel erreicht hatte, stand sie vor der Frage, wie sie Charlie finden sollte.

Den Nachtpförtner an der Rezeption wollte sie nicht nach der Zimmernummer fragen. Sie hielt es für besser, möglichst unauffällig zu bleiben.

Ihre Frage beantwortete sich von selbst, als sie Charlies Polizeimotorrad auf einem der Parkplätze entdeckte, die jeweils mit den Nummern der einzelnen Appartements gekennzeichnet waren. Irene brauchte sich also lediglich die Zahl des Stellplatzes zu merken, auf dem das Motorrad stand, und dann die Tür mit der entsprechenden Nummer zu suchen, um Charlie zu finden.

Besonders bei Charlie bestand natürlich die Gefahr, dass er

auf dem falschen Platz geparkt hatte, aber dieses Risiko musste Irene eingehen.

Dann stand sie vor dem Appartement, das Charlie gehören musste. Sie fand es schrecklich, dort draußen auf dem gepflasterten Weg, der vor den Appartements vorbeiführte, mitten im Lichtkegel der grellen Laternen zu stehen, aber sie hatte keine andere Wahl.

Durch einen Spalt im Vorhang konnte sie durch das vordere Fenster diffuses Licht erkennen, aber der Raum schien zum größten Teil dunkel zu sein. Sie ging zur Tür und umfasste den Knauf, damit sie auch bei vorsichtigem Klopfen nicht zu klappern anfangen würde.

Er drehte sich in ihrer Hand. Es war nicht abgeschlossen.

Das passte zu Charlie. Sie schob die Tür ein Stück auf, schlüpfte lautlos hinein und machte sie leise hinter sich zu.

Mit dem Rücken an die Wand gepresst, stand sie neben der Tür. Es war ein gutes Gefühl, nicht mehr im grellen Licht, sondern in dieser schweren, grau-braunen Dämmerung zu sein. Der vordere Raum, in dem sich auch die Küchenecke befand, war dunkel, aber im Flur brannte Licht, sodass Irene genug sehen konnte.

Sie schlich mit übertrieben vorsichtigen Bewegungen über den Teppich durch das Zimmer in den engen Flur und von dort durch die offene Tür in den Raum, in dem Charlie auf dem Bett lag.

Er war eingeschlafen, aber seine Nachttischlampe brannte noch. In seinem unruhigen Schlaf hatte er Laken und Decken eng um Körper und Gliedmaßen geschlungen und lag jetzt fest eingewickelt auf der Seite.

Irene trat auf Zehenspitzen näher an das Bett heran. Hatte sie nicht irgendwo gehört, dass es gefährlich war, jemanden zu plötzlich aus dem Tiefschlaf zu reißen? Besonders, wenn es sich, wie bei Charlie, um einen Polizisten handelte, die ihres Wissens nach stets mit einer Pistole unter dem Kopfkissen schliefen. Womöglich würde er sofort abfeuern, wenn er zu plötzlich geweckt würde.

Sie beschloss, ihn sanft und langsam wachzurütteln. »Charlie ...?«

Als sie nach seiner Schulter fasste, fiel ihr Blick auf etwas, das sie jäh innehalten ließ. Sie sah genauer hin.

Auf dem Kopfkissen neben Charlie lag der Computerausdruck mit ihren Polizeifotos, dem Kopfbild von vorn und von der Seite, die er sich vor dem Einschlafen angeschaut haben musste.

Irenes Züge wurden weich, ihre Augen glänzten. Charlie war schon ein süßer Kerl.

Dann entdeckte sie eine blaue Dose mit Vaseline und einige klebrige, zusammengeknüllte Taschentücher auf dem Nachttisch.

Perversling!

Sie boxte ihm in die Schulter. »Charlie, wach auf!«

Er fuhr aus dem Schlaf hoch, setzte sich mit großen Augen und hängendem Kopf im Bett auf, schnaufte und murmelte wild vor sich hin. »He ...! Wer ist da?«

Er rieb sich die Augen und versuchte, den Schlaf zu vertreiben. Dann sah er Irene. Sofort griff er nach den Fotos auf dem Kopfkissen.

Er sagte: »Ähh, ich habe mich nur noch mal mit Ihrer Akte beschäftigt, um einen Ausweg für Sie zu finden.«

Sie stellte sich mit den Händen in den Hüften vor ihm auf. »Ach ja?«

Dann zeigte sie auf die Vaseline und die zerknüllten Taschentücher. Mit unschuldiger Miene fragte er: »Sind Ihre Lippen von der Fahrt auch so trocken geworden wie meine, sodass sie aufgesprungen sind?«

Er griff nach der Dose und schmierte sich das Zeug auf den Mund, den er dann schmatzend hin und her bewegte.

Irene nahm an, dass er jetzt ganz wach war, und sie beschloss, ihren Sorgen Luft zu machen.

»Charlie, ich brauche deine Hilfe. Es gab eine Schießerei und die beiden Beamten sind tot!«

»Tot?!« Charlie sprang erschrocken aus dem Bett. Er war mit einem Unterhemd und Boxershorts bekleidet, und die Laken hingen an ihm wie eine Boa.

Irene beugte sich vor und sah ihn mit angespanntem Gesichtsausdruck durchdringend an: »Charlie, sie waren hinter mir her! Dickie steckt dahinter, ich bin mir ganz sicher!«

Charlie versuchte sie mit einer Geste zu beruhigen, die allerdings durch die Laken um seine Arme einigermaßen misslang. »Ist ja gut. Beruhigen Sie sich. Hier sind Sie sicher.«

Irene hörte nicht hin. Sie hatte im Bett einen Gegenstand entdeckt, der vorher hinter seinem Körper nicht zu sehen gewesen war. Jetzt war er für jedermann sichtbar.

Neben Charlie lag seine Bettgenossin: eine Wassermelone.

Genauer gesagt, eine halbe Wassermelone. Und in der Mitte befand sich eine penisförmige Aushöhlung in dem saftigen, roten Fleisch.

Irene sah ihn an. Eher mitleidig als ärgerlich sagte sie: »Am nächsten Morgen sehen sie meistens nicht mehr so gut aus, hm?«

Charlie zuckte hilflos mit den Schultern.

Er zog sich an und ging grübelnd im Zimmer auf und ab. Irene fragte: »Was hast du jetzt vor?«

Charlie hatte einen Einfall, der ihm genial erschien: »Wir rufen die Polizei.«

»Was? Bist du verrückt? Dickie hat die Jungs doch fest im Griff.«

»Aber ich bin hier nicht mehr zuständig. Irene, ich verstehe ja, dass Sie etwas Schreckliches durchgemacht haben, aber es nützt überhaupt nichts, jetzt durchzudrehen.«

Charlies Begriffsstutzigkeit war nicht nur nervenaufreibend, sie war auch gefährlich. Wie konnte man ihm bloß begreiflich machen, worum es ging?

Irene, die sich zwischenzeitlich gesetzt hatte, sprang auf. »Mensch Charlie, die Lage ist verdammt ernst! Wenn es nicht anders geht, hau ich jetzt ab und schlage mich alleine durch.«

Das, nein, das wollte er nicht. Er schlug einen versöhnlichen Ton an. »Okay, okay, tun Sie das nicht. Lassen Sie mich kurz nachdenken.«

Sie ließ nicht locker. »Denk lieber woanders. Hier werden sie zuerst suchen.«

»Stimmt.« Plötzlich wurde Charlie die Dringlichkeit der Situation bewusst, und er griff nach einem Pullover und seinen Schlüsseln. Irene war schon an der Tür, öffnete sie einen Spalt breit und spähte nach draußen.

»Nichts zu sehen«, sagte sie und winkte ihn zu sich. »Komm schon, schnell! Beeilung!«

Sie trat hinaus, und er folgte ihr. Es war kühl, und auf der anderen Straßenseite stieg der Nebel aus den Bäumen auf. Charlie startete seinen Chopper, Irene kletterte hinter ihm auf die Maschine und schon bogen sie vom Parkplatz auf den Highway und waren weg.

In der Eile hatte Charlie ein paar Dinge vergessen.

Seine Pistole zum Beispiel.

Und seine Pillen.

Irgendwo entlang der Highways und Straßen im Umkreis von Messina hielten die beiden Flüchtenden an einem leeren Rastplatz. Ein Trampelpfad führte ein Stück in den Wald hinauf, wo sich eine mit Gras bewachsene Senke befand, in der einige Picknicktische standen.

Einer der Vorteile eines Motorrades war die Wendigkeit. Charlie fuhr ohne Licht den Trampelpfad hinauf bis zu den Tischen. Ein paar Kiefern schirmten den Bereich vom Rest des Rastplatzes ab.

Dort verbrachten Charlie und Irene die Nacht. Charlie versuchte ein paarmal, sich auf einer Tischplatte auszustrecken, um zu schlafen, aber er machte kein Auge zu. Es war kalt und feucht, und aus Angst, jemand könnte auf sie aufmerksam werden, wagten sie es nicht, ein Feuer anzuzünden. Die meiste Zeit dieser langen Nacht saßen er und Irene zusammengekauert auf einer der Bänke. Sie hatten die Arme umeinander gelegt, um sich gegenseitig zu wärmen.

Die Zeit kroch dahin, bis die Dunkelheit schließlich einem grauen Licht im Osten wich. Die Sonne ging auf und beschien die mit Tau überzogenen Bäume und Pflanzen, durch die sich dünne Nebelschleier zogen.

Charlie ging zum Rastplatz hinunter und führte von der öffentlichen Telefonzelle aus einige Anrufe. Dann stiefelte er zurück zu den Tischen, wo Irene sich die Hände rieb, um sie zu wärmen.

Sie fragte: »Und?«

Charlie grinste zufrieden, hob den Daumen und sagte: »Alles in Butter.«

Sie stiegen auf das Motorrad, rollten den Trampelpfad hinunter und fuhren vom Rastplatz zurück auf den Highway. Nach einigen Meilen näherten sie sich einer Betonbrücke, die über einen flachen Fluss führte.

Charlie fuhr vor der Brücke vom Highway ab auf einen schmalen Weg, der sich bis zu einer Straße hinabschlängelte, die parallel zum Fluß verlief. Er bog darauf ein und gab wieder Gas.

Irene fragte, wobei sie versuchte, das Motorengeräusch zu übertönen: »Wo fahren wir hin?«

Charlie antwortete: »Das werden Sie gleich sehen.«

Sie hatte eine ziemlich lange Zeit in Messina verbracht – eigentlich zu lange, selbst ohne einzubeziehen, was mit ihr seit ihrer erzwungenen Rückkehr in die Stadt geschehen war – aber auf dieser Straße war sie noch nie gewesen. Sie lag abseits und hatte nicht viel zu bieten außer dem Fluss auf der einen und einem Schrottplatz etwa hundert Meter vor ihnen auf der anderen Straßenseite.

Der Schrottplatz war von einem massiven acht Fuß hohen Holzzaun umgeben, auf dem Stacheldraht gespannt war. Darüber sah man Autowracks und zerbeulte Karosserien hinwegragen, die sich dort auf mehreren Stapeln türmten.

Vor dem Gelände bremste Charlie ab und bog in die Zufahrt ein. Es knirschte unter den Rädern, als sie über den Untergrund aus Schotter und Asche fuhren.

Das Vorhängeschloss am metallenen Eingangstor war aufgeschlossen und beide Flügel standen weit offen.

Charlie fuhr auf den Hof. Es gab weder einen Pförtner, noch Hunde oder sonst irgendwelche Sicherheitsmaßnahmen. Kein Wunder. Der Platz war ein einziger Müllhaufen.

Charlie rollte im Schritttempo weiter. Er reckte den Hals, als würde er jemanden suchen. Vor ihnen stand ein barrackenähnliches Gebäude aus Wellblech mit eingestürztem Dach, das aussah, als wäre es schon seit langem verlassen.

Charlie fuhr um das Gebäude herum. Auf der Rückseite wartete ein ziviles, nicht gekennzeichnetes Polizeifahrzeug, ein dicker, tannengrüner Ford.

Daneben stand der Fahrer des Wagens, Gerke, in einem dunklen, schlecht sitzenden Anzug und einem Hut mit schmaler Krempe. Als Charlie ihm zur Begrüßung zuwinkte, nickte er.

Irene wurde blass und fühlte sich noch schlechter, als sie aussah. »Was zum ...?«

Charlie sprach mit ihr wie mit einem Kind oder degenerierten Alten oder Mimosen, die man trösten musste: »Irene, entspannen Sie sich. Sie waren gestern völlig unvernünftig.«

»Charlie ... warum?«

»Irene, die Polizei ist Ihr Freund und Helfer. Punkt.«

»Du hast mich ... verraten.«

»Ich besorge Ihnen die Hilfe, die Sie brauchen, Irene.«

Charlie brachte das Motorrad vor Gerkes Wagen zum Stehen.

Gerke kam näher und grinste breit: »Gute Arbeit, Charlie.«

Charlie stieg ab, wandte sich dem Lieutenant zu und sagte: »Tut mir Leid, dass Sie so weit rauskommen mussten, aber das arme Mädchen war ein bisschen panisch. Meine Kinder sind genauso: Irgendwo haben sie den Blödsinn aufgeschnappt, dass die Polizei die Bösen sind und ...«

Er hätte wahrscheinlich noch eine Weile so weitergeredet, wenn Gerke ihm nicht mit der Pistole einen Schlag auf den Kopf versetzt hätte.

Klong!

Charlie sackte wie ein Akkordeon in sich zusammen und fiel der Länge nach hin. Dann ging Gerke auf Irene zu. »Und Dickie hat noch behauptet, Sie wären so superschlau. Wie konnten Sie dann glauben, dass ausgerechnet dieser Idiot Ihnen helfen könnte.«

Charlie lag ausgestreckt auf dem Rücken. Er hatte das Bewusstsein zwar nicht völlig verloren, aber er fühlte sich erledigt und benebelt. Sein Kopf drehte sich wie ein außer Kontrolle geratenes Karussell.

Da öffnete sich irgendwo in der hintersten Ecke seines

Schädels eine Klappe und heraus sprang – wie ein Schachtelmännchen – Hank.

Charlie war fort und Hank hatte das Kommando übernommen. Von nun an werden wir dieses Individuum in der Polizeiuniform der Rhode Island State Police – allerdings ohne das standardmäßige Pistolenhalfter mit Waffe (ein ernstzunehmender Verstoß gegen die Vorschriften) – Hank nennen, jenen verschlagen dreinblickenden, aufbrausenden Kerl, der sich jetzt aufrappelte und Gerke mit den Worten »Lass die Waffe fallen, du Arschgeige. Du wirst gefilmt«, anfauchte.

Gerke blickte nervös um sich. »Wovon reden Sie da?«

»Ich spreche von der Kamera an meinem Motorrad.«

Gerke drehte sich um, um den Chopper zu inspizieren. In dem Moment schmiss Hank ihm eine Handvoll Sand in die Augen, sodass der Lieutenant einen Moment lang nichts mehr sehen konnte. Gerke riss die Arme hoch und schrie auf. Die Waffe flog ihm aus der Hand und landete ein paar Meter weiter im Dreck.

Hank sprang auf die Füße und begann mit erhobenen Fäusten wie ein Boxer um Gerke herumzutänzeln und den anderen genau zu mustern. Dann hieb er mit einigen Haken in Richtung Gerkes Kopf, zielte mit den Fäusten auf seinen Oberkörper, schnellte vor und parierte Konter.

Keiner der Schläge erreichte Gerke auch nur im Entferntesten. Dieser hatte sich inzwischen den Dreck aus den Augen gewischt, sodass er wieder sehen konnte. Er erblickte Hank, warf sich auf ihn und packte ihn.

Gerke begann, ihn nach Strich und Faden zu verprügeln, drosch auf ihn ein, landete Treffer mit der Linken und Rechten, schlug Kombinationen und Varianten, während Hank damit konterte, ihm als Punchingball zu dienen, was seinen Gegner irgendwann ermüden musste.

Gerke war noch immer voll im Gange, als Irene sich ihm von hinten näherte und dem Lieutenant mit aller Kraft ihren Helm auf den Hinterkopf donnerte.

Gerkes Knie knickten ein, und er sank bewusstlos zu Boden.

Hank rappelte sich langsam auf. Sein Gesicht trug die Spuren der vielen Schläge, sein Körper schmerzte und seine Beine fühlten sich an wie Gummi. Aber er setzte ein breites Grinsen auf und es gelang ihm, sich auf den Beinen zu halten.

Während er sich den Dreck abklopfte, sagte er zu Irene: »Nicht schlecht. Damit haben Sie ihm wohl gerade noch das Leben gerettet.«

Hank war und blieb ein großspuriger Bastard.

Grinsend stolzierte er um Gerke herum, der ausgestreckt auf dem Boden lag. Als Erste-Hilfe-Maßnahme für den verletzten Kollegen trat er Gerke mit aller Kraft in die Rippen. Gerke gab nicht einmal ein Stöhnen von sich. Er war ausgeschaltet. Total weg.

Hank drehte ihn auf den Rücken. Dann hockte er sich neben ihn hin und stahl ihm ein Päckchen Zigaretten aus der Jackentasche.

Auch bei Gerkes Brieftasche leistete er Erste Hilfe und befreite sie – hilfsbereit, wie er war – von der schweren Last in Form von mehreren Hundert Dollar Bargeld.

Er hätte Gerke auch noch den Autoschlüssel aus der Tasche geklaut, aber das war nicht nötig, da er noch im Zündschloss des zivilen Polizeifahrzeugs steckte.

Hank sagte: »Das Motorrad versaut meinen Stil ein bisschen. Ich brauche das Gefühl, eine starke, leistungsstarke Maschine unter mir zu haben, die Benzin schluckt wie nichts Gutes, total überteuert ist und eine ökologische Katastrophe noch dazu, sodass du ›Wow!‹ schreien und jauchzen wirst.«

Irene starrte ihn an: »Was zum Teufel redest du da?«

»Klar, alle Mädchen schreien total ekstatisch ›wow!‹, wenn ich sie auf einen Ritt eingeladen habe«, sagte Hank mit einem anzüglichen Grinsen.

Er schwang sich hinter das Lenkrad und beugte sich zur Seite, um Irene die Tür zu öffnen. Dann klopfte er auf den Beifahrersitz und sagte zu ihr: »Na, du Sündenpuppe, dann lass dich mal hier mit deinem süßen Arsch nieder.«

Sie sah ihn finster an, was seinem Grinsen keinen Abbruch tat. Schließlich stieg sie auf der Beifahrerseite ein. Hank startete das Auto und sie fuhren auf demselben Weg, den sie gekommen waren, davon. Gerke ließen sie ausgestreckt auf einem Haufen Asche zurück.

Nach einigen Meilen entspannte sich Irene, die sich zumindest für den Moment in Sicherheit glaubte, soweit, dass sie es wagte, sich nach dem Befinden des Fahrers, was für sie Charlies Befinden bedeutete, zu erkundigen. Aber Charlie befand sich ganz woanders und überließ Hank sowohl psychisch wie auch physisch den Fahrersitz.

Der hatte das Steuer fest in der Hand und rauchte eine von Gerkes Zigaretten, während die Landschaft vorüberzog.

Irene fragte: »Könntest du mir vielleicht sagen, was vorhin in dich gefahren ist?«

Hank zuckte mit den Schultern, während sein Kopf leicht im Rhythmus der Straße auf und ab wippte.

Irene versuchte es noch einmal: »Etwas Dümmeres, als diesen Bullen anzurufen, hättest du gar nicht tun können.«

Er sagte: »Schwester, Nonnen muss man nicht bekehren.«

Sie explodierte: »Aber warum zum Teufel hast du es dann getan? Ich habe dir doch gesagt, dass die –«

»He, he, he – nun flipp mal nicht aus, Süße. Mit Charlie konntest du vielleicht so umspringen. Ich dagegen habe Tango im Blut.«

Hank ließ das Lenkrad los und verrenkte seine Arme zu merkwürdigen Tangobewegungen, während er den Rhythmus mit den Augenbrauen anzeigte, die er einzeln oder zusammen bewegte.

Es war beängstigend, zumal das führungslose Auto jetzt auf die Betonbegrenzung zwischen den Fahrbahnen zusteuerte. Hank legte die Hände aufs Lenkrad und korrigierte die Fahrtrichtung.

Irene sagte mit gestresster Stimme: »Wovon redest du?«

Er drehte sich zu ihr um, wobei er aussah, wie Jack Nicholson in *Shining* und sagte: »Schätzchen, ich bin Hank.«

»Wer?«

»Hank.«

»Und ich bin nicht dein Schätzchen«, erwiderte sie.

Die ganze Geschichte war ziemlich verwirrend, aber Irene begriff genug, um zu erkennen, dass sie mit einem Verrückten im Auto saß. Sie redete so lange auf Hank ein, bis dieser an der nächsten Raststätte abfuhr. Sie standen vor dem Auto, das etwas abseits vom Hauptgebäude parkte.

Hank hatte sich gegen die vordere Stoßstange gelehnt und rauchte eine Zigarette nach der anderen, während er Irene alles über seine gespaltene Persönlichkeit erzählte.

Jetzt war es Irene, die nervös auf und ab ging. Solange sie außerhalb des Autos war, konnte sie wenigstens wegrennen.

Aber wohin?

Besser war es, sich dem Problem zu stellen. Hank unterbrach seinen Vortrag, um ihr Zeit zum Verarbeiten zu geben. Schließlich sagte sie: »Du willst mir also erzählen, dass ... du nicht *Charlie* bist?«

»Siehst du vielleicht eine Erkennungsmarke an deinem großen Zeh?« erwiderte Hank barsch. »Du hast Charlie doch erlebt. Der Junge ist wie ein Kartenhaus. Sobald der

Druck hat, fällt der in sich zusammen. Ein totaler Schisser. Sobald was Großes anliegt, macht sich der Kerl in die Hosen.«

Irene runzelte die Stirn und versuchte dem Ganzen einen Sinn zu geben: »Warte mal, lass uns das noch mal Stück für Stück durchgehen ...«

»Es ist ganz einfach«, sagte Hank und sah aus wie ein fanatischer Spinner, der jeden Moment ausrasten kann und lächelnd sechs Menschen mit einem riesigen Messer abschlachtet.

»Charlie ist die Maus, die dich in die Falle gelockt hat, und ich bin die Ratte, die weiß, wo man den Käse findet. Hank ist mein Name.«

Er streckte die Hand aus. »Hank Evans für kleine Mädchen wie dich.«

Er nahm Irenes Hand und versuchte sie zu küssen, aber sie zog sie weg und sagte: »Es stimmt also, dass Charlie ein Schizo ist.«

Hank zuckte mit den Schultern: »Keine Ahnung. Ich kümmere mich nicht um seinen Kram und er sich nicht um meinen.«

In Irenes Kopf drehte sich alles. Wenn sie nicht aufpasste, würde sich auch bei ihr eine zweite Persönlichkeit abspalten. Sie setzte sich auf eine nahe stehende Bank und stützte ihr Kinn in den Händen ab.

Aber sie war zu nervös, um still sitzen zu bleiben, und begann wieder auf und ab zu tigern.

Hank sagte: »He, nur weil ich so hart bin, heißt das noch lange nicht, dass ich aus Stein bin. Ich merke sehr wohl, dass du Angst hast. Meine Sensoren haben die Signale empfangen.«

Irene wusste nicht, ob sie ihm glauben sollte. Dass er schizophren war, daran zweifelte sie nicht, aber er schien zudem offensichtlich falsch und heuchlerisch zu sein. Hank war nicht zu durchschauen.

Irene sagte: »Hank, sieh mal, es ist wirklich sehr nett, dass du mir deine Hilfe anbietest und so, aber trotzdem würde ich gern wissen, ob es irgendeine Möglichkeit gibt, Charlie zurückzuholen – du weißt schon, nur für ein kurzes klärendes Gespräch.«

Es ärgerte Hank, so aus dem Rennen geworfen zu werden. Kriegerisch schob er seine Unterlippe vor: »Klar ist das machbar. Und vielleicht solltest du inzwischen auf den Hochspannungsmast da drüben klettern und so richtig mit Power auf die Leitungen pissen.«

Irene sagte: »Das ist so ziemlich der einzige Schlag, den ich in der letzten Zeit nicht bekommen habe.«

Hank reagierte, indem er wieder die schleimige, heuchlerische Schiene fuhr. »Versteh doch, ich will dir hier wirklich nicht die Brustwarzen verdrehen. Ich will dir das Leben retten. Aber wenn ich das tun soll, brauche ich dein absolutes Vertrauen.«

Ohne direkt auf seine Worte einzugehen, sagte Irene widerwillig: »Okay, also was machen wir jetzt?«

Hanks Stimme hatte etwas Besessenes an sich: »Wir spielen Verstecken, und zur Zeit stehen die mit verbundenen Augen da und zählen. Der Plan ist, dass wir für ein paar Tage untertauchen, uns irgendeinen Unterschlupf abseits der Straße suchen und erst wieder rauskommen, wenn die Sache etwas abgekühlt ist. Hört sich das gut an, Schnuckelschnäuzchen?«

Irene sagte ernst: »Nenn mich nie wieder so.«

»Schon gut.«

Sie ging zum Auto zurück. Hank schlenderte hinter ihr her und schnitt hinter ihrem Rücken Grimassen, während er lautlos das Wort »*Schnuckelschnäuzchen, Schnuckelschnäuzchen, Schnuckelschnäuzchen*!« vor sich hersagte.

Als sie sich umdrehte, sah sein Gesicht völlig nichts sagend aus.

Auf Nebenstraßen umfuhren sie Messina. Durch das Funkgerät des zivilen Polizeifahrzeugs rauschten Nachrichten der Polizei-Funkzentrale. Das Messina Police Department war durch das megaschwere Verbrechen an zwei Bundesbeamten in Aufruhr.

Bislang war aber noch keine Meldung bezüglich Gerke oder seines gestohlenen Autos über den Äther gegangen.

Hank sagte: »Gerke ist wahrscheinlich immer noch kaltgestellt, sodass er nicht Alarm schlagen kann.«

Er blickte selbstbewusst drein. »Wenn ich einmal zuschlage, dann steht keiner so schnell wieder auf.«

Ungläubig starrte Irene ihn an. »Ich war es, die ihn niedergeschlagen hat und deinen Arsch gerettet hat!«

»Ja, ja, nachdem ich ihn weichgeklopft hatte«, entgegnete Hank und tat ihren Einwand mit einer lässigen Handbewegung ab.

Vor ihnen lag ein kleines Shoppingcenter mit einem Supermarkt, einer Reinigung, Videoverleih, Pizzeria, Spirituosengeschäft und sogar einem Sexshop. Hank fuhr auf den Parkplatz. Er sagte: »Ich geh eben einkaufen und du passt hier schön auf, hübsche Eule.«

Irene war müde, weil sie in der letzten Nacht kaum geschlafen hatte. Nachdem Hank weg war, hatte sie Mühe, die Augen offen zu halten. Ihr Kopf fiel zur Seite, als sie entschlummerte . . .

Das Geräusch beim Öffnen des Kofferraums weckte sie. Hank verstaute eine Einkaufstüte und schlug den Deckel zu.

Er schwang sich wieder hinters Lenkrad. »Wir sind ausgerüstet. Ich habe genug besorgt, um uns mindestens 72 Stunden über Wasser zu halten.«

Irene nickte. Hank steckte den Schlüssel ins Zündschloss und wollte den Wagen gerade starten, als er etwas sah, was ihm gar nicht gefiel. Einige Parkplätze neben ihnen standen vier große, stämmige Kerle, die aussahen wie Bauarbeiter, um einen Wagen herum. Sie machten gerade Pause. Einer von ihnen zog ein wenig abseits von den anderen ein letztes Mal an seiner Zigarette und schnippte die Kippe dann auf den Bürgersteig, wo sie mit sprühenden Funken landete.

Hank reagierte, als wenn der andere gerade in aller Öffentlichkeit uriniert hätte, und murmelte außer sich: »Ich glaub, mein Schwein ...«

Irene fragte: »Was ist los?«

Sie dachte, er habe Polizisten entdeckt, und blickte sich um, aber sie konnte keinen sehen. Unterdessen sprang Hank aus dem Auto und ging auf den Mann zu, der die Zigarettenkippe weggeworfen hatte.

Die Überraschung des Rauchers, als sich plötzlich ein wutentbrannter Fremder vor ihm aufbaute, wurde noch größer, als Hank ihn anfauchte: »Eh, du Kröte!«

Der Mann drehte sich ruhig um, da er glaubte, Hank würde mit jemand anderem sprechen.

Hank belehrte ihn sofort eines Besseren: »Ja, ganz richtig, dich meine ich, du menschlicher Sondermüll.«

Jetzt, da er die Aufmerksamkeit des anderen auf sich gezogen hatte, konnte er sein Anliegen vortragen: »Wenn du nicht sofort die Kippe da aufhebst, kleb ich sie mir an die Stiefelspitze und schieb sie dir in deinen fetten, pickeligen Arsch!«

Der stämmige Kerl zögerte und blickte Hank erstaunt und perplex zugleich an, wie ein Pitbull, dem plötzlich ein Chowchow die Zähne zeigt. Dass ein so schmächtiges Kerlchen wie Hank es wagte, sich mit einem muskelbepackten Schwergewicht anzulegen, widersprach jeglichen natürlichen Ordnungsprinzipien und ließ den Raucher vorsichtig sein.

Er sagte: »Schon gut Mann, ich will keinen Ärger. War doch nur eine Zigarette.«

Solch eine vernünftige Argumentation brachte Hank nur noch mehr in Rage, dachte er doch, er hätte den anderen eingeschüchtert.

Hank ballte die Hand zur Faust und wedelte damit vor dem Gesicht des Bauarbeiters herum. »Ja, und dies ist nur eine Faust, aber wenn ich damit erst mal zuschlage, hinterlässt sie einen Haufen Unordnung. Auf geht's!«

Schattenboxend und hüpfend tänzelte Hank um den Raucher herum und bot dabei einen grotesken Anblick.

Hank konnte sich vielleicht wie ein Schmetterling bewegen, aber der andere stach wie eine Biene, wie sich herausstellte, als er aus der Tasche seiner gefütterten orangefarbenen Arbeitsjacke einen Paralyzer herauszog und Hank damit eine zischte.

Hank gefror zu einer Statue und zitterte von dem Elektroschock. Der Paralyzer klang wie ein voll aufgedrehtes, rauschendes Radio.

Hank zuckte einmal zusammen und sank zu Boden. Sobald aber der Kontakt gebrochen war, konnte er sich wieder bewegen und zappelte auf dem Parkplatz herum wie ein Fisch auf dem Trockenen.

Das alles geschah so schnell, dass Irene gar keine Zeit blieb, zu reagieren. Jetzt sah sie, wie der Raucher sich umdrehte und Hank mit seinen spastischen Verrenkungen zurückließ. Der Bauarbeiter ging zu seinem Wagen, holte einen Schraubenschlüsssel und kehrte damit zu Hank zurück.

Da sprang Irene aus dem Auto und rief: »He, Sie! Lassen Sie ihn in Ruhe, er ist schizophren!«

Aber er nahm keinerlei Notiz von ihr und begann, Hank mit dem Schraubenschlüssel zu bearbeiten.

6

Das Leben ist ungerecht für gespaltene Persönlichkeiten, genauso wie für jeden anderen. Obwohl es Hank war, der die Schlägerei angezettelt hatte, musste Charlie die Konsequenzen tragen. Charlies Wiederkehr erfolgte nach und nach in einem Prozess stetiger Transformation. Hank dagegen verschwand und versteckte sich tief in Charlies Hirnwindungen, um seine Wunden zu lecken und Charlie das Steuer einstweilen freiwillig wieder zu überlassen.

Zunächst spürte Charlie nichts als den Schmerz, der sich wie ein großer, schwerer Vorhang über ihn legte. Dann ließ er ein wenig nach, und der Vorhang schien sich gelegentlich zu heben, um Charlie einen benommenen, verwirrten Blick in die Welt um ihn herum zu erlauben. Es sah aus wie die Notaufnahme in einem Krankenhaus.

Die Schmerzmittel, mit denen er vollgepumpt war, machten ihm zu schaffen, und es dauerte eine ganze Weile, bis er wieder klar denken konnte. Aber es gelang ihm. Er bewegte sich und konnte sogar – gestützt von Irene, die neben ihm herlief – wieder gehen.

Er hatte Prellungen am ganzen Körper und humpelte. Einer seiner Arme hing über Irenes Schulter, die versuchte, ihn aufzurichten, ihn auf den Beinen zu halten. Seine Knie waren butterweich, ständig in Gefahr einzuknicken.

Es war helllichter Tag, als er und Irene einen betonierten Fußweg entlanggingen, der zu einer Kurzhaltezone führte. Hinter ihnen lag der Eingang zu einem kleinen, sauberen, modernen Krankenhaus in einem der Außenbezirke von Messina.

Halb führend, halb tragend, schleppte Irene ihn vorwärts. Seine Augen wurden langsam wieder klar und er sagte: »... Weeer?«

Sie warf ihm einen beunruhigten Blick zu. »Keine Sorge, Hank. Das wird schon wieder.«

Charlie begriff nicht sofort. Er war doch noch einigermaßen benommen. »Hank ...? Wer ist Hank?«

»Herrje!«, stieß Irene nicht gerade begeistert hervor. Sie sah ihn erneut an, nicht beiläufig, sondern suchend, forschend. »Bist du es, Charlie?«

»Allerdings bin ich das. Warum, was ist passiert?«

»Du warst in eine Schlägerei verwickelt.«

Am Straßenrand stand ihr Auto mit laufendem Motor – das heißt, Gerkes Auto. Irene schob ihn darauf zu.

Ein leichter Windzug erfasste ihr Haar und blies einige Strähnen in Charlies Gesicht. Er schnupperte in Erwartung eines süßen Duftes, doch seine Nase machte stotternde Geräusche, und der sterile Geruch von Mullbinden und Desinfektionsmittel war alles, was er riechen konnte.

Charlie bemerkte, dass ein seltsamer Gegenstand gegen seine Seite schlug. Als er sein Hemd anhob, sah er ein dünnes Plastikröhrchen aus seinem Bauch hängen.

Zu benommen, um beunruhigt zu sein, fragte er: »Was ist das?«

»Ein Katheter«, antwortete Irene. »Der Arzt sagt, dass du ihn rausziehen kannst, wenn kein Blut mehr im Urin ist.«

»Oh, prima.« Damit konnte er leben. Er konnte mit allem leben. Charlie war ein verständiger Mensch, nicht wie manch andere Leute. Die Schmerzmittel halfen natürlich dabei.

Irene öffnete die Beifahrertür und schob Charlie in das Auto. Dann ging sie um den Wagen herum, setzte sich hinter das Steuer und fuhr ab.

Die Landschaft zog wie ein Schleier vorbei, während Charlie allmählich zu sich fand. Einigermaßen. Nach einer Weile sagte er: »Es tut mir wirklich Leid, dass Sie Hank kennen lernen mussten, Miss Waters. Ich dachte, ich sei schlimm, aber der Kerl hat ernsthafte Probleme.«

Irene sagte mit ausdrucksloser Miene: »Zumindest hat er uns das Leben gerettet.«

Charlie runzelte die Stirn. Ihm gefiel gar nicht, was er hörte. Noch weniger gefiel ihm allerdings der fiese Geschmack im Mund. Es war weniger ein Geschmack als ein schleimiger, widerlicher Belag auf Zähnen und Zunge.

»He, wonach schmeckt das?« Charlie schmatzte und schluckte, wurde den Geschmack aber nicht los. Plötzlich kam ihm die Erleuchtung: »Hat er ... geraucht?«

Irene nickte. »Mm – hm!«

Charlie schnitt eine Grimasse und zuckte zusammen. Es schmerzte, Grimassen zu schneiden. Allerdings schmerzte es auch so.

Irene fügte hinzu: »Wie dem auch sei, Hank meint, wir sollten uns einen Unterschlupf suchen und für eine Weile abtauchen.«

»Und Sie hören auf ihn? Sehen Sie sich doch an, was er mit mir gemacht hat – der ist durchgedreht.«

»Nimm es nicht persönlich, Charlie, aber im Gegensatz zu dir hatte er einen Plan. Durch dich wäre ich fast umgebracht worden.« Irene sprach sachlich. Ohne gehässig zu sein, nannte sie die Dinge beim Namen.

Charlie sagte beleidigt: »Nun, jetzt habe ich einen Plan.

Wir suchen ein anderes Polizeirevier und erzählen ihnen alles.«

»Das ist kein Plan, sondern der gleiche Fehler zum zweiten Mal«, sagte Irene. »Wir haben keine Ahnung, wie weit Dickies Einfluss reicht.«

Charlie sagte: »Ich glaube nicht, dass er über die Staatsgrenzen hinaus geht.«

»Okay, aber selbst wenn wir ein Revier finden, dem wir vertrauen können, werden sie die Bundesbehörde anrufen, und die waren es doch, die mich fast umgebracht hätten.«

Charlie dachte einen Moment lang darüber nach. »Okay, ich glaube, es ist Zeit, die besten Gesetzeshüter des Landes einzuschalten.«

Für einen Augenblick wandte Irene ihren Blick von der Straße ab und sah ihn neugierig aus den Augenwinkeln an.

»Das FBI?«

Das FBI? Das war zum Lachen. Charlie hätte gelacht, aber es war zu schmerzhaft. »Ich sagte, die *besten*. Die Rhode Island State Police.«

Irene blickte wieder auf die Straße. Unbeeindruckt sagte sie: »Und du glaubst, dass die Bundesbehörde da niemanden sitzen hat, der den Anruf abhört? Die wären uns doch in zehn Minuten auf den Fersen.«

Charlie wurde immer ärgerlicher. »In Ordnung. Was also war der tolle Plan des Genies?«

Irene antwortete: »Er meinte, wir sollten untertauchen, bis sich die Lage etwas abgekühlt hat.«

Charlie schnaubte verächtlich: »Klar, und was ist mit essen, und wie sieht es aus mit –?«

»Er hat alles besorgt, was wir brauchen. Es ist im Kofferraum.«

»Na, ist er nicht ein kleines Superhirn?«

Irene fuhr in die Berge hinein, wo die schmale Straße in Serpentinen lange Höhenzüge hinaufführte, deren Hänge mit Wäldern und Wiesen überzogen waren.

Sie sagte: »Hier oben sind einige nette, private Jagdhütten. Die Saison fängt erst in etwa einem Monat wieder an. Die Hütten müssten also leer sein.«

Charlie erwiderte: »Woher wissen Sie das? Oder war das wieder einer von Hanks Geistesblitzen?«

»He, ich habe in Messina gelebt. Schon vergessen?« Sie hatte mit Dickie Thurman ein Wochenende in einer dieser Hütten verbracht, aber darauf wollte sie nicht weiter eingehen.

Auf dem Kamm befand sich ein Hochplateau, das in Längsrichtung von der Straße durchschnitten wurde. Auf beiden Seiten standen Hütten in ausreichendem Abstand, um die Privatsphäre nicht zu stören.

Irene fuhr langsam über den Kamm und suchte nach einem geeigneten Platz. Sie waren allein auf der Straße und sahen auch niemanden. Neben ein oder zwei Kabinen parkten Autos.

Sie entdeckte eine Hütte, die weit ab von der Straße stand, und einen guten Unterschlupf zu bieten schien. Sie war von Bäumen abgeschirmt und nur über einen Feldweg zu erreichen.

Ihr Wagen rumpelte den Weg hinauf, was für Charlie eine Tortur war, weil jeder Huckel, jedes Schlagloch wie quälende, eiserne Schlägel auf das Xylophon seiner schmerzenden Knochen einhämmerte.

Oben angekommen, rollte das Auto auf eine kleine, eingeschossige Hütte mit abgedunkelten Fenstern zu, deren Türen fest verschlossen zu sein schienen.

Ein perfekter Unterschlupf. Sie stiegen aus dem Auto. Irene öffnete den Kofferraum, wo zwischen allerlei anderen Dingen auch die Tüte mit den Einkäufen stand, die Hank in dem kleinen Shoppingcenter besorgt hatte.

Charlie fragte: »Sind das unsere Vorräte?«

»Hmmmm.«

Er griff nach der Tüte, öffnete sie und schaute hinein. Seltsamerweise überraschte ihn nicht einmal, was er dort fand. Er holte eine große Flasche Rum und ein ungewöhnliches Sexspielzeug heraus, das wohl neu auf dem Markt war. Es handelte sich um einen 14-Zoll fleischfarbenen Plastikdildo mit eingebautem Vibrator, der zweifellos aus dem Sexshop des kleinen Shoppingcenters stammte.

Irene traute ihren Augen kaum. Charlie sagte: »Ja, er hatte in der Tat einen Plan.«

Irene stieß angewidert hervor: »Das ist alles? Ist das alles, was er gekauft hat?«

»Nein, nein, hier ist noch mehr«, antwortete Charlie und holte die anderen Dinge aus dem Kofferraum. »Ein Seil, ein Spaten und ein Sack Kalk.«

Soweit zu Plan A. Jetzt zu Plan B – soweit es den gab.

Der Wagen ließ die Hügel hinter sich und fuhr wieder auf den Highway. Charlie saß am Steuer. Er hatte mittlerweile etwas zu sich selbst zurückgefunden, nachdem Hanks Abartigkeit offen zu Tage getreten war. Hank bedeutete Ärger. Hank musste unterdrückt werden.

Das war das Problem.

Charlie sagte: »Ich will Sie bestimmt nicht unter Druck setzen, Irene, aber ich glaube wirklich, dass ich ins Hotel zurückfahren sollte, um meine Medikamente zu holen.«

»Aber das ist doch Wahnsinn!« Sobald sie den Satz zu Ende gesprochen hatte, wurde Irene bewusst, dass sie ihre Worte angesichts der Tatsache, dass der Kerl am Steuer ein Schizo mit gespaltener Persönlichkeit war, etwas unglücklich gewählt hatte.

Sie versuchte es noch einmal. »Das ist doch verrückt! Äh, ich meine, da wird es vor Polizisten nur so wimmeln.«

Charlie erwiderte: »Aber was haben wir für eine Alternative? Warten, bis Hank wieder zum Vorschein kommt und Ihr Leben in Gefahr bringt?«

Irene bemerkte, dass sie an ihren Nägeln kaute, und nahm die Finger aus dem Mund. »Na klasse, der Einzige, der mich vor den Killern schützen kann, entpuppt sich selbst als Killer.«

»He, he, ich bin *kein* Killer.« Charlie zeigte auf sich. »Er ist einer.«

Irene überzeugte das nicht. »Halt an. Ich fahre nicht mit dir dahin zurück. Das ist doch Selbstmord.«

Charlie seufzte. Dieser Drang zurückzukehren ließ ihn nicht los. Es war wie bei Brieftauben, die nach Hause flogen, um eingesperrt auf einer Stange zu hocken oder was zum Teufel Tauben halt so machen, wenn sie nicht gerade unterwegs sind.

Er sagte: »Und was halten Sie davon, wenn wir nach Rhode Island zurückfahren, wo wir zumindest wissen, dass wir den Leuten vertrauen können?«

Irene rollte mit den Augen. »Aber das sind fünfhundert Meilen von hier.«

»Neunhundert auf der Strecke, die wir nehmen würden«, erwiderte Charlie und seine Stimme deutete an, dass er das für die richtige Entscheidung hielt. »Die werden uns auf den großen Highways suchen, deshalb bleiben wir im Norden, fahren durch Vermont und dann im Zickzack nach Hause.«

Irene kaute gedankenverloren auf ihren Lippen. So schlecht war die Idee nicht, aber »Was ist mit Hank? Wie verhindern wir, dass er zurückkommt?«

An der nächsten Telefonzelle am Straßenrand hielt Charlie an und stieg aus, um einen Anruf zu tätigen, während Irene skeptisch im Auto sitzen blieb. In der Zelle hing gut gesichert das örtliche Telefonbuch. Charlie blätterte es durch, bis er den Abschnitt »Apotheken« in den Gelben Seiten gefunden hatte. Mit einem Stift umkreiste er einen Eintrag.

Dann rief er die Praxis von Dr. Rabinowitz in Rhode Island an, die ihn nach Hanks erstem Auftritt behandelt hatte.

Mit ein bisschen Glück müsste sie eigentlich zu erreichen sein, da er während der normalen Öffnungszeiten anrief. Und so war es. Sonst hatte er immer ein oder zwei Minuten warten müssen, bis die Empfangsdame ihn zu der Psychologin durchstellte, aber heute war sie direkt und ohne Verzögerung am Apparat.

Charlie grinste. Vielleicht hatte er von jetzt an etwas mehr Glück. Er konnte es gebrauchen. Aber nicht gleich übermütig werden, bremste er sich selbst. Es war noch ein langer Weg, bis er den Fisch an der Angel hatte, wie man so schön sagt.

Charlie sagte: »Hi, Dr. Rabinowitz, ich bin's, Charlie Baileygates.«

»Oh, hallo, Charlie«, sagte sie und klang erfreut, mit ihm zu sprechen. Beiläufig fragte sie: »Wie kommen Sie mit den Tabletten zurecht?«

»Gut, ganz toll«, antwortete er und zwang sich, begeisterter zu klingen, als er eigentlich war. »Das ist auch der Grund meines Anrufs. Ich bin nämlich zur Zeit im Urlaub und habe die Tabletten verloren. Da wollte ich fragen, ob Sie mir ein neues Rezept ausstellen könnten?«

»Das sollte kein Problem sein. Haben Sie die Telefonnummer einer Apotheke?«

Charlie las den Namen und die Nummer einer nahe gelegenen Apotheke von dem Eintrag in den Gelben Seiten ab, den er eingekreist hatte, und Dr. Rabinowitz schrieb sich die Details auf.

Dabei wurde sie von einem Team von Bundesbeamten aufmerksam beobachtet, die im Halbkreis hinter ihrem Schreibtisch standen, während sie telefonierte.

Die Beamten entsprachen alle demselben Typ: fit, ausdruckslos und angespannt.

Einer von ihnen saß mit Kopfhörern vor einem Laptop und überwachte das Gespräch.

Nachdem alles geklärt war, verabschiedete Charlie sich und legte den Hörer auf. Dr. Rabinowitz hielt ein Stück Papier in der Hand, auf dem sie die Telefonnummer der Apotheke notiert hatte, die er ihr gegeben hatte. Sie runzelte die Stirn und zögerte. Einer der Beamten sagte schroff: »Es ist das Beste für ihn.«

Unentschlossen übergab Dr. Rabinowitz das Stück Papier dem zuständigen Beamten. »Hier haben Sie die Nummer.«

Er las sie laut vor: »402 555 7792.«

Sein Kollege am Laptop tippte die Nummer ein, und einen Augenblick später erschien die entsprechende Adresse auf dem Bildschirm: Hunter's Pharmacy, 261 Center Lane, Pineborough, New York.

»Bingo. Wir haben sie!«

Diese Informationen wurden augenblicklich an die Leitung des Ermittlungsteams in Messina weitergeleitet, die aus dem Beamten der Umweltbehörde, der den Fall vor Ort bearbeitete, sowie der Kontaktperson bei der dortigen Polizei bestand.

Im Klartext handelte es sich um Agent Boshane und Lieutenant Gerke vom Messina Police Department, die zusammen mit Boshanes Assistenten an einem Hubschrauberlandeplatz standen, wo der Helikopter sich gerade warmlief. Der Rotor drehte sich und der Rumpf bebte.

Boshanes Hut saß schräg auf einem dicken, weißen Verband, den man dem Beamten von den Ohren aufwärts um den Schädel gewickelt hatte. Der Schlag auf den Kopf hatte ihm am Abend zuvor im Motel ein gehöriges Loch in die Birne gehauen.

Mit Gerke war auch kein Blumentopf zu gewinnen. Ihm klebte an der Stelle, wo Irene ihn mit dem Helm getroffen hatte, ein länglicher Verband auf dem Hinterkopf. Sein Gesicht war voller Schnitte und Kratzer, die er sich bei seinem Sturz kopfüber in den Schotter zugezogen hatte, nachdem er ohnmächtig geworden war.

Der Beamte und der Polizist liefen geduckt auf den Hubschrauber zu. Die Köpfe hatten sie gesenkt, und Boshane hielt mit einer Hand seinen Hut fest. Aber er konnte ihn nicht zu sehr andrücken, da sonst sein wunder Kopf noch mehr schmerzte.

Boshanes Assistent lief neben ihnen her und überbrachte die neuesten Infos: »Sie sind in Pineborough, Sir!«

Boshane sagte: »Wie lange fliegen wir ungefähr?«

»Achtzehn Minuten, höchstens!«

Als sie sich dem Helikopter näherten, blies der Rotor Boshane den Hut vom Kopf. Sein Assistent rannte ihm nach, fing ihn auf und brachte ihn seinem Chef zurück, der inzwischen mit Gerke im Hubschrauber saß.

Boshane griff danach.

Der Helikopter hob ab.

Irene kannte sich in diesem Teil von Messina nicht mehr aus und Charlie hatte überhaupt keine Ahnung. Deshalb nahmen sie auf dem Weg nach Pineborough eine falsche Abfahrt, die sie auf eine Landstraße führte.

Irene sagte: »Ich weiß, dass wir in der Nähe von Pineborough sind – das ist die gute Nachricht. Die schlechte Nachricht ist, dass ich nicht weiß, wo es liegt.«

Die zweispurige, geteerte Straße schlängelte sich durch hügeliges Ackerland. An den Kreuzungen standen gelegentlich ein paar Häuser.

Rechts vor ihnen sahen sie ein schiefes, baufälliges Haus

auf einem Hügel. Der heruntergekommene Hof reichte bis zur Straße, wo haufenweise Zeug lag, das aussah, als wären es ausrangierte Dinge, die für den Sperrmüll bestimmt waren.

Charlie fuhr langsamer und sie sahen mitten in dem Durcheinander eine alte Frau auf einem Gartenstuhl sitzen. Mit ihrem Strohhut, dem ausgewaschenen bunten Kleid und den Schlappen sah sie aus wie Norman Bates Mutter in *Psycho*.

Um sie herum stapelte sich alles Mögliche: kaputte Fernseher, haufenweise Schallplatten, Kartons voller alter Reader's Digest-Bücher, hässliche Lampen mit beschädigten Schirmen und ein Klapptisch mit eingedellten Töpfen und Pfannen darauf. Aber neben schönen Dingen gab es auch eine Menge Müll.

Charlie lenkte an den Straßenrand und hielt vor ihr. Unter dem Strohhut trug sie eine übergroße Sonnenbrille, die ihr schmales, spitzes Gesicht wie eine glupschäugige Gottesanbeterin aussehen ließ. In ihrem Mundwinkel hing eine Zigarette, die an ihrer Unterlippe klebte, und von deren Ende Rauch aufstieg.

Irene kurbelte das Fenster hinunter und Charlie lehnte sich über sie, um mit der alten Frau zu sprechen: »Entschuldigen Sie!«

Sie hustete, wodurch sich Asche von ihrer Zigarette löste und auf ihr Kleid fiel. Sie hustete heftiger und spuckte einen dicken Brocken Schleim aus. »Heuschnupfen.«

Charlie fragte: »Könnten Sie uns sagen, wie wir zu Hunter's Pharmacy kommen?«

Die Alte saß regungslos mit dümmlich verschlagenem Gesichtsausdruck da und schien nachzudenken. Sie strich sich über das haarige Kinn und sagte: »Tja, das kommt drauf an. Brauchen Sie zufällig Krabbenfangkörbe? Kann man gut Tische draus bauen.«

»Äh, nein, eigentlich nicht, ich –«

»Wie wäre es mit einem Set Jarts? Sowas kriegt man heutzutage gar nicht mehr, mit Stahlspitze und messerscharf, das sind die Originale.«

Charlie dachte tatsächlich darüber nach, aber Irene antwortete schnell: »Vielen Dank, aber wir haben es ein bisschen eilig.«

Die Alte zog kräftig an ihrer Zigarette, was einen neuen Hustenanfall auslöste. Ihr verbrauchter Körper bebte und verrenkte sich vom Keuchen und Würgen. Sie hustete so stark, dass sie ihre falschen Zähne ausspuckte, die ihr mit Schwung aus dem Mund flogen und im Dreck landeten.

Sie hob sie auf, wischte sie an ihrem Kleid ab und steckte sie sich wieder in den Mund zwischen leberfarbenes Zahnfleisch.

Mit forschen, dunklen Augen sah sie Irene an: »Sammeln Sie Blumenübertöpfe?«

Charlie beschloss, dass es an der Zeit war, ein Machtwort zu sprechen. Mit autoritärer Polizistenstimme sagte er: »Es wäre sehr freundlich von Ihnen, wenn Sie uns einfach nur sagen könnten, wie wir zu der Apotheke kommen.«

Die alte Schachtel stützte sich an den Armlehnen ihres Stuhls ab und rappelte sich stöhnend und fluchend hoch. Ihre Glieder knirschten wie getrocknete Maishülsen.

»Verdammte Touristen ... alles wollen die umsonst haben«, murmelte sie. Dann sagte sie lauter: »Also, hören Sie zu. Da unten an der ersten Ampel fahren Sie links, dann ...«

Sie fuhren bis zur Kreuzung und dann den Anweisungen der alten Frau folgend weiter. Nachdem sie ein oder zwei Meilen lang geschwiegen hatten, sagte Irene: »Es tut mir Leid, dass ich vorhin so grob war. Ich weiß, dass du geglaubt hast, das Richtige zu tun.«

Charlie nickte mit ausdruckslosem Gesicht. Irene fuhr behutsam fort: »Du machst zur Zeit auch eine Menge durch.«

Charlies Lippen verzogen sich zu einem schwachen Lächeln: »Na ja, bei mir überwiegt das Gute, nicht das Schlechte.«

Irene lächelte ihn liebevoll an.

Sie fuhren jetzt durch eine Gegend, in der Touristen gerne nach Antiquitäten und Nippsachen stöberten. Überall am Straßenrand wurden diese Dinge hier angeboten. Sie näherten sich einem Klapptisch, neben dem ein Mann mit Rastalocken und einer bunten, gehäkelten Mütze auf einem Klappstuhl saß. Er verkaufte billigen Schmuck und Krimskrams.

Irene runzelte die Stirn. »Irgendwie habe ich das Gefühl, wir sind falsch gefahren.«

Charlie hielt am Straßenrand, stieg aus dem Auto und ging auf den Verkäufer zu. Die Sonne stand hoch und war warm. Er sagte: »Entschuldigen Sie bitte. Sind wir hier in der Nähe von Hunter's Pharmacy?«

Der Verkäufer antwortete: »Nein, Sie fahren genau in die falsche Richtung. Hunter's Pharmacy liegt ungefähr acht Meilen hinter Ihnen.«

»Oh, aber die Dame hat doch gesagt –«

Charlie begriff. Man hatte ihn auf den Arm genommen. Er verzog verärgert sein Gesicht und rieb sich über die Stirn, wobei sich ein Schweißtropfen löste, der ihm jetzt über den Nasenrücken lief und am Ende einen Moment hängen blieb, bevor er schließlich auf die Erde tropfte.

Bevor er unten ankam, war Charlie nicht mehr da.

Hank war zurückgekehrt. Er zeigte auf den Schmuck und den Krimskrams und fragte: »Gravierst du diese Sachen auch?«

Wenig später stieg er wieder zu Irene ins Auto, wendete und fuhr den Weg, den sie gekommen waren, zurück.

Rasch waren sie wieder bei der Alten, die sie kommen sah. Hank hielt an und stieg aus.

Irene fragte: »Charlie, was –?«

»Ich muss mit der Oma nur eben was klären«, sagte Hank und grinste breit. »Bin gleich wieder da.«

Er ging über die Straße auf die Alte zu. Er stellte sich vor sie und blickte auf sie herab. Sie legte ihren Kopf in den Nacken und sah durch die glupschäugige Sonnenbrille zu ihm auf. Ihr lippenloser Echsenmund verzog sich zu einem nervösen Lächeln.

Hank sagte: »Auf dem Weg zur Apotheke ist mir etwas Merkwürdiges passiert. An der ersten Ampel hätte ich wohl rechts und nicht links abbiegen müssen, wie Sie gesagt haben.«

Ihr Lächeln begann leicht zu zittern. »Nein ... ich bin mir ziemlich sicher, dass ich gesagt habe, Sie sollen an der Ampel *rechts* fahren.«

»Na ja, dann war es wohl mein Fehler. Offensichtlich bin ich am Bahnhof Doof auf den Durchzug aufgesprungen.« Hanks manisch geheuchelte gute Laune hätte einen aufmerksameren Beobachter zweifelsohne beunruhigt, aber die Alte schien erleichtert zu sein.

Er sagte: »Egal, ich bin wegen der Jarts zurückgekommen.«

Sie nickte und ihre dunklen Augen schimmerten hinter dem Staubfilm auf der Sonnenbrille. »Das ist eine gute Entscheidung. Sie wissen, dass Sie sowas sonst nicht mehr kriegen.«

Scheißfreundlich hob Hank eine Augenbraue: »Wirklich?«

Sie nickte heftiger. »Die Regierung muss ihre Nase überall reinstecken. Nur darum ging's bei Waco.«

»Bei Waco ging es um Rasendart?«

»Ganz genau. Wenn man diese Scheiße einmal durchschaut hat.«

Hank dachte einen Moment lang darüber nach. »Sie scheinen ganz schön helle zu sein. Wissen Sie was, ich mache Ihnen ein faires Angebot.«

Er griff in seine Tasche und zog einen Gegenstand hervor, den er bei dem Schmuckhändler am Straßenrand gekauft hatte. Es war eine silberfarbene Kette mit einem herzförmigen Anhänger. Er hielt sie in seiner Faust und ließ sie hypnotisch vor ihren gierig glitzernden Augen hin und her baumeln.

Sie griff danach und murmelte: »Donnerwetter ...«

»Machen Sie schon, legen Sie sie sich um. Sie haben es verdient«, sagte Hank. »Ich mache das für Sie. Diese Verschlüsse haben es manchmal in sich.«

Er stand hinter ihr und schloss die Kette in ihrem faltigen Nacken. Der herzförmige Anhänger hing flach auf ihrer knochigen Brust. Was sie nicht wusste, war, dass sich auf der Rückseite eine kurze, knappe Inschrift befand, die Hank vom Straßenverkäufer hatte eingravieren lassen: BITTE NICHT WIEDERBELEBEN.

Hank schnappte sich mit zwei Fingern ihr zerknicktes Päckchen Zigaretten. Sie zeterte, aber als er eine herausnahm, sie ihr zwischen die Lippen klemmte und das Päckchen dann wieder zurücksteckte, verstummte sie.

Er zog Streichhölzer hervor, entzündete eines und hielt die Flamme ans Ende ihrer Zigarette. »Darf ich Ihnen Feuer geben, meine Liebe?«

Instinktiv inhalierte sie und zündete damit die Zigarette an. Tabakschwaden zogen über ihre Lunge, worauf sie erneut einen fürchterlichen Hustenanfall bekam.

Als das vorbei war, lehnte sie sich in ihrem Stuhl zurück. »Ist schon okay.«

Hank verließ den Hof, allerdings nicht, ohne eine Handvoll Jarts mitzunehmen. Als er wieder im Auto saß, kicherte er vor sich hin.

Irene fragte: »Worüber lachst du?«

»Rache. Darüber könnte ich mich totlachen«, sagte er. Er gab ihr die Jarts. »Hier, steck sie in deine Tasche, okay?«

Er startete den Wagen und fuhr davon. Sie waren schon einige Meilen unterwegs, dieses Mal in der richtigen Richtung nach Pineborough, als Hank fragte: »Hast du Zigaretten? Ich habe echt Schmacht.«

Das war ein eindeutiges Zeichen. Charlie rauchte nicht. Irene blickte nervös in Richtung Tür und tastete nach dem Griff. Sie wäre am liebsten hinausgesprungen, aber das Auto fuhr verdammt schnell.

Mit möglichst ruhiger Stimme sagte sie behutsam, aber bestimmt: »Hank, halt bitte an. Ich will aussteigen.«

»Was sagst du da, Zuckertäubchen?« Er legte eine Hand auf ihre Schulter, vielleicht um sie zu beruhigen.

Sie fuhr hoch und stieß einen Schrei aus: »Fass mich nicht an!«

»Oh, là, là. Was regst du dich auf? Sag mir lieber, was los ist.« Er wandte seinen Kopf in ihre Richtung und sah sie eindringlich an. Unterdessen flog die Straße förmlich auf das Auto zu und machte eine Kurve, während das Auto geradeaus weiterfuhr.

Ohne den Blick von ihr zu lassen, riss Hank das Steuer herum und lenkte den Wagen wieder auf die Straße.

Langsam schien ihm einiges klar zu werden und er sagte: »Moment, du glaubst doch nicht etwa an Charlies schmierige Hetzkampagne? Der will doch bloß dem Hankmobil einen Platten schießen.«

Irene erwiderte erregt: »Ach ja? Und du wolltest mich umbringen. Ich habe deine sogenannten Einkäufe gesehen.«

Hank gab sich verlegen: »Ach das ... Ich hätte ihn nicht einfach so reingerammt. Ich hätte ihn Stück für Stück hineingleiten lassen, wie ein Gentleman.«

Mit leichtem Schulterzucken sagte er: »Du hättest es auch an mir probieren können.«

»Ich rede von dem Spaten und dem Kalk!«

Er begriff nicht sofort. »Spaten und Kalk ...?«

Dann kapierte er, worum es ging, oder zumindest tat er so, und schüttelte sich vor Lachen.

Er rang nach Luft und sagte: »Ich habe lange nicht so herzlich gelacht.«

Irene, der gar nicht nach Lachen zumute war, hatte die Arme vor der Brust verschränkt. »Gut, dann erklär mal.«

Als würde er mit einem Kind sprechen, erklärte er: »Die Karre, mit der wir unterwegs sind, ist heiß. Diese netten Dinge gehörten dem krummen Bullen Gerke. Was glaubst du, hätte er mit unseren Leichen gemacht? Sie mit aufs Revier genommen?«

Jetzt war es Irene, der langsam einiges klar wurde: »Du meinst ... du hattest gar nicht vor ...?«

Er nickte verständnisvoll. »Ich weiß, wie du dich fühlst, Renchen. Mein Radar ist eingeschaltet und ich empfange deine Signale. Wenn du sicher landen willst, dann zieh die Nase hoch, fahr die Landeklappen aus, prüf deinen Höhenmesser und pass auf den Wind auf. Der Öldruck ist auch wichtig.«

Sie explodierte: »Wovon zum Teufel sprichst du? Kannst du nicht einmal klar sagen, worum es geht?«

»Du sollst mir vertrauen, das ist alles. Alles wird gut, Schnuckelputzi.«

»Da ist noch was. Diese Koseformen machen mich ganz wahnsinnig. Sie sind erniedrigend.«

»Wovon sprichst du, Honigschnecke?«

Wenn er nicht Auto gefahren wäre, hätte sie ihm eine reingehauen. »Pass auf, ich finde, wir sollten jetzt zur Apotheke fahren und die Medikamente holen.«

»Abcdefghijklmnopqrstuv – warum denn, Baby?«

»Weil abcdefgh – ich glaube, es ist sicherer, mit jemandem unterwegs zu sein, der eine Geburtsurkunde hat.«

Er nickte versöhnlich, als würde er dem zustimmen. »Tja, dagegen kann ich natürlich nichts sagen ... aber solange wir uns gegenseitig anmachen –«

Er äffte sie völlig überzogen nach: »Ich glaube, es ist sicherer, mit jemandem unterwegs zu sein, der eine Geburtsurkunde hat.«

Während er noch auf ihre Reaktion wartete, um auch die durch den Kakao zu ziehen, hörte er von draußen ein Geräusch. Neugierig kurbelte er die Scheibe hinunter, hielt ein Ohr aus dem Fenster und lauschte.

Irene fragte: »Was ist das?«

Vor ihnen, jenseits des Hügels, hinter dem Pineborough lag, tauchte plötzlich ein Hubschrauber auf und flog den Kamm entlang. Mit dem Heck in ihre Richtung schwebte er vor ihnen.

Hank sagte: »Mach das Radio an.«

Irene griff unter das Armaturenbrett und drehte den Polizeifunk auf.

»Hier ist Einheit 22. Ich habe Hunter's Pharmacy jetzt im Blick. Von dem Fahrzeug des Verdächtigen noch keine Spur. Ende.«

Hank und Irene sahen sich an. Bei der nächsten Möglichkeit bog das Auto rechts ab und fuhr auf eine schmale, einspurige Pflasterstraße, die von hohen Bäumen gesäumt war.

Irene fragte: »Glaubst du, sie haben uns gesehen?«

»Nein«, antwortete Hank. »Und sie werden uns auch

nicht sehen, meine kleine Bloody Mary.«

Irene verzog ihr Gesicht, ihre Augen verengten sich argwöhnisch: »Hört sich an, als hättest du schon wieder einen von deinen Geistesblitzen.«

»Hab ich, Puppe.«

Irene seufzte. »Das habe ich befürchtet.«

Hank hatte die Idee, aber Irene die Ortskenntnis. Nachdem er ihr seinen Plan erläutert hatte, zeigte sie ihm den Weg zu einem Platz außerhalb von Messina, den sie kannte.

Es war ein ehemaliger Steinbruch, der mittlerweile unter Wasser stand. Er war von Klippen umgeben, und der grüne Ford stand jetzt kurz vor dem Abgrund.

Hank und Irene hatten das sinkende Schiff verlassen. Irene hatte alle Habseligkeiten, die sie glaubte, bis zum Ende der Reise noch zu brauchen, in eine Umhängetasche gestopft.

Sie ging bis zum Rand der Klippe und schaute hinab. Die metallisch-grün schimmernde Wasseroberfläche des Steinbruchs lag etwa 25 Fuß unter ihr. Der See war so glatt und bewegungslos in die Landschaft eingebettet wie eine Emailarbeit.

Kein Mensch und keinerlei Spuren menschlichen Lebens waren zu sehen.

Irene fragte: »Sollen wir es wirklich tun?«

Hank hatte daran keinen Zweifel. »Machst du Witze? Jeder Stinker östlich des Mississippis wird nach diesem Schlitten Ausschau halten. Wir nehmen besser öffentliche Verkehrsmittel, die sind sicherer.«

Irene nickte. Sie standen beide bereit und gaben dem Fahrzeug den letzten Stoß. Sie schoben es über den Rand der Klippe, die Vorderreifen rollten über den Abgrund, und der Wagen neigte sich.

Ein grausames Kreischen war zu hören, als die Unterseite

des Autos an der Kante entlang schrammte, bevor der Wagen vornüber kippte.

Schließlich lösten sich die Hinterreifen vom Boden, und der Kühlergrill des Wagens zeigte senkrecht nach unten, als er in den See eintauchte. Eine gewaltige Fontäne schoss empor, brach in sich zusammen, aber wenig später waren nur noch ein paar Blasen auf der leicht gekräuselten Oberfläche zu sehen.

Das Auto war verschwunden und Irene sagte: »Gute Idee.«

»Ach, findest du?«, erwiderte Hank mit stolzgeschwellter Brust. »Vielen Dank für die Blumen. Ich bin froh, dass wir endlich gleich ticken.«

»Ich auch, Hank.«

Gemeinsam schwiegen sie einen Moment, bis Hank sagte: »Du bist schon eine besondere Nummer.«

Irene antwortete: »Danke, das ist nett.«

»Ich hoffe, wir werden Gelegenheit haben, uns besser kennen zu lernen.«

»Ja, das wäre schön.«

»Bist Du eigentlich schon mal so richtig angepisst worden?«

Irene rang nach Luft, und dann schlug sie mit einer derartigen Wucht zu, dass sein Kopf bebte und sich die Umrisse ihrer Hand rot auf seiner geschwollenen Wange abzeichneten.

Er nickte. »Verstehe, wir müssen langsam vorgehen.«

Plötzlich schoss ihm etwas durch den Kopf, und er tastete seine linke Hosentasche ab. Da er nicht fand, was er suchte, wühlte er all seine Taschen durch, aber es war vergeblich.

Er sagte: »Du hast nicht zufällig ein Portemonnaie eingesteckt, das in der Mittelkonsole lag?«

Sie sah ihn immer noch wütend an.

Er winkte ab. »Null Problemo. Ich regle das schon.«

Er zog seine Schuhe aus, stellte sich an den Rand der Klippen und sprang kopfüber ins Wasser. Der See war so veralgt und trübe, dass man nicht erkennen konnte, was unter der Oberfläche geschah.

»Hank ...?«

Hank blieb viel zu lange unter Wasser. Irene hielt nach ihm Ausschau, aber er tauchte nicht wieder auf.

Sie seufzte und schüttelte mit hängenden Schultern den Kopf, als wollte sie sagen: Ist diese ganze Scheiße noch zu glauben?

Dann stellte sie sich gerade hin, schleuderte ihre Schuhe weg und blickte von der Kante aus nach unten. Von Hank war noch immer nichts zu sehen.

Irene sprang.

Sauber durchschnitt sie die Oberfläche des kalten Wassers. Es war erst Anfang Mai und der Steinbruchsee war noch eisig. Die Sicht unter Wasser war schlecht. Sie tauchte tiefer hinab.

Unter ihr sah sie geisterhafte Umrisse, die langsam Form annahmen, und sie erkannte das versenkte Auto, das mit dem Dach nach unten auf dem felsigen Grund des Sees lag.

In dem Wagen befand sich Hank, der sich offensichtlich darin verfangen hatte und jetzt im Innenraum herumtrieb wie eine Boje. Sein Kopf schlug gegen den oben liegenden Boden des Fahrzeugs, seine Gliedmaßen bewegten sich nur noch schwach.

Irgendwie gelang es Irene, seinen Arm zu packen und ihn herauszuziehen. Er war kaum mehr bei Bewusstsein und wehrte sich nicht, als sie mit ihm im Schlepptau in Richtung Oberfläche schwamm.

Ihre Köpfe durchbrachen die Oberfläche, und sie schnappten nach Luft. Hank hatte eine Menge Wasser geschluckt, und das ganze Zeug schoss ihm jetzt in einem gewaltigen Schwall aus Mund und Nase.

Irene hielt sein Kinn mit einem Ellbogen über Wasser und schwamm mit dem halb bewusstlosen Hank ans Ufer.

Sie zog ihn und sich selbst an Land. Hank hustete und prustete. Aus seinen Nasenlöchern hingen lange, grüne Rotzfäden. Aber er atmete aus eigener Kraft.

Glück für ihn, denn Irene hatte nicht vor, Hank durch Mund-zu-Mund-Beatmung näher zu kommen.

Irene saß zusammengekauert auf den Felsen und drückte sich mit den Handflächen auf den Steinen ab, um ihren Oberkörper zu stützen, während sie japsend nach Luft rang. Es dauerte lange, bis sie wieder einigermaßen regelmäßig atmen konnte.

Als sie und Hank dann völlig erschöpft nebeneinander lagen, fragte sie: »Was zum Teufel war jetzt wieder los?«

»Ich fürchte, wir können nicht schwimmen«, antwortete Hank und würgte noch einmal erbsengrünes Wasser heraus.

Als der Anfall vorbei war, sah er Irene an. »Du hast mir das Leben gerettet.«

Sie sagte: »Dann sind wir jetzt quitt.«

»O nein, ich bin dir was schuldig.«

War das gut oder nicht? Sie wusste es nicht. Sie rappelte sich auf und ging fort.

Das Auto irgendwo in der Nähe einer Bushaltestelle oder eines Bahnhofes loswerden – das war ihr Plan gewesen. Aber sie hatten ziemlich weit in die Wildnis fahren müssen, um den Wagen in dem Steinbruch zu versenken und damit den Blicken der lästigen Hubschrauberinsassen zu entziehen.

Sie versuchten so weit wie möglich auf Wanderwegen oder Nebenstraßen zu bleiben, um nicht entdeckt zu werden. Hank und Irene waren müde, schmutzig und triefend nass. Verdrießlich schleppten sie sich vorwärts.

Nach ein, zwei Stunden begannen ihre Kleider zu trocknen. Der klamme Stoff stank nach dem Wasser des Steinbruchs.

Sie wanderten die Hügel hinab durch dichtes Gestrüpp und schattige Schluchten, bis sie schließlich eine weitläufige Feld- und Ackerlandschaft erreichten. Sie waren schon weit gekommen, aber sie mussten noch viel weiter.

Aus reiner Langeweile begannen sie wieder, sich zu unterhalten. Das heißt, Hank hätte schon viel eher wieder zu plaudern begonnen, hätte Irene ihm nicht immer wieder gesagt, er solle den Mund halten, und damit jegliches Gespräch unterbunden.

Als Irene seine behutsamen Vorstöße doch mit einem einsilbigen Murmeln zu beantworten begann, fühlte er sich ermutigt, und schließlich gelang es ihm, das Eis zu brechen.

Er sagte: »Und? Wie ist es dir im Leben so ergangen? Woher kommst du eigentlich?«

»Von überall«, antwortete sie.

»Hmm, omnipräsent also. Ich mag das bei Frauen.«

»Okay, aufgewachsen bin ich in Texas –«

»Da unten züchtet man die ganz schön groß«, sagte er mit einem Blick auf ihre Brüste.

Ohne ihn zu beachten, fuhr sie fort: »Ich bin in gutbürgerlicher Umgebung groß geworden, in einer netten Familie. Nach der Schule bin ich nach New York gezogen, um –«

»Lass mich raten. Zuhause hat dir jeder erzählt, du seist eine Augenweide. Deshalb wolltest du Model werden, aber als du im Big Apple ankamst, hat man dich behandelt wie einen Wurm. Du hast einige Pfunde zugenommen und dich Schauspielerin genannt, aber ohne Talent kommt man nicht weit, und schon bald hast du nur dann helle Lichter vor dir gesehen, wenn du deinen Kühlschrank geöffnet hast. Dann hast du dir deine Titten zunutze gemacht und an der Upper East Side rumgelungert und auf alte Männer gewartet, die es mal wieder nötig hatten, während du dich vor dir selbst geekelt hast. Und? Wie gut ist meine Vermutung, Mrs. Holmes?«

»Fast so gut wie Ihr Fluchtplan, Dr. Watson«, sagte Irene sichtlich unbeeindruckt. »Ich habe nie im Big Apple, in New York selbst, gelebt. Ich bin nach Cornell gegangen, habe an der Umass Amherst University meinen Abschluss in Landschaftspflege gemacht und war danach auf einem Golfplatz für die Gestaltung der Anlage verantwortlich.«

Dann fasste sie sich an ihre Brüste: »Und die sind echt.«

Hank, der sich auch nicht leicht aus der Ruhe bringen ließ, sagte: »Du hast deine Essstörungen ausgelassen.«

»Ich habe keine ... Halt die Schnauze!« Ihr Gesicht verfärbte sich.

»Was immer du willst, schlankes Schätzchen.«

»Weißt du was, Kerle wie du gehen mir am Arsch vorbei.«

»Aber abcdefghijk –«

Sie hob ihre Hand, um ihn zum Schweigen zu bringen. »Weil du zu denen gehörst, bei denen die Zunge schneller ist als das Hirn, die nicht genug Grips haben, auch nur einmal nachzudenken, bevor sie etwas sagen.«

»Okay, vielleicht sage ich immer, was ich denke«, sagte Hank. »Aber wenn ich dir nicht erzähle, was ich will, wie kann ich dich dann jemals flachlegen.«

Sie ballte ihre Hand zur Faust, um ihm eine reinzuhauen, aber dann spürte sie wieder diesen hämmernden Schmerz in ihrem Kopf, der sie seit Hanks Erscheinen immer wieder quälte.

Sie rieb sich die Schläfen, um den Druck zu lindern.

Da entdeckte sie etwas. Am Fuße der mit Gras bewachsenen Hügelkette, auf der sie und Hank sich entlangschleppten, lag ein Tal, in dem sofort eine Ben-and-Jerry-Eisfabrik ins Auge fiel.

Hank folgte ihrem Blick und entdeckte sie ebenfalls. Der dazugehörige Parkplatz war voller Autos und Reisebusse.

Mit zusammengekniffenen Augen dachte er nach, strich sich über das Kinn und brütete fieberhaft einen Plan aus. »Eh, ich weiß, wie wir zu Geld kommen.«

Sie liefen den Hang hinab auf die Eisfabrik zu und mischten sich unter die Touristenmassen vor dem Gebäude, die entweder auf eine Führung durch die Fabrik warteten, gerade eine hinter sich hatten oder mit einem Eis in der Hand herumstanden.

Irene war erleichtert, wieder unter Leuten, fremden Leuten, zu sein. Hank war anstrengend, und so lange mit ihm allein zu sein, war eine Strafe.

Sie sagte: »Okay, jetzt sind wir hier. Und was ist nun deine tolle Idee, wie wir Geld machen können?«

Er deutete ihr an, dass sie ihm folgen solle, und lief geduckt hinter einen Lieferwagen, dessen klobiger Aufbau sie vor den Blicken der Touristen schützte.

Er sagte: »Hau mir eine rein.«

»Was?«

»Schlag mir voll ins Gesicht. Dann lass ich den fürsorglichen Eis-Onkel Jerry kommen und sag ihm, dass ich auf dem Parkplatz überfallen wurde. Dann werden die schon ein paar Dollar springen lassen, denn so eine Geschichte können die in diesem Familienparadies gar nicht gebrauchen.«

Er lächelte sie zuckersüß an: »Nun mach schon. Schlag mich.«

Irene sagte: »Hank, ich weiß nicht.«

»Mach zu, das funktioniert! Aber du musst schon ein bisschen zuschlagen. So ein kleiner, mädchenhafter Ich-willmir-nicht-die-Fingernägel-abbrechen-Klaps reicht nicht. Der Kerl soll mich nur ansehen und sagen –«

Irene versetzte ihm einen Karateschlag, der es in sich hatte. Sie verlagerte ihr Gewicht auf ein Bein und schwang das andere blitzschnell nach oben, sodass sie ihn mit dem Fußballen mitten auf die Nase traf.

Hank überschlug sich rückwärts und landete regungslos auf dem Boden.

Licht aus.

. . . Die Lichter gingen wieder an.

Bei Charlie.

Verwirrt sah er aus blutunterlaufenen Augen um sich. Nur halb bei Bewusstsein lag er angeschnallt auf einer Trage in einem Rettungswagen.

Das Martinshorn des Fahrzeugs heulte auf und das Blaulicht blitzte, als müsse alles ganz schnell gehen.

Charlie hatte bereits medizinische Versorgung erhalten. Sauerstoff wurde ihm durch Schläuche in die gebrochene Nase gepumpt. Sein Kopf hing aufgrund einer Halskrause gegen sein Schleudertrauma in einer unnatürlichen Position.

Hinter ihm starrte ein Sanitäter auf einen Monitor, mit dem Charlies Zustand überwacht wurde.

Neben Charlie kniete Irene und telefonierte mit einem Handy. Aufgeregt sagte sie: »Hank, es funktioniert. Es funktioniert tatsächlich!«

An- und niedergeschlagen ob seiner misslichen Lage stöhnte Charlie: »O nein, nicht schon wieder.«

Irene verstand. »Charlie?«

»Was . . . was ist passiert?«

Das Schimmern kehrte in Irenes Augen zurück, ihre schwarzen Pupillen glänzten. »Jerry ist am Telefon. Sag ihm, dass du auf seinem Grundstück überfallen worden bist und du bereit bist, die Sache außergerichtlich zu klären.« Sie hielt ihm das Telefon vors Gesicht. »Ausgeraubt ... außergerichtlich klären ... Grundstück«, murmelte Charlie in die Muschel.

Klick.

Ein regelmäßiges Piepen drang in Charlies Ohr. Jerry hatte aufgelegt. Der Sanitäter, der Charlie und Irene beobachtet hatte, wurde hellhörig: Irgendetwas stimmte da nicht.

Er beugte sich vor und fragte: »Haben Sie einen Versicherungsnachweis bei sich?«

Charlie sagte: »Die Karte ist in meinem Portemonnaie.«

Sein Portemonnaie befand sich im Auto, das auf dem Grund des Steinbruchs lag, was Charlie allerdings noch nicht wusste. Das war Hanks Geschichte.

Der Rettungswagen hielt an und lud die beiden wertlosen Passagiere aus. Der Sanitäter zeigte sich in gewisser Weise allerdings noch großzügig, und Charlie durfte die Halskrause behalten.

Der Wagen fuhr ab und ließ Charlie und Irene mitten in der Landschaft stehen.

Man musste kein Genie sein, um festzustellen, dass Charlie Baileygates in ernsthaften Schwierigkeiten steckte. Seine drei Söhne zu Hause aber *waren* Genies und hatten von daher wichtigere Dinge zu tun, als sich um den Verbleib ihres Vaters Gedanken zu machen.

Lee Harvey stemmte in seiner Ecke Gewichte, Jamal hielt Zwiesprache mit seinem Computer und Shonte Jr. hatte es sich in einem Sessel gemütlich gemacht und las ein Buch.

Shonte Jr. runzelte die Stirn, dann blickte er von seinem Buch auf: »Wie kann Pluto ein Planet sein. Welcher Scheißplanet hat denn eine elliptische Umlaufbahn? Das macht verdammt noch mal keinen Sinn!«

Lee Harvey schnaubte verächtlich: »Sinn? Was weißt du schon von Sinn? Du dachtest doch, dass bei einer Ratifizierung des Senats Ratten gejagt werden.«

»Stimmt das denn nicht?«, mischte Jamal sich ein.

Shonte Jr. sagte: »Ach, Lee Harvey, und du dachtest, der Golfkrieg habe zwischen Dunlop und Titleist stattgefunden.«

Auf dem Monitor erschien eine Nachricht. Jamal rief aus: »Eh, hört euch das an. Vince Foster ist ermordet worden.«

Lee Harvey blickte finster drein und sagte, ohne auch nur eine Sekunde seine Übungen zu unterbrechen. »Ist doch scheißegal, wer diesen verknöcherten Oberarsch um die Ecke gebracht hat. Hörst du vielleicht mal auf, in den Pentagondaten herumzuhacken? Lern lieber.«

Shonte Jr. fügte hinzu: »Genau, du weißt, was Dad übers Ausschnüffeln gesagt hat.«

Lee Harvey fand, dass es Zeit für die Wahrheit war. »Jamal, du baust nur Scheiße, bis dir das Stipendium für Yale vor der Nase weggeschnappt wird und du mit diesen Wichsern in Stanford zusammenhocken musst.«

Es klingelte an der Tür.

Lee Harvey sagte: »Das sind wahrscheinlich die Idioten von der Auswahlkommission für die Elite-Unis.« Er stemmte gerade Gewichte und bevor Shonte Jr. sich von seinem fetten Hintern erheben würde, musste man ihn schon in die Luft sprengen. Also loggte Jamal sich aus dem Programm aus und ging zur Tür.

Draußen stand Captain Partington und ein Bundesbeamter mit kalten Augen und ausdruckslosem Gesicht.

Partington sagte ernst: »Jamal.« Dann blickte er an ihm vorbei zu Shonte Jr. und Lee Harvey: »Jungs.«

Jamal fragte: »Ist was passiert, Captain?«

»Tja ... wir haben da ein Problem. Packt eure Sachen.«

7

Irene und Charlie liefen an Bahngleisen entlang, die sich durch die Landschaft schlängelten. Büsche und Bäume schirmten die Strecke von der Straße ab und boten Deckung. Außerdem war es leichter und schneller, der Schienentrasse zu folgen, als sich auf schlecht markierten Wegen durch das Unterholz zu schlagen.

Dennoch war es kein Zuckerschlecken. Irenes Umhängetasche scheuerte, sodass sie sie ständig von einer Schulter auf die andere wechseln musste. Charlie stolperte vorwärts, wobei die starre Halskrause seinem Kopf etwas Schildkrötenhaftes verlieh, als wäre er auf einen Turm gesetzt worden und müsse jetzt hin und her schwenken, um Ausschau zu halten.

Seine Nase sah aus wie eine zermatschte Tomate. Wenn er versuchte, durch sie zu atmen, pfiff und zischte es. Vorsichtig tastete er mit den Fingerspitzen an der Wunde entlang, um das Ausmaß der Verletzung zu erfassen.

Seine Kleidung war inzwischen getrocknet, aber völlig zerknittert und ramponiert. Irenes genauso. Sie sahen aus wie zwei Penner, zwei vom Pech verfolgte Landstreicher, die den Bahndamm entlang krochen.

Es war Nachmittag und die Schatten wurden länger. Charlie berührte seine Nase zu dicht an dem verletzten Bereich, was erneut Schmerzen auslöste. »Au.«

»Wie geht's deiner Nase?«, fragte Irene.

Charlie blickte besorgt drein. Er legte den Kopf in den Nacken und atmete durch die Nase ein und aus. Mit dem gebrochenen Zinken sah sein Gesicht aus wie das eines Flughundes. »Hören Sie das«, sagte er, »es pfeift immer noch. Könnten Sie mal nachsehen?«

Sie kniff die Augen zusammen und schaute ihm in die Nasenlöcher, eine nicht gerade ansprechende Perspektive. »Hmm, sieht alles normal aus. Ich kann nichts ...«

Dann sah sie es. »Warte, da ist was. Deine Nasenscheidewand ist schief.

Tut mir Leid«, sagte sie nach kurzer Pause.

Charlie, der immer das Positive sah, erwiderte: »Das werde ich schon verkraften. Narben geben einem Charakter.«

Sie gingen weiter und Irene blickte ihn liebevoll an. »Du hast eine großartige Einstellung zum Leben, Charlie. Das ist eine ganz besondere Gabe.«

Er zuckte mit den Schultern. »Bin mir nicht sicher, ob die Psychoheinis dem zustimmen würden. Die meinen nämlich, genau das sei mein Problem.«

»Was?«

»Sie sagen, dass ich meine Wahrnehmung bewusst verzerre, um die Wirklichkeit angenehmer zu machen.«

»Verstehe«, sagte Irene. »Du hörst also nur, was du hören willst.«

Charlie fuhr sich mit den Fingern durchs Haar und lächelte verlegen. »Danke. Ich trage es gern kurz, besonders im Sommer.«

Irene sah ihn verdutzt an. »Vielleicht haben sie sogar Recht, Charlie. Denk mal darüber nach. Ich habe dir deine Scheißnase gebrochen. Du solltest stinksauer auf mich sein.«

»Ich weiß, dass Sie es nicht so gemeint haben.«

»Ich habe dir mit voller Wucht mitten ins Gesicht getreten.«

»Na ja, kann ja mal passieren.«

Sie gingen weiter und Irene sagte: »Ich weiß eigentlich nicht, warum ich mich nie mit so einem umgänglichen Typen wie dir eingelassen habe. Das hätte mein Leben viel einfacher gemacht.«

»Ach, viel verpassen Sie nicht«, erwiderte Charlie.

Irene lächelte. »Ich weiß nicht, manchmal habe ich das Gefühl, ich ziehe Arschlöcher förmlich an. Sobald ein vorlauter Hochstapler den Raum betritt, macht er sich mit an Sicherheit grenzender Wahrscheinlichkeit sofort an mich ran. So bin ich auch an Dickie geraten.«

»Das ist doch verrückt. Sie sind etwas ganz Besonderes, Irene. Schauen Sie sich doch an. Sie sind so natürlich. Sehen Sie sich Ihr Haar an. Als würden Sie sich einen Scheiß darum kümmern, wie es aussieht.«

Irene runzelte die Stirn und ihr Lächeln verschwand. Verunsichert zupfte sie an ihrem Haar herum.

Charlie fuhr fort, ohne ihre zunehmende Unsicherheit zu bemerken. »Und Ihre Haut ist so naturbelassen, mit all ihren Dellen und Macken. Sie schämen sich Ihrer Mängel nicht.«

Inzwischen war ihre Stimmung auf dem Tiefpunkt. Charlie sagte: »Sie haben verkniffene Augen und Ihr Gesicht ist total gespannt ... als hätten Sie eine Zitrone ausgelutscht, aber Sie machen sich nichts daraus.«

Irene ballte ihre Hände zu Fäusten. »Könnten wir vielleicht das Thema wechseln?«

»Sehen Sie, und bescheiden sind Sie auch noch.«

Aus der Ferne drang ein Geräusch zu ihnen herüber, das Pfeifen eines Güterzuges. Das Gelände war leicht abschüssig, und die Trasse machte eine große Schleife, sodass der herannahende Zug abbremsen musste.

Irene und Charlie flüchteten sich an den äußeren Rand des Bahndammes, um nicht vor den Zug zu geraten. Kraftvoll und lärmend fuhr die Lokomotive an ihnen vorbei. Dahinter folgte eine lange Reihe sowohl geschlossener als auch offener Güterwaggons. Der Zug bremste weiter ab, bis er nur noch über die in Serpentinen abfallenden Schienen kroch.

Plötzlich hatte Charlie eine Idee: »He! Denken Sie auch, was ich denke?«

Sie mussten sich anschreien, um den Lärm des Zuges zu übertönen.

Irene, die immer noch an Charlies Bemerkungen zu knabbern hatte, erwiderte: »Keine Ahnung, ... fragst du dich auch, wie ich dich loswerde?«

Charlie schaltete nicht und sagte: »Spaß beiseite. Der Zug ...«

Irene sah ihn verständnislos an und hoffte, er würde Spaß machen. »Du willst doch nicht etwa ...«

»O doch. Und Sie auch. Los, kommen Sie!«

Charlie begann neben dem Zug herzurennen. Er versuchte, sich umzudrehen, um zu sehen, ob Irene ihm folgen konnte, aber die Halskrause war im Weg. Er riss sie ab und blickte sich um. Zögernd trabte Irene auf ihn zu.

Jetzt rannten sie beide. Irene rief: »Ich glaube nicht, dass ich das schaffe!«

Charlie lief auf ihrer Höhe und versuchte sie zu ermutigen. »Natürlich können Sie das! Wir Menschen nutzen nur 10% unseres Potenzials. Sie müssen diese Reserven nur auspacken.«

Irene erhöhte ihr Tempo. Auf den Fußballen sprintete sie an Charlie vorbei. Er rannte ihr nach und rief: »Genau so ... jetzt haben Sie es gepackt ... nur nicht aufgeben.«

Ein offener Waggon fuhr an Irene vorbei. Sie hielt sich an einem Griff fest, sprang ab und zog sich mit Schwung hinauf.

Charlie rannte mit hochrotem Kopf japsend und schnaufend neben dem Zug her. Irene kroch bis ans Ende des Waggons, beugte sich hinunter und hielt ihm eine Hand hin.

Er streckte seinen Arm aus und versuchte, mit den Fingern danach zu greifen. Fast hätten sich Ihre Hände berührt.

Aber Charlie konnte nicht mehr, der Abstand wurde größer, er fiel zurück. Sein Herz schlug wie wild und seine Glieder waren bleiern. Seine Ohren dröhnten, und es war nicht so sehr der Lärm des Zuges, sondern sein eigener Pulsschlag.

Der Zug entfernte sich und damit auch Irene. Charlie blieb stehen, schnappte nach Luft und sah Irene nach, die in der Ferne immer kleiner wurde.

»Springen Sie!«, rief er.

Sie konnte ihn nicht verstehen. »Was?!«

»Springen Sie ab!«

»Hä?«

Er schrie: »Springen Sie von dem verdammten Zug!«

Einen Moment lang, als Charlies Gestalt langsam hinter den Güterwaggons, die um eine Kurve fuhren, verschwand, dachte sie über diesen Vorschlag nach, wog Vor- und Nachteile ab. Und das hatte nicht nur damit zu tun, dass der Zug jetzt wieder schneller wurde.

Widerwillig beschloss Irene zu springen. Sie hockte sich auf den Rand des Waggons und hielt sich am Geländer fest. Der Boden schoss unter ihr vorbei. Sie fuhren über eine Wiese mit vielen Büschen. Wenn sie jetzt nicht sprang, würde es zu spät sein.

Sie landete unsanft. Der Aufprall wurde zwar durch das Gestrüpp abgefedert, aber lange nicht so sehr, wie sie es sich erhofft und gewünscht hatte. Sie wirbelte um die eigene Achse, zog sich Prellungen und Kratzer zu und rollte weiter, bis sie schließlich in einer Staubwolke liegenblieb.

Lange Zeit bewegte sie sich nicht, dann stand sie stöhnend

auf. Sie klopfte sich den Dreck ab. Charlie war noch immer ein gutes Stück weg. Als undeutliche Männergestalt sah sie ihn auf sich zu stolpern.

Einige Zeit später hatte sich Charlie schließlich bis zu Irene geschleppt. Er keuchte, als gelte es, seine Lunge auszukotzen.

Japsend stützte er sich mit den Händen auf den Knien ab. »Hab noch mal darüber nachgedacht ... keine gute Idee ... Zug ist blöd ... da suchen die als Erstes.«

Sie warf ihm einen wütenden Blick zu, aber er war zu sehr damit beschäftigt, nicht vornüberzufallen, um es zu merken.

Sie zogen weiter, die Stunden krochen dahin, der Tag neigte sich seinem Ende zu. Am späten Nachmittag, die Schatten waren schon lang, ließ die Bahnstrecke Straßen und Städte hinter sich und bog in eine bewaldete Wildnis ein. Charlie und Irene kletterten vom Bahndamm hinunter und liefen wieder auf Landstraßen entlang, die sich durch weites Ackerland zogen.

Charlie war dem Verhungern nahe. In seinem Innern grummelte es, wie bei Steuerzahlern, die ihren Steuerbescheid öffnen. Er hielt sich den Bauch und klagte: »Mein beschissener Magen tut weh.«

Irene warf ihm einen strafenden Blick zu. Er sagte: »Tut mir Leid – ich hab diese Ausdrücke von meinen Kindern.«

Das irritierte sie. Während er sprach, war Charlie etwas aufgefallen, was er jetzt bestätigte: »He, meine Nase hat aufgehört zu pfeifen.«

Irene erwiderte: »Dann war's wohl nur ein Popel.« Sie hatte schlechte Laune.

Charlie zeigte vor sich auf eine Ansammlung von Häusern an einer nahe liegenden Kreuzung. »Sehen Sie, eine Ortschaft.«

Sie schleppten sich darauf zu. Charlie fragte: »Haben Sie noch ein bisschen Knete?«

»Sechs Dollar«, erwiderte Irene.

»Ich habe drei.«

Das bedeutete, dass sie etwas essen würden. Das einzige Restaurant des Ortes war »Ma's Homecooked Natural Foods«-Diner, das nahe am Highway lag. Allmählich füllte sich der Parkplatz, da die Abendbrotzeit anfing.

Charlie und Irene gingen hinein. Als Charlie das gute Essen roch, zog sich sein leerer Magen zu einem Knoten zusammen, der ihm gegen das Rückgrat drückte.

Eine Kellnerin platzierte sie im hinteren Teil des Restaurants in der Nähe der Küche. Am Nachbartisch saßen zwei Mannsweiber mit Bürstenhaarschnitt. Sie waren stämmig und trugen Flanellhemden, weite Overalls und Dr. Martens-Arbeitsschuhe. Sie hatten bereits gegessen und tranken jetzt Kaffee und rauchten. Es war nicht ganz klar, ob ihr Tisch im Raucherbereich stand, aber es hatte auch niemand Interesse daran, die beiden beeindruckenden Weibsbilder darauf anzusprechen. Sie schienen nicht gerade zimperlich zu sein.

Am Tisch hinter Charlie und Irene saß eine fein rausgeputzte Familie: Mami, Daddy und ein niedlicher, flachsköpfiger, sommersprossiger, sechsjähriger kleiner Junge.

Charlie und Irene warteten schon eine ganze Weile, ohne dass die Kellnerin ihnen auch nur die Speisekarte gebracht hätte. Irene erhob sich.

»Ich geh uns was an der Theke bestellen, damit wir weiterkommen«, erklärte sie.

Charlie sagte: »Ich nehme ein getoastetes Sandwich mit Hühnchen ohne Haut und ohne Butter.«

Irene ging zur Theke mit den Auslagen. Charlie lehnte sich zurück und ließ seinen Blick durch das Restaurant schweifen. Da sah er aus den Augenwinkeln etwas, das seine Aufmerksamkeit erregte. Das Kind vom Tisch hinter ihnen hatte sich umgedreht und starrte Charlie über die Lehne seines Stuhls hinweg an, während es durch einen Strohhalm an einem Vanille-Milchshake nuckelte.

Charlie lächelte ihm zu. Der Sechsjährige starrte noch immer.

Charlie drehte sich um, um zu sehen, ob das Kind eventuell etwas anderes ansah, aber nein.

Er war es. Das Kind guckte ihn und niemand anderen an. Es war kein Angucken, es starrte ihn an. Es glotzte.

Charlie setzte sich wieder normal hin und blickte geradeaus. Ein Aushilfskellner hatte mittlerweile zwei Sets und Gläser mit Wasser gebracht. Charlie nahm eines davon und hielt es sich gegen seine glühende Stirn, um sie zu kühlen, bevor er einige Schlucke trank.

Er versuchte das glotzende Kind aus seinem Kopf zu verdrängen, aber es gelang ihm nicht. Er spürte förmlich, wie die unverfrorenen Augen des Kindes wie Laser Löcher in seinen Hinterkopf bohrten.

Es war schon verrückt, wie ein kleines Ding einem ausgewachsenen Kerl so zusetzen konnte. Wenn man bedenkt, was Charlie in der letzten Zeit alles durchgemacht hatte – er war mit einem Schraubenschlüssel malträtiert worden, hatte sich die Nase bei einem Karateschlag zertrümmern lassen, und er hatte sein Portemonnaie verloren – war es merkwürdig, dass ein Kind mit unbekümmertem Blick ihn schließlich zum Ausflippen brachte.

Als er es nicht mehr aushielt, drehte er sich auf seinem Stuhl um, streckte dem Kind angriffslustig sein Gesicht entgegen und sagte: »Was glotzt du so, Wichser?«

Die Augen des Jungen weiteten sich und wurden ganz rund, sodass das Weiße um die Pupillen und der Iris deutlich hervortrat. Verblüfft ließ er seinen Shake fallen.

Das war nicht Charlie. Baileygates war Mitglied der Rhode Island State Police, die auf eine stolze Tradition zurückblicken konnte, und es war seine Aufgabe, diese zu bewahren. Viel entscheidender aber war, dass Charlie Menschen mochte. Niemals hätte er absichtlich ein Kind erschreckt oder geärgert.

Hank dagegen schon.

Und er tat es. Hank war zurückgekehrt. Dieses Mal war kein Trauma, Schlag auf den Kopf oder sonst eine Gewaltanwendung nötig gewesen. Viele Kleinigkeiten waren zusammengekommen, und dies war eine Erniedrigung zuviel, der Tropfen, der das Fass zum Überlaufen brachte, und Charlie in der Versenkung verschwinden ließ, während Hank wie ein Schachtelmännchen hervorsprang und das Kommando übernahm.

Charlie wurde immer schwächer und verlor die Kontrolle über die Steuerzentrale seines Geistes. Hank dagegen war voller Saft und Kraft, war dynamisch. Jetzt schien seine Zeit wieder gekommen. Wenn man Charlie und Hank als eine zusammengehörige Identität betrachtete, war Charlie auf dem Rückzug, während Hank in den Vordergrund drängte.

Hank war unstet und aufbrausend. Als Hank hatte er eine Menge Wut rauszulassen und dieses freche Balg war das Zünglein an der Waage zu seinem Zorn.

Hank stand auf, ging zu dem Tisch, an dem das Kind saß und baute sich vor ihm auf. Er sagte: »Willst du, dass ich gleich explodiere? Du brauchst nur den Schalter umzulegen. Ich werde ein Erdbeben auslösen, und du stehst genau auf der Bruchlinie.«

Das Kind war so verängstigt, dass es sich in die Hose machte. Die Mutter faselte etwas davon, dass Hank verrückt sei, ein Irrer.

Verrückt?! Er war der vernünftigste Mensch der Welt!

Der Vater des Jungen stand wütend auf, aber er war kleiner und schmächtiger als Hank. Und glauben Sie nicht, dass Hank das nicht mit eingerechnet hätte.

Der aufgebrachte Vater polterte los: »Verdammt noch mal, was wollen Sie eigentlich?!«

Hank winkte kühl ab: »Mir dir hat das gar nichts zu tun. Das ist eine Sache zwischen mir und deinem Balg.«

In diesem Moment kam Irene zurück, der sich der Magen umdrehte, als ihr schmerzhaft bewusst wurde, dass niemand anders diesen Aufruhr verursacht haben konnte als ihr Reisebegleiter – eine Ahnung, die sich natürlich als richtig erwies.

Sie biss sich auf die Lippen. »O nein ...«

Der Vater des Kindes machte einen Schritt auf Hank zu, aber Irene ging dazwischen, fing ihn ab und zog ihn beiseite.

»Ich muss mich für meinen Freund entschuldigen, aber er leidet an, tja ... er hat dieses ... tja ...« Irene schwieg. Woran zum Teufel litt er?

Sie zuckte mit den Schultern. »Er ist ein Schwein.«

Die aufgebrachte Familie stand geschlossen auf und stürmte aus dem Restaurant. Das Kind drehte sich an der Tür um.

Hank rief: »Das arme kleine Baby braucht seinen Daddy, um sich zu verteidigen. PUTT, PUTT, PUTT!!!«

Die Familie verschwand, und alle anderen Restaurantbesucher drehten sich gleichzeitig nach Hank um, als hätte jemand einen Generalschalter betätigt, durch den sie aktiviert wurden.

»Weichei«, sagte Hank und schnaubte verächtlich, als die Tür hinter ihnen schloss. Irene stand wie versteinert da und wäre am liebsten im Boden versunken. Aber nichts dergleichen geschah.

Hank beugte sich derweil zu dem Tisch der Mannsweiber hinüber und nahm sich, ohne zu fragen, eine Zigarette.

Er fragte: »Und, alles paletti, Jungs?«

Sie zuckten nur mit den Schultern.

Irene sagte: »Hank, nehme ich an?«

Hank atmete eine fächerförmige Rauchfahne aus. »Hast du mich vermisst?«

»Was hältst du davon, Charlie wieder auf den Plan zu rufen – es fing gerade an, in geordneten Bahnen zu laufen.«

Hank zeigte mit erhobenem Zeigefinger in Richtung Decke und sagte mit einer Miene, als würde er eine lebenswichtige Weisheit von sich geben. »Hör mal, Pocahontas, man hört den Büffel nur kommen, wenn man das Ohr auf den Boden legt.«

»Und was soll das heißen«, erwiderte Irene.

»Das heißt, entweder er lässt sich einen Schlachtplan einfallen, oder der alte Hank nimmt Fort-Charlie endgültig ein.«

An dieser Erklärung machte sie etwas besonders stutzig. Sie hakte nach: »Habe ich das eben richtig gehört, dass du von dir selbst in der vierten Person sprichst?«

Der Kellner brachte ihr Essen. Es war ein junger, vielleicht 21-jähriger Kerl, ein Albino mit dünnem, weißem Haar, weißem Gesicht und Händen und rötlichen Augen. Er stellte die Teller auf dem Tisch ab.

Hank zeigte auf ihn: »Eh, der sieht ja aus wie ein überdimensionales Wattestäbchen.«

Dann brach er in lautes, wieherndes Gelächter aus. Irene spielte ernsthaft mit dem Gedanken, unter den Tisch zu kriechen, um der ganzen Sache zu entkommen.

Hank sagte zum Kellner: »Ist nur Spaß. Ich will doch bloß ein bisschen Sonne in dein Leben bringen. Sei vorsichtig, dass du dich nicht pellst.«

Er wieherte wieder laut los. Dann fragte er mit ernster Miene und gespielter Besorgnis: »Tun die denn was dagegen?«

»Wogegen?«

»Du weißt schon: die roten Augen und die Pigmentstörung. Wird in dem Bereich geforscht?«

Der Albino-Kellner dachte kurz nach und sagte dann: »Mmm, ja ... nicht, dass ich wüsste.«

»Pech für dich. Macht aber Sinn. Warum auch? Ansteckend ist es ja nicht.« Plötzlich zog Hank sich das Hemd vor den Mund und rollte die Augen. »Oder?«

Der Kellner schüttelte den Kopf und ging weg.

Irene war wütend. »Es reicht. Wir gehen.«

Hank sagte: »Hä? Hab ich was verpasst?«

Irene fauchte ihn an. »Die Scheiße muss ich mir nicht antun. Wie du den Jungen behandelt hast, war unmöglich. Hast du nicht gesehen, wie der geguckt hat?«

Hanks breites, großspuriges Grinsen wurde schmaler und verschwand langsam.

»Er war ein bisschen blass, aber sonst.«

»Du hast ihn *beleidigt*,« erwiderte Irene.

»Glaub ich nicht, aber wir werden es gleich wissen.« Hank klatschte zweimal kurz in die Hände und rief nach dem Kellner. »He, Milchgesicht, komm doch noch mal her!«

Irene wurde ganz klein und senkte den Kopf, als der Kellner sich näherte und Hank fragte: »Habe ich dich in unserem Gespräch in irgendeiner Form beleidigt?«

Der Kellner antwortete: »Na ja, ... ja, schon.«

Hank dachte kurz nach und wollte dann wissen: »Wegen der Sache mit dem Wattestäbchen?«

»Eigentlich haben Sie mich mit allem, was Sie gesagt haben, beleidigt, Sir.«

Wenn man nach seinem Gesichtsausdruck ging, hatte

Hank damit nicht gerechnet. Einen Moment lang war er sprachlos. »Aha.«

Dann räusperte er sich. »Mmm, das tut mir Leid. Wirklich.«

Hank stand auf und verließ das Restaurant. Irene sah den Kellner an und zuckte mit den Schultern.

Sie erhob sich ebenfalls und folgte ihm. Draußen saß Hank niedergeschlagen mit dem Kopf in die Hände gestützt auf einer Bank.

Irene fragte: »Alles klar bei dir?«

Hank sah sie niedergeschlagen an. »Ich weiß nicht. Ich werfe und werfe, aber ich treffe einfach nicht. Ich habe das Gefühl, meine Mannschaft zu enttäuschen.«

»Stimmt, das tust du ... aber sich dessen bewusst zu werden, ist schon die halbe Miete, Hank.«

Hank wandte sich ab, um die aufsteigenden Emotionen zu verbergen. »Du hast ja keine Ahnung, wie es ist, ... wenn man so viele Jahre gefesselt und geknebelt hinter einer Wand der Höflichkeit in einer dunklen und wortlosen Welt verbracht hat, wo die Wut, und sonst nichts, immer größer wird. Und das alles, weil dieser Teufel im Engelsgewand, den er geheiratet hat, die Sachen gepackt und ihn wie Nancy Sinatra sitzen gelassen hat.«

Irene fragte: »Charlie war mal verheiratet?« Sie konnte es kaum glauben.

»Und noch was«, sagte Hank. Er schien in sich hineinzublicken und sich zu erinnern. »Ich war ein wichtiger Teil seiner Persönlichkeit, doch seit sie ihn verlassen hat, ist Charlie wie betäubt, während ich in der Versenkung verschwand.«

»Hank, wenn du schon damals ein wichtiger Teil seiner Persönlichkeit warst, dann hat sie auch dich verlassen.«

Einen Moment lang dachte Hank darüber nach und machte sich die Bedeutung dieser Aussage bewusst. Sein Gesicht schwoll an, zog sich zusammen und dicke, fette Tränen rannen ihm aus den Augen.

»Du hast Recht. Du hast vollkommen Recht. Sie hat uns beide verlassen. Ich habe sie geliebt«, stieß er hervor.

Dann blickte er schluchzend zu Irene auf. »Warum hat sie das getan? Ich bin kein schlechter Mensch.«

Irene rückte näher und legte einen Arm um seine Schultern, um ihn zu trösten. »Keine Ahnung. Ich weiß es nicht. Aber du bist bestimmt kein schlechter Mensch. Du bist ein guter Mensch.«

Sie sah ihm direkt in die Augen. »Hörst du mich? Du bist ein guter Mensch.«

Hank hörte auf zu weinen und fing sich wieder etwas: »Glaubst du wirklich?«

»Ja, jetzt glaube ich das«, sagte Irene. »Ich glaube sogar, dass dies hier so eine Art Durchbruch ist.«

Hank wischte sich die Augen. »Ja, ich fühle mich gut. Ich fühle mich wirklich gut. Weißt du, was ich tun werde? Ich werde mich bei Charlie entschuldigen ... und bei diesem jungen Kellner auch.«

Er ging zurück ins Restaurant und Irene folgte ihm.

Drinnen war der empfindsame junge Albino-Kellner auf der Suche nach ein wenig Respekt und Würde.

Außerdem lagen dort zwei nicht gegessene Sandwiches und lockten mit ihrem Sirenengesang.

8

Charlie Baileygates war ein Geistesgestörter, der ausgerastet und zum Killer geworden war und den Bundesbeamten Peterson ermordet sowie Irene gekidnappt hatte. So lautete die offizielle Darstellung, die Agent Boshane und Lieutenant Gerke Charlies drei Söhnen in der vorübergehend eingerichteten Kommandozentrale der Polizei in Pineborough lieferten, wo man die jungen Männer hingebracht hatte.

Sie konnten es nicht fassen. Ungläubig starrten sie Boshane und Gerke an, als wären sie Insekten, bis Jamal mit starken Worten zum Ausdruck brachte, was sie dachten. »Das ist doch der totale Schwachsinn. Daddy hat keinen umgebracht. Und er macht sicher auch nicht so 'ne Scheiße, eine dahergelaufene Schlampe zu kidnappen.«

Boshane lächelte milde. »Natürlich haltet ihr zu Charlie. Das ist ganz normal. Er ist schließlich euer Vater. Aber Charlie ist krank – so eine Art mentaler Zusammenbruch, sagte man uns. Und jetzt ist es wichtig, dass wir ihn finden, bevor er noch jemandem, sich selbst eingeschlossen, Schaden zufügt.«

Shonte Jr. ergriff das Wort: »Okay, angenommen er hätte tatsächlich ein Problem – was nicht stimmt – er hat doch Tabletten genommen, um das in den Griff zu bekommen?«

Boshane erwiderte: »Seine Tabletten hat er im Hotel liegen gelassen.«

Gerke sagte barsch: »Und da hat er auch seinen Verstand gelassen. Ich hab's schließlich gesehen. Der Kerl ist bekloppter als ein Schnitzel.«

Die drei Jungen starrten Gerke an. Jamal sagte: »Eins versteh ich nicht, Lieutenant. Wenn mein Daddy so ein verdammtes abgewichstes Arschloch ist, warum sind Sie dann allein zu dem Treffpunkt gefahren?«

Shonte Jr. fügte hinzu: »Wer sind Sie überhaupt? So 'n verdammter Idiot, der hier den einsamen Helden spielt?«

Gerke lief rot an und seine blassen Augen traten wutentbrannt hervor. »Euer ›Vater‹ ist Polizist und hat mich darum gebeten, allein zu kommen. Woher sollte ich wissen, dass er ein Irrer ist?«

Boshane bedeutete ihm, sich zu beruhigen. »Gerke, es reicht.«

Gerke rollte die Augen, aber er schwieg. Boshane sagte zu den drei Jungen: »Wie dem auch sei, Jungs. Ihr kennt euren Vater besser als jeder andere. Wir haben gehofft, ihr könntet uns helfen, ihn zu finden, damit diese Sache ein friedliches Ende nimmt.«

Gerke schaltete sich wieder ein: »Die wichtigsten Tankstellen und Raststätten auf den Highways haben wir überprüft, aber keine Spur von ihnen.«

Da meldete sich Lee Harvey zu Wort, der bis zu diesem Zeitpunkt vor sich hin grollend geschwiegen hatte. Immer noch grollend fragte er: »Auf den Highways? Sagen Sie mal: Ist Ihre alte Dame eigentlich glücklich?«

Gerke wiederholte brüskiert: »*Meine alte Dame*?«

»Genau, denn wenn man Ihre Fähigkeit für Ihren Job als Polizist als Maßstab nimmt, dann sind Sie unfähig, selbst bei einer riesigen Zwölf-Pfund-Muschi den G-Punkt zu finden.«

Gerke sah erschöpft und finster drein: »Pass auf, was du sagst.«

Neugierig hakte Boshane nach: »Worauf willst du hinaus?«

Lee Harvey hielt eine Hand hoch und zählte die Punkte mit Hilfe seiner Finger auf. »A: Daddy benutzt bestimmt keine Straße, auf der Ihre blinden Bullen lauern. Und B: Er isst kein Fastfood.«

»Warum das denn nicht?«

Shonte Jr. antwortete: »Weil er davon Dünnschiss bekommt. Wenn er sowas isst, scheißt er wie ein Zirkuselefant.«

Jamal sagte: »Stimmt. Der arme Kerl hat mehr Kameras am Arsch gehabt als der bekannteste Pornostar.«

Boshane erwiderte: »Das ist auch eine Leistung.«

Der schwabbelige Stubie wackelte mit glühendem Gesicht in den Raum und verkündete aufgeregt: »Treffer. Sie wurden gerade gesichtet, als sie aus einem abgelegenen Café ungefähr hundert Meilen nordwestlich von hier kamen.«

Lee Harvey verschränkte die kräftigen Arme vor seiner muskelbepackten Brust und lächelte traurig, aber selbstbewusst. Boshane gab Gerke ein Zeichen, worauf die beiden für ein Gespräch unter vier Augen zur Seite traten. Man sah ihnen an, dass sie sich über die weitere Vorgehensweise alles andere als einig waren.

Als sie einen Moment später zurückkehrten, sah Gerke noch genervter aus als sonst. Boshane sagte: »Wir würden euch gerne mitnehmen. Ihr kennt Charlie ganz offensichtlich besser als wir.«

Lee Harvey nickte. Boshane und Gerke wandten sich ab und gingen zum Auto. Shonte Jr. hielt seinen Bruder zurück und fragte ihn mit leiser Stimme: »Lee Harvey. Was soll das? Warum willst du denen helfen, Daddy zu finden?«

Lee Harvey erwiderte flüsternd: »Weil wir da sein müssen, wenn diese lügenden Speichellecker ihn finden ... wer weiß, was sonst passiert.«

9

Hank rauchte eine Zigarette nach der anderen, als er plötzlich husten musste. Zuerst war es nur ein Kribbeln im Hals, das er mehrmals durch Räuspern loszuwerden versuchte. Irgendwie hatte er einen Frosch im Hals oder irgendetwas musste dort hängengeblieben sein. Durch das Husten wurde etwas tief in seiner Brust gereizt, was einen gewaltigen nicht enden wollenden Hustenanfall zur Folge hatte.

Hank würgte, sein Gesicht lief rot an, die Augen tränten und sein ganzer Körper verrenkte sich.

Schließlich hörte der Husten auf und genauso war es mit Hank.

Charlie war zurückgekehrt. »Himmel Herrgott«, fluchte er.

Irene saß neben ihm und beobachtete ihn aufmerksam. Als er die brennende Zigarette in seiner Hand bemerkte, drückte er sie ärgerlich im Aschenbecher des Autos aus.

Er sagte: »Könnten Sie ihn nicht bitten, damit aufzuhören? Ich bekomme davon Herzrasen.«

Irene begriff. »O mein Gott ... *Charlie*?«

»Enttäuscht?«, fragte Charlie, und in seiner Stimme schwang Bitterkeit mit. Hank und seine unkontrollierbaren Mätzchen machten ihm wirklich langsam zu schaffen.

Das Letzte, woran Charlie sich erinnern konnte, war, dass

er in einem Restaurant gesessen und sich über ein ihn anstarrendes Kind mit Glupschaugen geärgert hatte.

Aber wo war er jetzt?

Er sah sich um und stellte fest, dass er hinter dem Steuer eines Autos saß und um ihn herum nur Wasser war. Es war Tag. Welcher Tag wusste er nicht, aber er bekam schon bald mit, dass dieses Mal nur wenige Stunden vergangen waren, seit er sich in seinen Kopf zurückgezogen und seinen Platz an Hank abgetreten hatte.

Das kleine und enge Auto war ihm fremd. Die Scheibe auf der Fahrerseite war heruntergekurbelt und sein Ellbogen lag in dem offenen Fenster. Sie standen auf einer Fähre, die über einen großen, glatten See fuhr, an dessen entfernten, bewaldeten Ufern dunkle Schatten vor einem violetten Hintergrund lagen. Der Himmel war noch immer strahlend blau.

Außerdem fühlte er sich anders. Es dauerte einen Moment, bis er begriff, dass er wieder völlig normal durch seine Nase atmen konnte. Er verstellte den Rückspiegel, bis er sich darin sehen konnte, und betrachtete sich.

Seine Nase sah wieder aus wie immer, man hatte ihm lediglich ein schmetterlingförmiges Pflaster darüber geklebt. Er sagte: »Eh, meine Nase ist ja wieder okay.«

Irene antwortete: »Ja, Hank ließ sich nicht davon abbringen, zu einem plastischen Chirurgen zu gehen. Er wollte dir was Gutes tun.«

Charlies Freude trübte sich ein wenig. »Ja klar. Ganz der Nette.«

Als er den Rückspiegel wieder einstellen wollte, bemerkte Charlie, was ihm vorher entgangen war. Sein Kinn war dick und geschwollen und mit einer großen, weißen Mullbinde abgedeckt.

Er schnappte nach Luft. »Was zum Teufel ist das denn?«

»Ach ja«, sagte Irene. »Hank war der Meinung, du hättest ein leicht fliehendes Kinn.«

Charlie war außer sich. »Wie bitte? Ich mag mein Kinn. Es ist mein Kinn.« Vorsichtig tastete er es ab.

Plötzlich fiel ihm noch etwas ein. »Und wie zum Teufel konnte er das bezahlen?«

Aus dem Fond des Autos sagte eine Stimme: »Ich habe ihm das Geld geliehen.«

Charlie erschrak. Ihm war nicht bewusst gewesen, dass sich außer ihm und Irene noch jemand ihm Auto befand. Er drehte sich um und sah den Albino-Kellner bequem auf der Rückbank sitzen.

Charlie hatte den Abgang gemacht, bevor der Kellner in dem Restaurant an ihren Tisch gekommen war. Von daher war ihm der junge Mann mit der weißlichen Blässe unbekannt.

Er sagte: »Was zum ... Wer sind Sie?«

Der Kellner antwortete: »Ich bin's – Milchgesicht.«

Charlie blickte zu Irene hinüber, die nur mit den Schultern zuckte. Er wandte sich wieder dem anderen zu und sagte: »Würden Sie mir bitte sagen, was Sie hier machen?«

Der Kellner verstand die Welt nicht mehr. Er sagte: »Wie meinen Sie das? Sie haben mir doch versprochen, für mich den Herzblatt-Showmaster zu spielen und mich mit einer Albino-Nymphe aus Rhode Island zu verkuppeln. Wissen Sie das nicht mehr?«

Charlie konnte sich nicht daran erinnern. Sogar mit den offenen Fenstern hatte er das Gefühl, das kleine Auto würde ihn immer enger umschließen. Er stieg aus, um an Deck der Fähre frische Luft zu schnappen.

Er lehnte an der Reling und schaute in Richtung Küste zu dem Anleger, auf den die Fähre zulief. Der Albino-Kellner stellte sich neben ihn, und einen Moment lang standen sie schweigend nebeneinander und beobachteten die Küste, die immer näher kam.

Schließlich sagte der Kellner: »Sie wollen mich jetzt loswerden, stimmt's?«

Charlie drehte sich zur Seite und sah ihm in die Augen. »Nein, ich will Sie nicht loswerden. Ich ... also, ich, ja, es ist so: Ich bin schizophren.«

Das schien kein Problem für den Kellner zu sein. »Ich weiß schon. Hank hat mir alles erklärt: dass Sie ein Weichei sind und er alle Kämpfe für Sie austragen muss und dass Sie irgendwann verschwinden werden und es nur noch ihn geben wird.«

Charlie sagte beleidigt: »Egal, Irene sind jedenfalls eine Menge Leute auf den Fersen, die sie gern so schnell wie möglich für immer aus dem Verkehr ziehen würden. Da sind Sie bei uns nicht gerade in guter Gesellschaft.«

»Warum nicht? Sie, Irene und Hank sind meine Freunde.«

Ganz offensichtlich wollte der andere ihn nicht verstehen. Charlie versuchte es erneut: »Aber was ist mit Ihrer Familie? Vermissen die Sie nicht?«

»Meine Familie ist ... sie ist weg.« Der Kellner wandte sich ab und starrte mit glasigem Blick in Richtung Küste. Da überkam Charlie plötzlich eine Welle der Sympathie für den Kerl.

»Ach je«, sagte er. »Aber wenn Sie mit uns kommen, kann ich Sie wirklich nicht Milchgesicht nennen. Wie heißen Sie richtig?«

Der Kellner lächelte. »Caspar, aber meine Freunde nennen mich Whitey.«

Hanks Fehltritte hatten Charlie zweifelsohne übel mitgespielt, aber dadurch war es ihnen zumindest gelungen, die

Polizei abzuhängen. Das aus Bundesbehörde, Staats- und örtlicher Polizei zusammengestellte Einsatzkommando, mit dem Auftrag, Charlie und Irene zu überführen, verfügte über eine starke Truppe, eine gute Ausrüstung, Computer-Datenbanken, Streifenwagen, Boote, Flugzeuge und Hubschrauber. Worüber sie nicht verfügten, waren die beiden Flüchtenden.

Bis zu Ma's Diner hatte man Charlies und Irenes Spur noch verfolgen können, aber danach war Schluss. Von der Verbindung zu Whitey hatte die Polizei bislang keinen Wind bekommen. Sie fielen in der Gegend ein und belagerten die Straßen mit ihren Streifenwagen, aber sie suchten nach Gerkes zivilem Polizeifahrzeug, nicht ahnend, dass es bereits bei den Fischen auf dem Grund eines Steinbruchsees ruhte.

Nach Whiteys Fahrzeug suchten sie nicht: ein verbeulter, schrottiger Kleinwagen jugoslawischer Herkunft, der den Untergang des Landes, aus dem er kam, überdauert hatte. Unter diesen Umständen war die Garantie für das Fahrzeug natürlich nicht mehr viel wert.

Aber es war direkt an der Polizei vorbeigesaust und dann auf die Fähre gefahren, die es über den See brachte. Während die Jäger immer noch die Gegend um das Restaurant durchkämmten, waren die Flüchtenden bereits auf dem Weg durch abgeschiedene Teile des Staates New York in Richtung Vermont.

Es war ein ereignisreicher und anstrengender Tag gewesen, und die hereinbrechende Nacht überzeugte Charlie, Irene und Whitey davon, nach einer Übernachtungsmöglichkeit in einem Motel am Straßenrand Ausschau zu halten. Whiteys freizügig zur Verfügung gestellte finanzielle Mittel ließen den Zwischenstopp Wirklichkeit werden.

Irene ging zur Rezeption, um die Zimmer zu buchen, während Charlie und Whitey im Auto warteten. Als sie zurückkam, steckte sie ihren Kopf durch das offene Fenster.

»Es sind nur noch zwei Zimmer frei: zehn und elf. Ihr beide müsst euch also eins teilen.«

Und so geschah es. Das Zimmer, das die beiden Männer bezogen, war mit einem Ehebett, einem Fernseher ohne Kabelanschluss, einer Kommode und einem kleinen Tisch mit zwei Stühlen ausgestattet.

In der Nachttischschublade lag statt der sonst üblichen Bibel eine Pappkarte mit den zehn Geboten. Aber das Motel war so billig, dass nur fünf aufgelistet waren.

Irene hatte das Nachbarzimmer bezogen. Charlie und Whitey machten sich bettfertig. Der Fernseher lief, aber der Empfang war so schlecht, dass man vor lauter Schnee und Rauschen weder sehen noch verstehen konnten, wer dort über was sprach.

Charlie und Whitey hatten sich nebeneinander auf dem Ehebett ausgestreckt, und keiner von beiden schien ganz glücklich mit der Situation zu sein. Sie lagen angezogen auf der Bettdecke, die sie nicht zurückgeschlagen hatten.

Charlie hatte die Arme hinter dem Kopf verschränkt und starrte auf die Risse in der verputzten Decke.

Nur um etwas zu sagen und dem unbehaglichen Schweigen ein Ende zu bereiten, fragte Charlie: »Erzählen Sie doch mal, Whitey, was ist mit Ihrer Familie passiert?«

»Ich habe sie umgebracht.«

»Oh ... mein lieber Scholli ... sagen Sie das noch mal.«

Whitey sprach emotionslos, ohne sich aufzuspielen oder um den heißen Brei herumzureden: »Als ich fünfzehn war, habe ich sie im Schlaf mit dem Hammer erschlagen. Vater, Mutter, Bruder und Schwester. Meine Schwester war sogar wach – was ich bedaure.«

Charlies Gesicht war völlig ausdruckslos, was vor allem

daran lag, dass der Teil seines Gesichtes, der nicht verbunden war, vor Schreck erstarrt war. Um einen normalen Tonfall bemüht, sagte er so ruhig wie möglich: »Tja, wir alle haben unsere, na ja, familiären Probleme ... Deshalb sind Ferien so ...«

Charlies Stimme wurde immer leiser, bis sie nicht mehr zu hören war. Whiteys rötliche Augen hatten sich zu schmalen Schlitzen verengt, als er fortfuhr, seine Vergangenheit aufzurollen. »Letzten Monat, an meinem einundzwanzigsten Geburtstag, wurde ich jedenfalls entlassen. Ich war noch nicht soweit, zu gehen, aber ich musste. Scheißgesetze, stimmt's?«

Charlie setzte sich nervös im Bett auf. »Hmm. Wow. Das ist ja eine dolle Geschichte.«

Er schwang seine Füße aus dem Bett und stand auf. »Wissen Sie was? Ich glaube, ich geh nach nebenan und werde mal versuchen, ähm – Wie heißt sie noch gleich? – etwas näher zu kommen.«

»Nur zu. Tun Sie das«, erwiderte Whitey.

Charlie ging und machte die Tür hinter sich zu. Sobald sie ins Schloss gefallen war, lockerten sich seine Schultern ein wenig, die er in Erwartung, jeden Moment ein Messer im Rücken zu spüren, angespannt hatte.

Jetzt stand er auf dem gepflasterten Weg, der an einer Reihe Motelzimmer entlangführte. Nachdem Nummer 10 für ihn gestorben war, ging er nach nebenan und klopfte bei Nummer 11.

Die Tür war nicht richtig geschlossen, und als er anklopfte, öffnete sie sich. »Irene?«

Charlie steckte den Kopf in das Zimmer. Es brannte Licht, die Bettdecke war zurückgeschlagen, aber Irene schien nicht da zu sein.

Angesichts der andauernden Ambitionen, sie auszulöschen, war das extrem beunruhigend. Besorgt betrat Charlie den Raum. Er ging zum Badezimmer, dessen Tür einen Spalt breit geöffnet war, und sah, dass dort Licht brannte. »Irene, sind Sie da drin?«

Keine Antwort. Er schaute hinein.

Leer.

»Das war's«, sagte Charlie.

Dann hörte er am Eingang ein Geräusch. Er drehte sich um und sah Irene von draußen hereinkommen. Sie hielt ihre Tasche fest umklammert und schlich sich fast verstohlen in den Raum. Charlie blieb ruhig im Dunkeln stehen, und sie schien ihn nicht zu bemerken.

Dann stellte sie ihre Tasche auf dem Bett ab und öffnete sie, wobei ihre Hände vor Erregung zitterten. Sie griff hinein und holte den überdimensionalen Dildo heraus.

Plötzlich entdeckte sie Charlie und stieß hervor: »Herrgott, Charlie, ich hätte fast einen Herzinfarkt bekommen.«

Er trat ins Licht. »Wo waren Sie? Ich habe mir Sorgen gemacht.«

Nach kurzem Schweigen sagte sie unverfänglich: »Ich bin am Auto gewesen, um meine Tasche zu holen.«

»Ach so. Hören Sie, wir haben ein ernstes Problem mit Whitey«, begann Charlie, als er plötzlich den Dildo entdeckte. Fassungslos fragte er mit lauter Stimme: »Was wollen Sie denn damit?«

»Mmm, ja, ich wollte das Ding ein für alle Mal loswerden, weißt du, bevor Hank auf dumme Gedanken kommt.«

»Aha.«

Sie warf den Dildo in den Papierkorb neben dem Nachttisch. »So.«

Das Ding war so groß, dass der fleischfarbene Plastikschaft mit den dicken, schlangenartigen Adern und weiteren unsäglichen Verzierungen über den Rand des Papierkorbs hinausragte.

Durch den Wurf war der eingebaute Vibrator aktiviert worden, der jetzt wie eine dicke, fette Hummel auf einem Feld voll blühender Blumen summte und surrte.

Charlie kam auf sein Problem zurück. »Stellen Sie sich vor, der Junge hat mir gerade gestanden, seine ganze Familie im Schlaf abgeschlachtet zu haben.«

»Was?«, rief Irene.

Charlie nickte ernst und eindringlich: »Ja, als er die Tat beging, war er noch minderjährig, und jetzt ist er gerade entlassen worden.«

»Aha. Und wo liegt das Problem?«

Charlie sah sie an. Irene beugte sich vor und griff in den Papierkorb, um den Dildo auszuschalten.

Natürlich konnte sie Whiteys Geständnis relativ kalt lassen. Sie musste auch nicht in einem Bett mit ihm schlafen. Charlie wollte nicht in das andere Zimmer zurückkehren.

Wie sich herausstellte, war auch Irene nicht abgeneigt, ihr Zimmer mit jemand anderem zu teilen. Von Killern verfolgt zu werden, ist eine dieser einzigartigen, persönlichen Erfahrungen, die für die Lust auf soziale Kontakte mit denen, die mit dem Töten nichts am Hut haben, durchaus förderlich ist.

Charlie und Irene begannen zu plaudern, das Eis brach. Es dauerte nicht lange, bis sie beide mit dem Rücken gegen das Kopfteil gelehnt auf dem Bett saßen und Charlie einige Familienbilder hervorholte, die er immer bei sich trug.

Sie hatten bei seinem Tauchgang im Steinbruch etwas gelitten und waren ziemlich zerknittert, aber man konnte noch etwas erkennen. Zumindest war die Qualität besser als das Bild des Fernsehers ohne Kabelanschluss.

Charlie legte ein Foto auf die Bettdecke und kommentierte

es stolz mit den Worten: »Das bin ich mit meinen kleinen Rackern.«

Irene sah sich das Foto genau an. Charlie strahlte begeistert in die Kamera, während Lee Harvey, Jamal und Shonte Jr. aussahen, als würden sie als Verdächtige für ein Polizeifoto posieren. Lee Harvey trug ein Tuch vor Mund und Nase, Jamal eine Wrap-around-Sonnenbrille vor seinem kalten, abweisenden Gesicht, und Shonte Jr. blickte wütend in die Kamera und machte mit den Händen Zeichen, mit denen sich Straßengangs verständigten.

Irene wusste nicht, wie sie reagieren sollte, und sagte einfach nur: »Goldig.«

Charlie legte ein anderes Foto auf das Bett, auf dem er und die Jungen als Figuren aus »Der Zauberer von Oz« verkleidet waren.

»Das sind wieder wir. Ich bin Dorothy«, erklärte er.

»Ist dieses Foto an Halloween oder so aufgenommen worden?«

»Nein, wir haben zu Hause nur ein bisschen Spaß gehabt.«

Irene lächelte. »Ich glaube, du bist ein guter Vater, Charlie.«

»Ich versuche es.«

»Ich hoffe, es macht dir nichts aus, aber, hmmm, wie kommt es, dass –?«

»Ich weiß schon«, erwiderte Charlie grinsend. »Wie kann ein Mann, der so aussieht wie ich, einen Löwen zum Sohn haben? Das ist eine lange Geschichte.«

»Das glaube ich gern«, antwortete sie.

Er sagte: »Es sind unglaubliche Kids. Fröhlich, zufrieden, sie machen mir keinerlei Kummer. Unter zweihundertzwölf Schülern sind sie die drei besten.«

»Du kannst dich glücklich schätzen. Ich glaube, ich habe überhaupt kein Foto mehr bei mir.«

»Warum nicht?«

»Ich weiß nicht. Als ich jünger war, hatte ich einige Fotos von Freunden, aber dann wurden sie immer älter und fielen auseinander.« Sie spürte ein wenig Wehmut. Traurig fügte sie hinzu: »Genau wie die Freundschaften.«

Sie wandte sich ab und dachte an früher. Um das unangenehme Schweigen zu brechen, nahm Charlie eines seiner Fotos und sagte: »Warum nehmen Sie dann nicht dies?« Es war das »Der Zauberer von Oz«-Foto.

Irene schüttelte den Kopf. »Nein, das kann ich nicht. Es gehört dir.«

»Ach, das ist doch Quatsch. Nehmen Sie es, ich habe einen ganzen Stapel zu Hause. Ehrlich.«

Sie nahm es und blickte ihn liebevoll an. Dann herrschte Stille. Charlie dachte ernsthaft darüber nach, sie zu küssen, aber als er fast soweit war, traute er sich nicht.

Er sprang auf und sagte: »Ich bin total ausgetrocknet. Wissen Sie was, ich hole mir eine Cola. Wollen Sie auch eine?«

Draußen stand ein paar Türen weiter ein überdimensionaler, knallbunter, blinkender Getränkeautomat.

Charlie stand davor und fütterte den gierigen Schlitz mit Münzen.

Er warf die passende Summe ein und drückte den Knopf für Cola. Aus dem Automaten drang das *Sproing* einer plötzlich gelösten Feder, das *Ka-wumm* eines schweren Gegenstandes, der auf eine Rutsche fällt, und das schnappende Geräusch des kleinen Motors, der den Verschluss eines durchsichtigen Plastikkastens öffnete, in den die Coladose hineinfallen sollte.

Es funktionierte alles einwandfrei, aber es landete nichts in dem Plastikkasten.

Weder eine Coladose noch irgendein anderes Getränk.

Nichts.

Charlie blickte auf den Cola-Knopf. Dem leuchtenden Lämpchen zufolge waren noch Coladosen im Automaten.

Charlie drückte ein paarmal den Geld-zurück-Knopf, drosch darauf ein, aber trotz seiner Mühen spuckte der Automat weder die Münzen noch die Coladosen aus.

Es war sehr ärgerlich. Dicke Schweißtropfen bildeten sich auf Charlies Stirn. Seine Augen brannten und schmerzten. Sein Gesicht spannte.

Er griff in seine Hosentasche, fischte weitere Münzen heraus und wiederholte den Vorgang, indem er sie in den Schlitz einwarf. Er ließ sie vorsichtig, eine nach der anderen, fallen, und bevor er die nächste Münze einwarf, wartete er jedes Mal ab, bis er das *Ching* hörte, wenn sie landete, um sicherzustellen, dass der Automat sie angenommen hatte.

Als die geforderte Summe sich noch einmal im Automaten befand, drückte Charlie konzentriert und kräftig – wenn auch nicht zu kräftig – den Cola-Knopf, um das Getränk seiner Wahl zu bestellen.

Die gleichen Geräusche – keine Cola.

Charlie stand vor dem Automaten und wurde allmählich wütend.

Hinter sich hörte er jemanden kichern. Charlie drehte sich langsam um und sah die Quelle des spöttischen Gelächters: einen anderen Hotelgast, der gerade seinen Kofferraum auslud.

Der Spottende sagte: »Ich hab's gesehen. Nicht nur einmal, sondern zweimal hat es Sie erwischt.«

Er lachte noch einmal höhnisch auf und schmiss dann die Kofferraumklappe zu.

Tief in Charlies dunklen Augen ruderte Hank herum und drohte, an die Oberfläche zu schwimmen.

In Zimmer Nummer 11 hörte Irene, die ausgestreckt auf dem Bett lag, ein Hämmern und Schlagen von draußen, aber es war schnell wieder vorbei, und sie dachte sich nichts weiter dabei.

Einen Moment später betrat Charlie – *Charlie*?! – mit einer Coladose in jeder Hand den Raum und lächelte gut gelaunt.

»Ich hatte gerade eine Epiphanie!«, verkündete er.

Mitfühlend sagte sie: »Ich habe etwas gegen Sodbrennen in meiner Tasche.«

Charlie schüttelte den Kopf. »Nein danke, ich habe nur gerade etwas über mich rausgefunden.«

»Was?«

»Dass ich mein kleines Problem unter Kontrolle halten kann.«

Irene setzte sich irritiert auf. »Wie hast du das gemerkt?«

»Zuerst hat der Colaautomat mich beklaut – damit komme ich ja noch zurecht –, aber dann hat mich so ein Kerl auch noch ausgelacht.«

»Und?«

»Nein, genau hier ist der Punkt. Gerade als ich in das übliche Muster zu verfallen drohte, atmete ich ein paarmal tief durch, zählte rückwärts von zehn bis null und lachte einfach mit ihm mit. Ich habe ihm sogar mit seinem Gepäck geholfen.«

Die Anspannung wich aus Irenes Gliedern. »Das ist ja großartig und Cola hast du auch bekommen.«

Siegesgewiss schwang er die Coladosen durch die Luft und hielt sie triumphierend hoch. »Ein leichter Tritt gegen den Automaten und schon ging's.«

Er warf ihr eine Dose zu. »Der Punkt ist, dass ich schlauer werde. Ich lerne, mit Dingen umzugehen.«

Irene beugte sich über die Bettkante und holte die große Flasche Rum, die Hank gekauft hatte, aus ihrer Tasche.

Strahlend sagte sie: »Sieh mal, was ich in meiner Tasche gefunden habe. Trinkst du?«

Charlie strich sich nachdenklich übers Kinn, aber er fühlte stattdessen das Pflaster von der Kinnoperation. »In der richtigen Stimmung genehmige ich mir schon gern mal einen.«

Irene stand auf, holte zwei durchsichtige Plastikbecher mit der Papierbanderole des Motels und mixte zwei Cola-Rum. »Du machst es einem nicht leicht, weißt du das?«

Er nickte. Irene lachte und sagte: »Wie war dein Vater?«

Charlie zuckte zusammen und versuchte vergeblich seinen inneren Schmerz zu verstecken. Irene merkte, dass sie einen Nerv getroffen hatte.

»Mein Vater war klasse«, sagte er. »Ich habe ihn nicht oft gesehen, weil er immer mit Freunden unterwegs war. Er hatte viele Freunde. Aber wenn er da war, dann war es nicht zu überhören. Er war so lustig und laut ... manchmal konnte er ganz schön laut werden.«

Charlie sah verstört aus. Offensichtlich durchlebte er gerade traumatische Erinnerungen an die Misshandlungen während seiner Kindheit. Mit gespielter Fröhlichkeit fuhr er fort: »Aber Sie wissen ja, die Zeiten waren damals anders und Eltern haben ihre Kinder noch geschlagen. Manchmal haben sie ganz schön zugehauen. Aber ... ich hatte als Baby dauernd Koliken. Das muss den armen Kerl wahnsinnig gemacht haben.«

Er zwang sich zum Lächeln. »Er war ein guter Mensch. Stark wie ein Ochse.«

Einen Moment herrschte verlegenes Schweigen, dem Irene ein Ende bereitete, indem sie ihm den Drink reichte. Charlie fand wieder die Kraft, sich der Gegenwart zu stellen, und hob seinen Plastikbecher.

Schwach lächelnd prostete er Irene zu: »Auf Dad.«

Irene stieß mit ihrem Becher gegen seinen und sie tranken.

Das stark mit Rum versetzte Getränk brannte ihr im Mund, rann heiß durch ihre Kehle und von dort aus wärmend in ihren Bauch.

Vielleicht hatte sie die Drinks etwas zu stark gemacht. Aber was konnte schon Schlimmes passieren – ein Kater?

10

Charlie erwachte. Er fühlte sich benebelt und wirr im Kopf. Als er aus dem Bett aufstand, stand er so wackelig auf den Beinen, dass er sich am Kopfteil festhalten musste. Er war lediglich mit einer Boxershorts mit gelben Smileys darauf bekleidet.

Es brannte kein Licht, aber die graue Morgendämmerung drang durch die Vorhänge. Auf dem Nachttisch stand eine halb leere Flasche Rum. Im Bett lag Irene zusammengerollt mit dem Gesicht in seine Richtung auf der Seite und schlief. Die Decke hatte sie sich bis über die Schultern gezogen. Ihr Haar verteilte sich auf dem Kopfkissen. Ihr Gesicht erschien in dem Dämmerlicht wie ein hellrosafarbenes Oval. Sie seufzte und murmelte etwas vor sich hin, die Augenlider bewegten sich.

Ermattet taumelte Charlie ins Badezimmer. Als er vor der Toilette stand, um zu pinkeln, überraschte es ihn, dass der gelbe Strahl seitlich in eine nicht vorhersehbare Richtung abdriftete.

Das war schon merkwürdig. »Irene …?«, rief er.

Nachdem er ihren Namen ein paarmal immer lauter gerufen hatte, reagierte sie mit einem schlaftrunkenen »Ja …«

»Hmm, warum pinkel ich, als hätte ich die ganze Nacht Sex gehabt?«

Inzwischen zog sich draußen das Fahndungsnetz immer weiter zu. Zu guter Letzt hatte die Polizei die Flüchtenden doch noch in dem Motel aufgespürt, und sie umzingelten jetzt die Gebäude mit einer Kette von Streifenwagen, einem Überfallkommando uniformierter Polizisten, einem Sondereinsatzteam und einer Gruppe Bundesbeamte.

Verantwortlicher Leiter des Einsatzes war Agent Boshane, wobei Lieutenant Gerke ihm nicht von der Seite wich.

Die Frühnebel waren mit Adrenalin und Testosteron durchzogen, da es den Polizisten in den Fingern juckte, endlich loslegen zu dürfen. Feiste, kräftige Männer zitterten vor Erregung wie Rennpferde, die nur auf den Startschuss warteten.

Boshane bremste sie: »Keiner rührt sich vom Fleck, bis ich den Befehl gebe.«

Die Angelegenheit konnte haarig werden, und man musste sie richtig angehen. Es wäre gut, wenn weder Charlie noch Irene lebend gefasst würden, sondern sie bei dem Versuch, sich ihrer Gefangennahme zu widersetzen, erschossen würden.

Drinnen, im Motel, versuchte Charlie unterdessen sich den Erkenntnissen über die wahren Geschehnisse der letzten Nacht zu widersetzen, wobei ihm langsam schwante, was passiert war. Das Letzte, woran er sich deutlich erinnern konnte, war, dass er vor dem Getränkeautomaten gestanden hatte, der seine Münzen fraß, ohne dafür etwas auszuspucken. Ja, und dann war da noch jemand, der Gepäck aus seinem Kofferraum auslud und Charlie wegen seiner Probleme mit dem Automaten wiehernd ausgelacht hatte. Danach konnte er sich an nichts mehr erinnern.

Blass und ärgerlich zog sich Charlie an. Irene stieg auf der anderen Seite aus dem Bett und sah ihn nicht an. Er sagte: »Ich würde wirklich gern wissen, was sich in der letzten Nacht hier abgespielt hat.«

Irene wurde rot. »Hör auf mit deinen Scherzen, Charlie. Das ist nicht witzig.«

»Ja, ich weiß. Ich lache auch nicht.« Er fing künstlich an zu lachen, was so hohl klang wie ein leeres Grab. »Das ist Lachen und davon war nichts zu hören, stimmt's?«

Irene begann zu verstehen. Ihre Augen weiteten sich und ihr Mund formte sich geschockt zu einem O. »Soll das heißen ...? Willst du damit sagen, dass ich ...? O Gott.«

Sie nahm ein Thema des vorigen Abends wieder auf und fragte: »Charlie, was war dein Vater für ein Mensch?«

»Der beste Mensch, den es je auf Erden gab. Warum?«

Irene sackte in sich zusammen, als wäre ihr jäh der Wind aus den Segeln genommen worden. Ihre Schultern hingen plötzlich herab, ihre Knie wurden weich, und sie ließ sich deprimiert auf die Bettkante fallen.

Verwirrt stieß sie hervor: »Ich dachte ... weißt du ... als du zurückgekommen bist ... *Hank hat mich ausgetrickst.*«

Charlie verstand nur Bahnhof. »Er hat Sie dazu gebracht, mir den Arsch abzuknutschen. Das ist ja ein toller Trick. Den müssen Sie mir unbedingt beibringen.«

Irene hörte auf, vor sich hin zu leiden, und sprang plötzlich wie von einer Tarantel gestochen auf. »Scheiße, Mann! Ich bin diejenige, die sauer sein sollte. Ich habe ihn für dich gehalten.«

»Okay, ist ja schon gut.« Charlie wich eingeschüchtert zurück, aber bereits wenig später flackerte seine schon lange in ihm schwelende Abneigung gegen Hank wieder auf.

»Nein«, sagte er, »es ist nicht okay. Ganz und gar nicht okay! Und gut schon gar nicht! Sie wollen also damit sagen, dass Sie uns nicht auseinanderhalten können?«

Irene starrte ihn ungläubig an. »Meinst du das ernst? Keiner könnte das.«

Er deutete auf die zu einem guten Teil geleerte Rumflasche. »Wenn man nüchtern bleibt, vielleicht schon.«

»Ja, okay, wir haben ein Glas getrunken ... oder zwei«, räumte Irene ein.

Das war alles zu viel für Charlie. Er musste sich setzen. Außerdem hatte er Schmerzen. Er wusste nicht, ob es die Nachwirkungen des Alkohols waren, aber sein Kopf fühlte sich an, als sei darin eine Bombe explodiert, und sein Arsch, als sei er mit einem riesigen Schlagbohrer aufgebohrt worden.

Benommen saß er auf dem Bett, als er einen Gegenstand unter der Decke bemerkte. Leicht angewidert zog er Stück für Stück mit spitzen Fingern den Dildo hervor.

»Oh, sieh mal, wer noch dabei war. Hank hat Ihnen wohl nicht gereicht, was?«

Irene räusperte sich. »Mmm ... der war nicht für mich.«

In diesem Moment brach alles über Charlie zusammen. Er wurde grün im Gesicht und stieß hervor: »Ich fühle mich gar nicht gut.«

Noch schlechter hätte er sich gefühlt, wenn er gewusst hätte, dass sich die Schlinge des Gesetzes unerbittlich immer fester um ihn und Irene zuzog. Während Polizisten voller Tatendurst das Motel umzingelt hatten und es überwachten, befragte Agent Boshane den Manager des Motels über jedes Detail, um sicherzustellen, dass dieses Mal nichts schiefgehen würde.

Boshane wurde wiederum von Charlies drei Söhnen bewacht, die den Chef des Einsatzes nicht aus den Augen ließen. Boshane, Gerke, Lee Harvey, Jamal und Shonte Jr. hatten sich alle in das Büro des Managers gequetscht, dessen Wände mit karamellfarben lackiertem Kiefernholz verkleidet waren.

Der Manager hatte nicht mehr viele Haare auf dem Kopf und sein kantiger Schädel blitzte, als wäre er ebenfalls ein auf Hochglanz poliertes Stück Holz. Er stand hinter dem Empfangstresen. Boshane und Gerke hatten sich davor aufgebaut. Die drei Brüder lehnten an der Wand und hörten aufmerksam zu.

Der Manager sagte: »Ich habe angerufen, als ich sie in der Zeitung sah.«

Auf dem Tresen lag die Zeitung, die so gefaltet war, dass man die Fotos von Charlie und Irene auf der ersten Seite gut sehen konnte. Boshane zeigte auf Irenes Bild und fragte: »Sind Sie sicher, dass Sie wirklich diese Frau gesehen haben?«

Der Manager war sich sicher. »Keine Frage, das ist sie. Sie ist mir aufgefallen, weil sie zwei Zimmer gemietet hat ... Zehn und Elf.«

Boshane und Gerke sahen sich an. Boshane schob dem Manager die Zeitung über den Tresen zu und sagte: »Danke für Ihre Hilfe.«

Er und Gerke traten hinaus, die Baileygates-Brüder schlenderten hinterher. Der Himmel war grau, und die Luft war so früh am Morgen feucht und kühl. Die Außenbeleuchtung des Motels brannte noch und erhellte das diffuse, graue Licht des anbrechenden Tages.

Boshane und Gerke gingen zu Boshanes Einsatzwagen, der außer Sichtweite hinter der nächsten Ecke parkte. Shonte Jr., Lee Harvey und Jamal versperrten ihnen den Weg.

Shonte Jr. sagte: »Lassen Sie uns mit Daddy reden. Das muss doch keine große Sache werden.«

Gerke antwortete: »Vielen Dank, Jungs, aber für euch ist der Spaß hier zu Ende. Stubie bringt euch jetzt zum Hubschrauber.«

Stubie kam angewackelt und nickte, wobei sein Kopf auf und ab wippte. Jamals Lippen kräuselten sich und sein kantiges Gesicht verzog sich zu einem zynischen Grinsen. »Was?! Sie haben uns den ganzen Weg hierher gebracht, damit wir jetzt einfach gehen?«

Lee Harvey sagte beinhart und bestimmt: »Das macht, verdammt noch mal, total keinen Sinn.«

Gerke erwiderte scheinbar mitfühlend: »Jungs, ihr habt alles getan, was ihr tun konntet. Ab jetzt ist das eine reine Polizeiangelegenheit und nichts anderes.«

Jamal entgegnete: »Für Sie ist es eine Polizeiangelegenheit, aber mir ist die Polizei gerade mal scheißegal, wenn mein Vater da drinnen steckt.«

Gerke starrte ihn an. Jetzt war es vorbei mit seiner Scheiß-Freundlichkeit, und er ließ seine Autorität spielen: »Ich hab gesagt, ihr verschwindet von hier, verdammt noch mal. Und das war mein letztes Wort.«

Er drehte sich um und ging weg. Boshane sagte ein wenig verlegen zu den Brüdern: »Tut mir Leid, Jungs. Unter uns gesagt, der Kerl ist ein alter Sturkopf, aber in diesem Fall hat er nun mal Recht. Ihr könnt leider nicht hierbleiben – sonst kann man uns haftbar machen.«

Lee Harvey deutete auf Gerke. »Er muss haftbar gemacht werden, verdammt noch mal.«

Boshane gab sich aufrichtig: »Keine Sorge. Ich werde mich darum kümmern, dass wir die Sache ohne Blutvergießen zu Ende bringen.«

Stubie fuhr mit dem Streifenwagen vor. Die Brüder sahen sich an. Stubie signalisierte ihnen, dass sie einsteigen sollten. Shonte Jr. öffnete die Beifahrertür und ließ sich auf den Beifahrersitz fallen, wobei er den schwergewichtigen Stubie bedrängte. Lee Harvey quetschte sich ebenfalls auf den Vordersitz, und irgendwie gelang es ihm, die Tür zu schließen. Es sah aus wie eine Zirkusnummer, bei der ein Clown nach dem anderen in ein winziges Auto kriecht. Der Streifenwagen war nicht klein, aber mit all dem Fleisch, das da hinter der Windschutzscheibe zusammengedrückt wurde, wirkte er so.

Jamal stieg hinten ein, und Stubie fuhr von dem Motelgelände auf die Straße.

Im Motelzimmer kümmerte sich Charlie hinter verschlossener Badezimmertür um sich selbst. Irene wunderte sich, warum er so lange drin blieb und fragte besorgt von draußen: »Charlie, alles in Ordnung?«

Er hatte Hosen und Boxershorts heruntergelassen, stand mit dem nackten Arsch vor dem Waschbecken und spritzte sich kaltes Wasser gegen die Pobacken.

Sarkastisch fröhlich antwortete er: »Ja, ja, ich mach mich nur ein wenig frisch.«

Nicht weit davon entfernt steckten Boshane und Gerke draußen neben dem Einsatzwagen ihre Köpfe zusammen, um eine idiotensichere Überfallstrategie auszuhecken. Boshane sagte: »Also, wie sollen wir es angehen?«

Gerke antwortete ohne Umschweife: »Ich würde sagen, wir stürmen das Zimmer und schießen.«

»Aber was ist, wenn er nicht bewaffnet ist?«

»Dann schieben wir ihm nachträglich eine Waffe unter«, sagte Gerke und versuchte nicht einmal, die Geringschätzung in seiner Stimme zu unterdrücken. Dieser Bundesbeamte war ein Waschlappen. Kein Wunder, dass die ganze Aktion bislang ein Desaster war.

Er fuhr fort: »Sie haben gehört, was Dickie gesagt hat – er will beide tot, keine Ausreden.«

Boshane starrte über den Parkplatz auf die Tür mit der Nummer 11. Es war ihm egal, dass Gerke ihn daran erinnerte, dass sie beide für Dickie arbeiteten.

Er sagte: »Na dann bauen Sie dieses Mal nicht wieder Scheiße.«

Boshane griff in den Wagen und holte eine Pump-Gun heraus. Gerke zog seine Waffe, eine halbautomatische, flache, schwarze 9 mm-Beretta aus dem Halfter.

Boshane gab dem Überfallkommando das Zeichen, näher zu rücken. Er würde es mit Gerke an seiner Seite anführen. Das war besser, als ihn mit entsicherter Waffe hinter sich zu haben. Seine Verbindung mit dem unsympathischen Lieutenant war ein reines Zweckbündnis auf Zeit.

Das Kommando bezog unter der Führung von Boshane und Gerke Stellung. Einige versteckten sich hinter Autos, andere sammelten sich neben dem Gebäude. Zusammen waren sie mit genügend Munition bewaffnet, um ein mittelgroßes Land zu unterwerfen.

Boshane und Gerke gingen, von drei anderen gefolgt, auf die Türen Nummer 10 und 11 zu. Boshane richtete seine Waffe auf Nummer 11. Er wollte das Schloss zerschießen und dann in das Zimmer eindringen. Er vorneweg, während Gerke die anderen an der Tür zurückhalten sollte, um ihm genug Zeit zu geben, Irene und sonstige Anwesende abzuknallen.

In dem Moment erhob sich einer der Polizisten, der hinter einem Streifenwagen gehockt hatte, und schwenkte sein Funkgerät. »Lieutenant!«

Alle sahen zu ihm hinüber. Der Polizist mit dem Funkgerät sagte: »Stubie ist dran, Sir. Sie haben Baileygates und das Mädchen!«

Gerke konnte sein Erstaunen nicht verbergen. »Was?!«

Da war es vorbei mit der geballten Manneskraft. Das Überfallkommando ließ die Waffen sinken. Die Luft war raus. Gerke und Boshane stapften zum Einsatzwagen hinüber, und Gerke kontaktierte Stubie über den eingebauten Polizeifunk. »Hier Gerke. Was ist los?«

Stubie antwortete: »Wir sind auf Highway 134.« Anscheinend gab es eine Funkstörung, denn Stubies Stimme, die normalerweise voll und entschlossen klang, hörte sich dünn und zögerlich an.

Er sagte: »Ich habe sie in einem gestohlenen Fahrzeug überführt – Baileygates und das Mädchen. Ich habe sie!«

Gerke und Boshane wurden nervös. Es lief nicht gut. Boshane nahm Gerke das Funkgerät aus der Hand und sprach hinein: »Stubie, versuchen Sie nicht, sie auf eigene Faust abzuführen, verstanden? Bleiben Sie verdammt noch mal, wo Sie sind! Wir sind gleich da.«

Stubie rührte sich nicht vom Fleck. Sein Streifenwagen stand am Straßenrand unter Kiefern, von denen der Tau tropfte. Stubie selbst tropfte ebenfalls. Sein glattes, rundes Gesicht glänzte vor Schweiß, die Augen waren weit aufgerissen.

Neben ihm saß Lee Harvey und hatte Stubies eigene Waffe auf den Polizisten gerichtet. Jamal und Shonte Jr. sahen vom Rücksitz aus zu.

Stubie beendete den Funkkontakt.

Lee Harvey sagte: »Erste Sahne, Officer. Sie sollten Schauspieler werden.«

Die Staubwolke der Polizeiwagen, die losgeprescht waren, um Stubie zu treffen, hing noch in der Luft, als Charlie und Irene aus Tür Nummer 11 kamen, ohne dass ihnen ihr knappes Entkommen bewusst war. Charlie sah zerzaust, blass und deprimiert aus.

Irene wurde für einen Moment durch den Anblick des zerbeulten, zerstörten Getränkeautomaten abgelenkt, in dessen Seite eine rote Axt steckte, die normalerweise für den Fall eines Brandes bestimmt war. Dann kümmerte sie sich wieder um ihr momentanes Problem und fragte: »Und was machen wir mit Whitey?«

Charlie erwiderte: »Dreimal dürfen Sie raten. Wir fahren natürlich ohne ihn weiter.«

»Oh, sind wir schlecht gelaunt?«

Sie sprachen leise, da sie direkt neben der Tür Nummer 10 standen.

Charlie grummelte: »Ja, tut mir Leid, aber ich hatte letzte Nacht eben nicht so viel Spaß wie Sie. Stattdessen habe ich einen Kater und eine geschwollene Prostata.«

Irene rollte die Augen. Charlie fragte: »Wieviel Geld haben Sie jetzt nach dem Motel noch übrig?«

»Zweiundsechzig Dollar, aber die gehören Whitey«, antwortete Irene.

»Tja, wenn er nicht seine Familie umgebracht hätte, würden wir ihm auch nicht einfach den Laufpass geben, aber so?«

Soweit war es also gekommen. Jetzt stahl er sogar Whiteys Geld. Auch wenn er gute Gründe hatte, war er für ein Mitglied der Rhode Island State Police doch ganz schön tief gefallen.

Das konnte nur Hanks Einfluss sein, versuchte Charlie sich zu beruhigen.

Dank des gewaltigen Polizeiaufgebots dauerte es nicht lange, bis man Stubies Wagen gefunden hatte. Stubie wurde befreit und Charlies drei Söhne festgenommen. Streifenwagen umzingelten Stubies Auto, auf dessen Rücksitz Lee Harvey, Jamal und Shonte Jr. jetzt mit Handschellen eingepfercht saßen.

Gerke heizte derweil Stubie ein, indem er ihn in erniedrigenden, rhetorischen Ergüssen beschimpfte, die er auf die unglückselige Gestalt niederprasseln ließ. Er schloss mit den Worten: »Ich kann diese ganze Scheiße gar nicht glauben!«

In der Kette von Polizisten, die Stubies Wagen umstellt hatten, entstand eine Lücke, wodurch der Blick des wütenden Lieutenants auf die Baileygates-Brüder fiel.

Gerke brüllte: »Schaffen Sie mir diese Drecksäcke aus dem Blickfeld!«

Stubie wackelte zu seinem Auto, setzte sich auf den Fahrersitz und fuhr davon aufs nächste Polizeirevier. Boshane, Gerke und die anderen Polizisten rasten so schnell es ging zum Motel zurück. Aber die Zeit, die Lee Harvey, Jamal und Shonte Jr. herausgeholt hatten, indem sie Stubie in ihre Gewalt nahmen, hatte gereicht.

Als die Polizei zurückkehrte, saß Whitey bereits hinter dem Steuer seines Wagens und las die Nachricht, die man ihm unter der Tür seines Zimmers durchgeschoben hatte.

Darauf stand Folgendes: WHITEY – WIR MUSSTEN WEG. ZU GEFÄHRLICH FÜR DICH. HABEN UNS EIN PAAR DOLLAR GELIEHEN. ZAHLE ICH SPÄTER ZURÜCK. MEINE ADRESSE STEHT UNTEN. DEINE KUMPELS, CHARLIE UND IRENE.

Darunter stand Charlies Adresse in Jamestown, Rhode Island. Seine richtige Adresse, keine erfundene, aber das wusste Whitey zu diesem Zeitpunkt noch nicht.

Er war unglücklich. Schneeweiße Augenbrauen legten sich in Furcht erregende Falten, als er die Nachricht las, was ihm den Ausdruck einer Eule verlieh, einer unglücklichen weißen Eule. Sein Gesicht war so verschlossen und gespannt wie eine Faust.

Noch unglücklicher wurde er, als eine Hand voll Streifenwagen mit kreischenden Bremsen auf dem Parkplatz des Motels hielten. Er hatte weder Boshane noch Gerke je vorher gesehen, aber jetzt konnte er die Gesichter des in Zivil gekleideten Bundesbeamten und des Lieutenants einordnen, die als Erste ankamen, die Türen von Nummer 10 und 11 eintraten und mit entsicherten Waffen in die Zimmer eindrangen, nur um kurz darauf mit leeren Händen und frustrierter denn je wieder herauszukommen.

Wenn die Polizisten sich die Mühe gemacht hätten, ihren Blick einmal über den ganzen Parkplatz schweifen zu lassen, hätten sie Whitey gesehen. Aber die Gesetzeshüter waren kurzsichtig.

Und zwar weil Boshane und Gerke das Sagen hatten und beide insgeheim einen Plan verfolgten, nach dem die Menschenjagd abzulaufen hatte.

Nach einer Weile stiegen alle Polizisten in ihre Autos und fuhren davon. Whitey sah ihnen nach. Er wartete noch eine Weile. Dann machte er sich ebenfalls auf den Weg.

Charlie und Irene befanden sich noch in der Nähe, genauer gesagt auf einem Bahnhof, den man vom Motel aus zu Fuß erreichen konnte. Das Backsteingebäude im gotischen Stil mit spitz zulaufenden Bogenfenstern wirkte verlassen, wenn man von dem schläfrigen, weißhaarigen alten Stationsvorsteher absah, der hinter seinem Schalter vor sich hindöste und davon träumte, wie er den letzten Zug nach Hooterville, Mayberry und sonstigen Käffern verpasst hatte.

Charlie telefonierte von der öffentlichen Telefonzelle aus, die zwischen Bahnhofsgebäude und Gleisen stand. Irene saß auf einer nahe gelegenen Bank.

Charlies neuester Geistesblitz war, jemanden anzurufen, dem er vertrauen konnte und der mit der Situation professionell umgehen würde. Das hieß, seine Kollegen vom Polizeirevier in Jamestown und insbesondere Captain Partington.

Charlie wählte seine Büronummer. Das Telefon klingelte lange, bevor abgehoben wurde. Am anderen Ende der Leitung meldete sich Maryann. Charlie versuchte seine Stimme zu verstellen und fragte nach Captain Partington. Sie antwortete, er sei zur Zeit nicht zu sprechen.

Charlie wollte sich nicht zu erkennen geben und sagte, er würde später noch mal anrufen. Dann legte er auf. Er hatte noch eine Idee: Charlie rief einen seiner Kollegen an, jemand, dem er vertrauen konnte.

Dieser war zu Hause und nahm den Hörer ab. »Finneran, ich bin's, Charlie.«

Am anderen Ende der Leitung hörte er aufgeregte Laute,

aber Charlie unterbrach sofort und sagte: »Das ist jetzt egal, deshalb habe ich dich ja zu Hause angerufen. Du musst dem Captain unbedingt etwas mitteilen.«

Finneran klemmte sich den Hörer zwischen Ohr und Schulter und schrieb die Nachricht auf einen Notizblock.

Zur Bestätigung las er sie noch einmal vor: »Vier Uhr dreißig am Bahnhof South County. Viel Unterstützung mitbringen.«

Finneran versicherte Charlie: »Nein, ich werden niemandem außerhalb des Reviers davon erzählen.«

Charlie dankte ihm inständig.

»Schon gut, bis dann«, sagte Finneran.

Dann war die Verbindung unterbrochen. Finneran öffnete seine Brieftasche und nahm einen Zettel heraus, auf dem eine Handynummer stand, die er jetzt wählte.

»Hier spricht Finneran. Sie hatten Recht. Er hat angerufen.«

Am anderen Ende der Leitung wiederholte Boshane: »Vier Uhr dreißig also? Danke, dass Sie angerufen haben, Kollege. Das war sehr hilfreich.«

Boshane beendete das Gespräch. Ihm stand das Wasser bis zum Hals, und es war an der Zeit, dass auch die anderen ein wenig litten. »Wo ist Dickie?«, fragte er.

Gerke antwortete frei heraus: »Der erwartet uns in New York.«

»Gut, denn ich glaube, jetzt muss sich unser reicher Freund auch mal die Hände schmutzig machen.«

11

Charlie und Irene saßen auf einer Bank an den Gleisen und warteten auf den Zug. Charlie machte der Keil, den Hank in sein Leben getrieben hatte, schwer zu schaffen. Es war kein schönes Gefühl, sein eigener Nebenbuhler zu sein!

Er war streitlustig und da Hank nicht zur Verfügung stand, musste Irene herhalten. »Also, nun sagen Sie schon, wie war er denn, unser Mr. Supertoll?«

Irene fragte verwirrt: »*Wie er war*?«

»Sie wissen schon.«

Sie begriff, worauf er hinaus wollte, und es ärgerte sie. »Das geht dich gar nichts an.«

»Verzeihen Sie gnädigst, aber da bin ich anderer Meinung. Ich finde, es geht mich sehr wohl was an, wenn meine Leber dabei ertränkt wird.«

Irene fuhr sich nervös mit den Fingern durchs Haar. Was ihr Unbehagen noch steigerte, war die schreckliche Gewissheit, dass Charlie wirklich geistesgestört war – im wahrsten Sinne des Wortes. Deshalb wollte sie auf jeden Fall vermeiden, dass er sich aufregte und in Rage geriet, aus Angst, was – oder wer – daraus werden könnte.

Sie sagte: »Das ist doch alles Scheiße, Charlie. Vergiss es am besten.«

Er dachte gar nicht daran, es zu vergessen, wo er doch

gerade dabei war, eine riesige Portion vulkanischer Sprengkraft aufzubauen. »Stimmt genau, es ist alles Scheiße. Kaum drehe ich mich um, da fällt Ihnen nichts besseres ein, als es mir im wahrsten Sinne des Wortes in den Arsch zu schieben.«

Ob absichtlich oder nicht, Charlie hatte mehr als genug Dampf an Irene abgelassen. Jetzt reichte es ihr. »Ja, und er ging sogar ziemlich gut rein.«

Charlie rutschte verschämt auf der Bank hin und her. »Ich hatte ein paar Darmspiegelungen.«

»Was haben die denn dazu benutzt? Das Sehrohr eines U-Boots?«

Das brachte ihn einen Moment lang aus der Fassung. Kopfschüttelnd sagte er dann: »Junge, Junge, heutzutage noch mit jemandem in die Kiste zu springen, den man gerade erst kennen gelernt hat. Man hat ja keine Ahnung, was man sich dabei alles holen kann.«

»Charlie, ich glaube jetzt wird *mir* gleich schlecht. Ich will dir mal was erzählen: Da gehören immer drei dazu.«

Charlie verzog das Gesicht und schüttelte unwirsch den Kopf: »O nein, ich glaube, ihr habt euren Spaß zu zweit gehabt, und ich muss das jetzt ausbaden, falls Ihnen das überhaupt bewusst ist.«

»Wie sollte mir das nicht bewusst sein? Seit du aufgewacht bist, hast du ja nicht aufgehört zu jammern!«

»He, das können Sie mir doch jetzt nicht einfach in die Schuhe schieben. Sie sind doch diejenige, die ihre Beine nicht zusammenhalten kann.«

Irene hatte keine Lust mehr zu streiten. Sie antwortete nicht, wandte sich ab und kehrte ihm den Rücken zu. Ihre schmalen Schultern zuckten von unterdrücktem Schluchzen. Aus ihren feuchten Augen rannen Tränen.

Was auch immer Charlie erreichen wollte, das war es

nicht. Er suchte nach Worten, wusste aber nicht, was er sagen sollte.

Irene, die immer noch mit dem Rücken zu ihm saß, fragte: »Warum tust du mir das an?«

Charlie streckte seinen Arm aus, um ihr zum Trost über die Schulter zu streicheln, hielt dann aber zögernd inne.

»Ich tue es, weil ... weil ich dich liebe!«, stieß er hervor.

Dann verbesserte er sich schnell: »Weil ich dich mag.«

Irene drehte sich um, Tränen liefen ihr übers Gesicht. »Was ... was tust du?«

Charlie verkrampfte und wurde verlegen. »Ich ...«

»Ja?«

»... mag dich. Dazu stehe ich. Ich, ich mag dich, Irene. Wirklich.«

Irene entspannte sich. »Das solltest du lieber nicht tun. Ich bin ein Flittchen, Charlie, schon immer gewesen.«

Verblüfft stieß er hervor: »Ein Flittchen? Wovon sprichst du? Du bist siebenundzwanzig Jahre alt und warst für die Gestaltung einer großen Golfanlage verantwortlich.«

Sie wich seinem Blick aus und schaute schuldbewusst in eine andere Richtung: »Dafür musste ich meinen Lebenslauf ganz schön manipulieren.«

»Aha.«

»In Wirklichkeit hatte ich keine Ahnung von Golfplätzen. Ich war Model.«

»Was?«

»Ich bin nach New York gezogen, aber ich kam auf keinen grünen Zweig. Deshalb habe ich mich als Schauspielerin versucht, aber dann hatte ich Essstörungen und habe zwanzig Pfund zugenommen.«

»Das geht doch noch.«

»In einer Woche«, sagte Irene. Es sprudelte nur so aus ihr heraus. »Kurz gesagt, ich kam jedenfalls noch immer auf keinen grünen Zweig und war bald von Siebzigjährigen umgeben, die mich aushalten wollten, aber ich wollte so nicht enden, ließ mir meine Brustimplantate entfernen und bekam den Job auf dem Golfplatz, was damit endete, dass ich mit meinem Chef geschlafen habe.«

Irene seufzte: »Ich habe einige schwere Fehler gemacht, Charlie.«

Charlie musste das Ganze erst mal verarbeiten, aber es gelang ihm, und er stellte die alles entscheidende Frage:

»Aber Irene, du hast doch nicht gewusst, was Dickie vorhatte?«

Sie wischte sich die Tränen aus dem Gesicht und blickte auf: »Ich bin vielleicht ein Flittchen, Charlie, aber kein Verbrecher.«

Was konnte er da noch anderes tun, als sie zu küssen?

Und das tat er.

Whitey war wohl weniger gut gelaunt, als er auf den staubigen Parkplatz einer an der Straße gelegenen Waffenhandlung fuhr. Der junge Albino ging hinein und wurde direkt hinter der Tür von einem überlebensgroßen Charlton Heston, dem Starschauspieler und bekennenden Waffenfetischisten begrüßt.

In Wirklichkeit war es natürlich nur eine riesige Pappfigur. Der Grizzly-Adams-Doppelgänger hinter dem verglasten Verkaufstresen, in dem die Waffen lagen, hingegen war echt. Er war stabil und stämmig gebaut und trug eine Pistole in einem Halfter, das er sich fest um die Hüften geschnallt hatte.

Whitey sagte: »Ich brauche eine Knarre und haufenweise Munition.«

Der Waffenhändler schüttelte den struppigen Kopf. »Tut mir Leid. Zweiundsiebzig Stunden Wartezeit. Gesetzliche Vorschrift.«

Mit zusammengekniffenen, roten Augen rechnete Whitey sich die Sache schnell durch: »Wie weit ist es von hier nach Rhode Island?«

Der Ladenbesitzer zuckte mit den Schultern. »Vier oder fünf Stunden. Ich habe 'ne Karte von New England, wenn Sie wollen – kostet 'n Dollar fünfundneunzig.«

Whitey wollte vorwärts kommen. Er warf einen fünf-Dollar-Schein auf den Tresen, schnappte sich die Karte und hastete zur Tür. Über die Schulter rief er: »Das Wechselgeld können Sie behalten.«

Der Waffenhändler grinste: »Eine weiße Entscheidung von Ihnen.«

Die Baileygates-Brüder saßen hinter Gittern. Gemeinsam hockten sie in der Zelle eines Kleinstadtgefängnisses in einem Polizeirevier von Vermont, das aussah wie in einer der alten New-England-Yankee-Serien, wo der Deputy hektisch hereingelaufen kommt, weil ein paar aufmüpfige Kinder eine ehrbare Bürgerin beleidigt haben.

Verdrossen und frustriert hingen Lee Harvey, Jamal und Shonte Jr. in der Zelle ab. Auf der anderen Seite der Gitterstäbe saß Officer Stubie, den Lieutenant Gerke dazu abgestellt hatte, die Gefangenen zu bewachen, während der Rest des Einsatzkommandos die Verfolgung wieder aufnahm.

Stubie machte es sich gemütlich. Er baute ein Reise-Schachspiel vor sich auf und versuchte sich selbst zu besiegen, während er sich aus einer riesigen Fastfood-Tüte bediente, aus der Cheeseburger, Pommes und ein Maxi-Mega-Vanille-Milchshake, aus feinster Kreide hergestellt, zum Vorschein kamen.

Er teilte sich die Wache mit einem der zwei oder drei in dieser winzigen Stadt in Vermont tätigen Polizisten.

Jetzt, da Stubie es sich mit seinen Vorräten gemütlich gemacht hatte, war der Polizist aus Vermont an der Reihe, sich etwas zu essen zu holen. Er stand auf und kam hinter seinem Schreibtisch hervor.

»Bin in zwanzig Minuten wieder da«, sagte er.

»Besser isses«, antwortete Stubie.

Der ortsansässige Polizist verließ das Gefängnis und ließ Stubie mit den Gefangenen allein. Mit großem Appetit biss dieser in einen Cheeseburger, worauf ihm das Fett über das Kinn lief und glänzende Spuren hinterließ. Er zog eine Schachfigur und drehte anschließend das Brett, um von der anderen Seite zu kontern.

Lee Harvey sagte: »Was machen Sie denn da mit dem Turm? Wollen Sie etwa verlieren?«

Stubie war immer noch verärgert darüber, was die Jungen mit ihm angestellt hatten. Besonders sauer war er, dass sie ihm seine Waffe abgenommen und ihn damit bedroht hatten, um ihn zu zwingen, über Funk eine getürkte Nachricht weiterzugeben, die es Charlie und Irene ermöglicht hatte, zu entkommen.

»Was willst du überhaupt?«, fauchte er.

»Der König ist doch völlig ungeschützt.«

»Ich sag schon Bescheid, wenn ich deinen Rat brauche«, erwiderte Stubie und wandte sich wieder dem Schachbrett zu. Er war gerade dabei, mit der Figur zu ziehen, als er bemerkte, dass er sich damit einer ganzen Reihe Angriffe aussetzen würde. Er musste zugeben, dass Lee Harvey Recht hatte.

Jetzt mischte sich auch Jamal ein: »Sei nicht so streng mit ihm, Harvey. Anscheinend ist er noch ein Anfänger.«

Stubie schnaubte und machte eine abweisende Handbewegung. »Ich, ein Anfänger? Dass ich nicht lache. Ich bin der beste Schachspieler auf meinem Revier.«

»Ooohh«, machte Lee Harvey.

»He, ich will damit nicht angeben, es stimmt.«

»Ach nein? Aber genau das ist doch angeben. Wenn es nicht stimmen würde, wäre es lügen.«

Stubie runzelte die Stirn und dachte darüber nach. Seine kleinen, glänzenden, dunklen Auge blinkten in den Fettrollen wie zwei Löcher, die man in einen weißen Teigkloß gepiekt hatte.

Jamal sagte: »Eh, Boris Spastic, warum spielst du nicht gegen unseren Shonte Jr. hier? Der ist gut drauf.«

Stubie versuchte, ein gewisses Interesse zu verbergen. »Ich bin gerade mittendrin.«

»Weißt du was: Du nimmst die Seite, die im Moment besser dasteht, und er nimmt die andere. Ich wette zehn Dollar auf ihn.«

Stubie musste lachen, weil ihm das alles absurd vorkam, aber es reizte ihn zu gewinnen. »Einverstanden. Ich nehme schwarz.«

Er schob den kleinen Tisch an die Gitterstäbe der Zelle, sodass er jetzt zwischen ihm und den drei Gefangenen stand, womit er für eventuelle Fluchtversuche außer Reichweite war. Er kicherte über seine eigene Cleverness, und sein mehrfaches Doppelkinn fing an zu schwabbeln. Der Klappstuhl knackte bedenklich und drohte unter seinem Gewicht zusammenzubrechen, als er sich am Tisch niederließ.

Shonte Jr. trat an die Gitterstäbe, um an die Schachfiguren heranzukommen. »Wer ist dran?«

»Du«, antwortete Stubie.

Shonte Jr. ließ seinen Blick kurz über das Brett schweifen und führte seinen Spielzug dann schnell aus. »Schachmatt.«

Oh, wie Stubie da tobte und lautstark protestierte. Aber als er sich schließlich beruhigte und auf das Schachbrett sah, konnte man in seinem Gesicht erkennen, wie ihm bewusst wurde, dass er mit einem Zug geschlagen worden war.

Jamal sagte: »Zahltag.«

Irgendwo im Büro klingelte ein Telefon. Stubie erhob sich grummelnd und stöhnend von seinem Stuhl und sagte: »Bleib wo du bist! Wir spielen noch eine Partie.«

Shonte Jr. erwiderte lässig: »Ich geh schon nirgendwo hin.«

Stubie ging ans andere Ende des Ganges, um das Telefon abzunehmen. Es war nichts Besonderes, nur eine alte Schnepfe, die sich über ein paar Nachbarskinder beschwerte, die zuviel Lärm machten, und sie wollte, dass damit endlich Schluss ist!

Während Stubie den Hörer am Ohr hatte, kehrte er der Zelle den Rücken zu. Lee Harvey fasste vorsichtig durch die Gitterstäbe und griff nach dem Salzstreuer. Er drehte den Verschluss ab, leerte das gesamte Salz auf dem saftigen Burger aus und deckte das Fleisch mit der oberen Brötchenhälfte zu. Dann stellte er alles wieder so hin wie vorher; insgesamt hatte das Ganze nicht länger als eine Minute gedauert.

Jamal fragte leise: »Was willst du damit erreichen? Ihn total abnerven?«

Lee Harvey sagte: »Noch nie was von Hypernatremia gehört?«

Jamal sah ihn mit einem Verarschen-kann-ich-mich-allein-Blick an. »Klar. Zu viel Natrium im Blut. Und was ist damit?«

»Tja, das wird ihn etwas durcheinander bringen. Vielleicht geht's ihm auch so scheiße, dass sich für uns daraus was ergibt.«

Shonte Jr. sagte: »Das soll also heißen, dass du dir deinen Weg aus dem Gefängnis *salzen* willst. Das ist ein ziemlich müder Einfall.«

Lee Harvey konterte: »Was hast du denn zu bieten?«

Stubie gelang es endlich, das Gespräch zu beenden. Er legte auf und watschelte zum Schachtisch zurück. Seine Fettmassen schwabbelten und wackelten, und der Stuhl wurde deutlich niedriger, als er sich setzte.

Er nahm den Burger, biss hinein und zerkleinerte ihn wie ein menschlicher Reißwolf. In großen Stücken verschlang er ihn. Das viele Salz musste er bemerkt haben, zumindest im Unterbewusstsein, denn er spülte den Burger mit dem ganzen Vanille-Milchshake auf einmal hinunter.

Nachdem er seine Massen gefüttert hatte, wandte er sich wieder dem Schachspiel zu.

Eine Stunde später baute Stubie sowohl körperlich als auch geistig immer mehr ab. Er versuchte, einen Läufer zu bewegen, aber seine Hand war schlaff wie ein toter Fisch, und die Figur fiel ihm aus der Hand.

Er befand sich in einem erbärmlichen Zustand: Sein Blick war trübe, die Wangen hingen, und glänzender Speichel rann in einem dünnen Rinnsal aus seinem herabhängenden Mundwinkel.

Mit schwerer Zunge lallte er: »Bin ich noch dran?«

Die Baileygates-Brüder steckten die Köpfe zusammen, und Jamal sagte: »Verdammte Scheiße. Du hast dem Kerl einen waschechten Schlaganfall verpasst.«

»Ich habe euch doch gesagt, dass es funktioniert!«

Jamal strich sich nachdenklich übers Kinn. »Ich habe eine Idee.«

Stubie war nur noch halb bei Bewusstsein, krümmte sich schwankend auf seinem Stuhl und versuchte vergeblich, sich auf das Spiel zu konzentrieren. Plötzlich sagte Jamal bestimmt: »He Officer, worauf warten Sie noch? Machen Sie die Tür auf!«

Stubie wurde ein Stück weit aus seiner Apathie gerissen und starrte sein Gegenüber mit stumpfem Blick an. »Hä?«

»Tun Sie, was Lieutenant Gerke gesagt hat, und lassen Sie uns raus.«

Der Name setzte in Stubies betäubtem Hirn etwas in Gang, und sein glänzendes, rosarotes, aufgedunsenes Gesicht begann vor Angst zu zucken. »Lieutenant Jjjerke? Wamm hat ... Wamm hat er ...?«

Jamal ließ nicht locker. »Vor nicht einmal fünf Minuten war er doch hier und hat Ihnen gesagt, Sie sollen uns freilassen. Wo haben Sie bloß Ihren Kopf?«

Stubie starrte die drei Brüder an.

»Hallo!«, sagte Lee Harvey.

Stubie sprang auf. »Wer? ... Ach ja. Tut mir Leid. Ich bim heute irjjjemdwie mit dem Jjjedankem woamders.«

Er öffnete die Zellentür und ließ die Jungen hinaus. Die verloren keine Zeit und hauten ab. Die Pritsche in der Zelle sah verlockend aus, und Stubie legte sich darauf. Er war schrecklich müde und wollte sich nur kurz ausruhen.

Die Baileygates-Brüder traten vor die Tür. Das Polizeirevier lag auf offenem Feld. Es gab wenig, wo man sich verstecken konnte.

Aber die platte Landschaft hatte auch ihre Vorteile, denn der Hubschrauber der New York State Police hatte hier problemlos landen können, als er Boshane und Gerke hierher geflogen hatte, damit sie ihre Suche nach den Flüchtenden in dieser Gegend fortsetzen konnten.

Die Jungen erstarrten beim Anblick des Helis, der unbeaufsichtigt und verlassen hinter dem Polizeigebäude stand.

Sie kletterten in das runde Plexiglascockpit. Jamal setzte sich auf den Platz des Piloten. Vor ihm befanden sich komplexe Armaturen, die er sich einen Moment lang ansah. Dann begann er, diverse Schalter zu drücken und Hebel umzulegen. Es funktionierte, der Motor wurde gestartet und der Rotor fing an, sich langsam zu drehen, während man das immer kraftvollere Brummen des sich warmlaufenden Motors hörte.

Die Rotorblätter wirbelten über ihnen, der Hubschrauber bebte. Jamals Brüder sahen beunruhigt aus. Shonte Jr. erkundigte sich: »Weißt du, wie man diese Vögel fliegt?«

Jamal antwortete: »Nein, aber die Technik ist ziemlich einfach und ich verstehe, was dahinter steht. Eigentlich geht es nur um Hub, Zug und Rotation.«

»Na, dann lass das verdammte Ding endlich abheben!«, sagte Lee Harvey.

Jamal legte einige weitere Hebel um und betätigte den Steuerknüppel. Irgendetwas musste er richtig gemacht haben, denn der Hubschrauber hob ab und flog mit knatterndem Rotor davon.

12

Charlie und Irene stiegen in den Zug und gingen zu ihren Plätzen. Da sie auf der Flucht waren, hatten sie am Bahnhof extra Fahrscheine für ein eigenes Abteil gekauft, das sie vor den neugierigen Blicken der anderen Passagiere schützen sollte, die sie anhand der in der Presse veröffentlichten Fotos wiedererkennen und Alarm schlagen könnten.

Das Abteil war nicht billig, aber sie waren der Meinung, es sei die Sache wert. Außerdem war es Whiteys Geld.

Nachdem der Schaffner ihre Fahrscheine entwertet hatte und sie die Tür zu ihrem Abteil fest verriegelt hatten, fiel die Anspannung von Charlie und Irene ab, was sich noch beschleunigte, als sie merkten, dass sie sich in einem Schlafwagen befanden, der mit Klappbetten ausgestattet war.

Der Zug zuckelte durch die Felder, Wälder und Kleinstädte von Vermont. In dem Abteil fügten sich die Dinge wie von selbst, und es dauerte nicht lange, bis Charlie und Irene sich übereinander auf einem der Klappbetten wiederfanden. Sie waren nackt. Später lag Charlie zufrieden mit freiem Oberkörper da. Irene schmiegte sich an ihn und murmelte: »Wow.«

»Genau das habe ich auch gerade gedacht«, sagte Charlie.

Sie lächelte und küsste ihn.

Nach Küssen war Dickie Thurman nicht zumute, der sich in jenem Moment im selben Zug befand. Er war beim letzten Halt zugestiegen. Boshane hatte ihn mit eingespannt. Wenige Stunden zuvor hatte er Dickie auf seinem Handy angerufen und ihm klargemacht, dass sie alle in der Scheiße säßen, wenn Irene und Charlie nicht geschnappt würden. Deshalb müsse Dickie jetzt selbst aktiv werden. Er könne sich nicht länger zurücklehnen, während Boshane und Gerke draußen die Köpfe hinhielten.

Anhand der Information, die der äußerst hilfsbereite Finneran an Boshane weitergeleitet hatte, konnte der Zug, in dem die beiden Flüchtenden nach Rhode Island unterwegs waren, ausgemacht werden. Wenn Dickie schnell handele, könne er in den Zug einsteigen und die ganze Sache erledigen, bevor sie am Ziel ankämen.

Es bedurfte nicht allzu viel Überredungskunst, Dickie dazu zu bringen, seinen Arsch in Bewegung zu setzen. Er wusste, was ihm blühte, wenn die Staatsanwaltschaft Irene als Belastungszeugin aussagen ließe. Knast. Das würde ihm blühen. Für eine lange, lange Zeit würde er hinter Schloss und Riegel verschwinden. Vorausgesetzt man würde ihm nicht nachweisen können, den Auftrag für Agent Petersons Ermordung erteilt zu haben. In dem Fall würde es sogar auf die Giftspritze hinauslaufen – Tod durch letale Injektion.

Wenn die Umstände es erforderten, konnte er selbst ziemlich tödliche Wirkung haben, und jetzt deuteten alle Zeichen darauf hin. Beim vordersten Waggon fing er an, und ging von dort immer weiter nach hinten.

Die Großraumabteile konnte er ziemlich schnell abhaken, da alles offen war und sich niemand verstecken konnte. Schwieriger wurde es bei den Schlafwagen mit den geschlossenen Abteilen, wo er sehr, sehr sorgsam vorging.

Er blieb vor jeder Tür stehen und lauschte, bis er sicher

war, dass sich seine Opfer nicht dahinter befanden. Dann ging er zur nächsten. Durch das Schaukeln des Zuges schwankte er, als er sich den langen Gang entlangschlich.

Nichts ahnend lagen Charlie und Irene immer noch aneinander gekuschelt in dem Klappbett. Irene streichelte langsam über Charlies Brust. Er hatte seinen Blick in Richtung Decke gerichtet und dachte nach.

»Darf ich dir eine persönliche Frage stellen, Irene?«

»Schieß los.«

»Als du mit Hank geschlafen hast, hast du da auch ›wow‹ gesagt?«

Irenes entspanntes Lächeln verzog sich. Es ging schon wieder los. Sie sagte: »Hmm, na ja, ich glaube wirklich nicht, dass –«

»Los, raus mit der Wahrheit. Ist nicht schlimm, wenn es so war.« Er lächelte sie herzlich, tolerant und ermutigend an.

»Ja, das habe ich«, bekannte Irene, »aber es war ein anderes ›Wow‹«.

Charlie ließ das Thema noch nicht los. »Du brauchst nicht um den heißen Brei herumzureden, Irene. Sag einfach die Wahrheit: Wer war besser?«

»Das ist eine schwierige Frage, Charlie. Ihr wart beide ... jeder auf seine Art ... gut. Anders eben.«

»Meinst du eine andere Stellung oder hat er genau das Richtige dabei gesagt oder was war es? Was zum Teufel war so anders?«

Irene seufzte: »Er war größer.«

Charlie wusste nicht, wie er darauf reagieren sollte. Abrupt kletterte er aus dem Bett und ging barfuß in die zu dem Abteil gehörende Nasszelle.

Irene blieb allein in dem Klappbett zurück. Sie lag auf der Seite und kaute nervös an einer Haarsträhne.

Plötzlich flog die Tür zum Gang auf, die von außen eingetreten wurde, und Dickie stand mit gezogener Waffe auf der Schwelle zum Abteil.

Er stürmte hinein und machte die Tür hinter sich zu. Da das Schloss kaputt war und nicht mehr zuschnappte, lehnte er sich mit dem Rücken dagegen, damit sie nicht wieder aufging. Gerade jetzt wollte er nicht von außen gestört werden.

Irene zog erschrocken die Decke hoch. Dickie sagte: »Kein Ton von dir!«

»Dickie, ich . . . ich weiß von nichts und das habe ich denen auch gesagt. Ich schwöre.«

»Halt den Rand! Hör mir gut zu, dann können wir vielleicht –«

In dem Moment spürte er einen Schlag in die Seite, etwas wurde in ihn hineingerammt, und er verlor das Gleichgewicht. Er taumelte, stolperte und fiel, wobei ihm die Pistole aus der Hand flog, das Fenster zerschmetterte und aus dem Zug segelte.

Er blickte auf und sah, dass ihn die sich nach außen öffnende Tür zur Nasszelle von den Füßen geholt hatte. Darin stand Charlie mit einem Handtuch um die Hüften.

Dickie rappelte sich auf und ging wie beim Rugby mit gesenktem Kopf auf Charlie los. Mit voller Wucht rammte er in dessen Magen, worauf Charlie die Luft wegblieb und er zurücktaumelte.

Er fiel der Länge nach auf den Boden der Nasszelle. Seine nackten Beine ragten in das Abteil. Dickie beugte sich über ihn und schlug mit seinen fleischigen Fäusten gnadenlos auf ihn ein.

Panisch suchte Irene nach etwas, das sie als Waffe benutzen konnte. In ihrer Tasche fand sie den Dildo, den sie schließlich doch mitgenommen hatte. Warum, wusste sie auch nicht so genau.

Jetzt war er ihr jedenfalls als Schlagstock sehr nützlich, und sie verpasste Dickie damit einen gewaltigen Hieb auf den Hinterkopf. Die Batterien für den eingebauten Vibrator im Innern des Dildo verliehen ihm ein beachtliches Gewicht.

Dickie sank bewusstlos zu Boden. Der Mann, der unter ihm begraben wurde, schob Dickie beiseite und richtete sich auf.

Als er vor Irene stand, sagte Hank: »Danke, dass du den Part übernommen hast. Das Letzte, was ich jetzt gebrauchen kann, ist eine Anzeige wegen Totschlags.«

Irene stöhnte und fasste sich an den Kopf: »O nein, nicht du schon wieder.«

Hank versetzte Dickie einen Tritt in die Rippen: »Woher kommt denn dieser Waschlappen?«

Irene sagte: »Das ist Dickie – der Kerl, der mir den ganzen Ärger eingebrockt hat.«

Hanks Augen blitzten auf und er besah sich den Kerl auf dem Boden der Nasszelle noch einmal genauer. »Dein Golfpartner, meinst du? Ich hoffe, es macht ihm nichts aus, wenn ich für ihn einloche.«

Die Röte schoss Irene ins Gesicht. »Hank, hör auf damit.«

»Okay, ich komm später drauf zurück. Neues Spiel, neues Glück.«

»Es reicht!«

Hank hob eine Augenbraue wie einen Bogen des McDonald's-Logos: »He, so schlecht kann der Kerl doch gar nicht in Form gewesen sein?«

Irene stemmte ihre Hände in die Hüften. »Der Kerl hat auf der Anlage schon länger nicht mehr gespielt. Charlie hat den Part übernommen.«

Damit hatte Hank nicht gerechnet und das freche Grinsen schwand aus seinem Gesicht: »Charlie?«

Irene sagte: »Er lässt es etwas langsamer angehen, aber

wenn er erst mal in Schwung ist, jagt ein Höhepunkt den nächsten.«

»Was soll das denn jetzt heißen? Kannst du vielleicht einmal Klartext reden?«

Irene griff nach der Decke und wickelte sie um sich. »Eh, hör auf mit der Scheiße! Ich wollte noch nicht mal mit dir schlafen. Du hast mich ausgetrickst!«

»Ja, ja, ich kam mir auch ganz schlecht vor. Du weißt schon ... nachdem ich gekommen bin.«

Irene sagte mit zuckersüßer Stimme: »Du bist ein Arschloch.«

Hank tat so, als habe er es nicht gehört. »Och, mein Kätzchen, nun sei doch wieder fröhlich.«

Irene trat Hank in die Eier, worauf ihm vor Schmerzen die Luft wegblieb und er zusammenklappte. »Ich habe dich gewarnt«, sagte sie.

Charlie blickte mit aschgrauem Gesicht zu ihr auf und stieß japsend hervor: »Wo... wovor hast du mich gewarnt?«

Irene rang nach Atem und hielt sich die Hand vor den offenen Mund. »O Gott ... Charlie. Es, es tut mir so Leid. Es war wegen Hank. Er hat mich beleidigt.«

Charlie zog sich mühselig an dem Klappbett hoch. Als er wackelig wieder auf den Füßen stand, bemerkte er Dickie, was ihn fast zu Tode erschreckte.

»Wer ist das denn?«, kreischte er.

Irene seufzte: »Das ist Dickie Thurman.«

In Charlies Kopf drehte sich alles. »Wer? Hast du ...? Was zum Teufel geht hier vor?«

»Ich weiß es auch nicht«, antwortete Irene. »Ich bin völlig durcheinander, Charlie. Das heißt, ich weiß, du bist ein netter Kerl und Hank ein Arschloch, aber vielleicht brauche ich jetzt, in dieser Situation, ein Arschloch ... verstehst du das?«

Charlie wollte das auf keinen Fall verstehen und konnte sich kaum überwinden, zu fragen: »Heißt das, du willst Hank zurückhaben?«

Sie schaffte es nicht, ihm in die Augen zu blicken, und nickte demütig mit gesenktem Kopf.

Charlies Schmerz verwandelte sich in Wut, und er erklärte: »Jetzt reicht's! Ich habe genug von dem Kerl.«

Er stellte sich vor den Spiegel und zeigte seinem Ebenbild die Fäuste. »Komm raus, Hank. Lass uns die Sache auf die altbewährte Methode regeln. Ich bin vielleicht nicht stark, aber ich kann richtig wütend werden.«

Irene wurde es langsam zu abgedreht, insbesondere da Dickie immer noch zu Charlies Füßen auf dem Fußboden lag. Sie sagte: »Hör auf, Charlie, du machst mir Angst.«

Das Abteil bebte, schwankte und ruckte, als der Zug abbremste. Über Lautsprecher verkündete der Schaffner: »In zehn Minuten fahren wir in Providence, Rhode Island ein. Nächster Halt: South County.«

Irene zerrte an Charlies Arm und versuchte, ihn aus der Nasszelle zu ziehen. »Lass uns aussteigen, bevor Dickie aufwacht«, sagte sie.

Für Charlie war die Sache noch nicht erledigt, nicht ganz. Er warf einen letzten finsteren Blick in den Spiegel und rief: »Ich bin noch nicht fertig mit dir, Freundchen!«

Dann warf er sich seine Klamotten über, entkleidete Dickie bis auf die Unterwäsche und fesselte den Ohnmächtigen mit dessen Gürtel und Krawatte. Dickies Kleidung warf er aus dem Fenster. Plötzlich fiel ihm etwas ein und er ging noch einmal in die Nasszelle, zog Dickie die Schuhe aus und schleuderte sie hinterher.

Er sagte: »Das wird ihn ein bisschen aufhalten, wenn er aufwacht. Hank ist eben doch nicht der Einzige, der hier Ideen hat!«

Er und Irene verließen hastig das Abteil und ließen Dickie auf dem kalten Boden der Nasszelle zurück.

Sie gingen bis zum Ende des Waggons und stiegen in Providence, Rhode Island aus. Der Bahnhof war ein weitläufiges Gebilde, das an einen Hangar erinnerte. Auf mehreren Gleisen fuhren Züge ein, die Reisende aufnahmen oder ausspuckten.

Die beiden Flüchtenden fühlten sich in dem Gedränge wohl, da die Menge sie vor den Blicken der Polizei schützte.

Aber es gibt Plätze, wo man kein Gedränge will, und das ist im eigenen Kopf. Charlie waren zwei Persönlichkeiten in seinem Schädel einfach eine zuviel.

Für ihn war die Sache noch immer nicht erledigt, und er sagte murmelnd zu sich selbst – im wahrsten Sinne des Wortes. »Was ist, Hank? Hast du Schiss, dich mit einem von deinem Kaliber anzulegen?«

Das Problem war, dass Hank genauso über Charlie dachte wie Charlie über ihn. Er brachte Charlie dazu, über seine eigenen Füße zu stolpern, worauf er mit dem Kopf zuerst auf den Bahnsteig stürzte.

Passanten blieben stehen, um zu sehen, was passiert war. Charlie rappelte sich auf. Er hatte die Wut seines Lebens im Bauch. »Oh, das war fies –«, sagte er.

Ohne dass er etwas dagegen tun konnte, packte plötzlich seine linke Hand Charlie am Hals, presste ihn gegen den stehenden Zug und würgte ihn.

»Hank, ich ersticke ...!«

Charlies rechte Hand packte die linke und versuchte den Würgegriff zu lösen. Die Finger seiner linken Hand waren wie Eisenklammern, die sich tief in seine Kehle fraßen und ihm die Luft abschnitten.

Charlies Gesicht verfärbte sich, die blutunterlaufenen

Augen waren weit aufgerissen. Er versuchte es mit einer neuen Taktik, nahm einen Finger der Würgehand und bog ihn unter Schmerzen zurück, wodurch sich der Griff lockerte.

Hank ergriff Besitz von dem Körper und flehte: »Au, au, au, au. Nein Charlie, nicht brechen, bitte nicht brechen.«

Jetzt war wieder Charlie an der Reihe, der den Finger ohne Rücksicht auf Verluste immer weiter bog. »Oh, hat der große, starke Hank etwa Angst?«

Hank kehrte zurück. »Du hast Recht. Ich bin ein alter Angeber. Ich werde dich nie wieder reizen. Ich schwöre es, ich schwöre es.«

»Bitte mich auf Knien darum! Bettel mich an!«

Hank fiel auf die Knie und bat: »Bitte Onkel Charlie, bitte verletz mich nicht.«

Charlies Persönlichkeitsstörung war zu einem offenen Krieg ausgeartet. Jede noch so ausgeglichene Psyche trägt Konflikte mit sich selbst aus, das wissen Psychiater schon seit langem. Aber unausgeglichener als bei Charlie konnte die Psyche nicht sein.

Der Körper trat gerade den Beweis für die Behauptung des ehrwürdigen Abe Lincoln an, dass ein Plenum, das sich nicht einig ist, nicht Bestand haben könne. In diesem Fall war Charlies Körper das Plenum. Charlies geistige Zerrüttung war so weit fortgeschritten, dass er und Hank jetzt pausenlos abwechselnd in Erscheinung traten und von einem Augenblick zum nächsten die Kontrolle über den Körper übernahmen, wie jemand, der zwanghaft dauernd zwischen zwei Fernsehprogrammen hin und her zappt.

Charlie und Hank kämpften um die Macht, der Körper war ihr Schlachtfeld. Insgesamt war es ein ziemlich groteskes Spektakel, insbesondere für die ständig wachsende Zahl an Schaulustigen, die verblüfft stehenblieben, um mit anzusehen, was dort vor sich ging.

Schließlich schaltete Irene sich ein und versuchte, die Sache zu beenden. »Charlie, lass ihn in Ruhe!«

Charlie ließ seine linke Hand los und starrte Irene an: »Ach, bist du jetzt auf seiner Seite?«

Hank nutzte den Moment, in dem Charlie abgelenkt war, um ihm eine zu donnern. Er versetzte Charlie einen Hieb ins Gesicht und traf ihn mit einem Karateschlag am Hals. Charlie sank mit knallrotem Gesicht auf die Knie und rang nach Luft.

Aber Hank war noch nicht fertig. Er griff sich mit der linken Hand auf den Rücken, schob seine Finger in Charlies Hose, packte seine Boxershorts und zerrte sie so brutal hoch, dass sie ihm fast den Arsch aufriss.

Sie schnitt sich so schmerzhaft in Charlies empfindlichste Körperteile ein, dass er aufstehen musste, damit der Schmerz etwas nachließ.

Hank grinste fies und riss an Charlies Boxershorts, bis sie über dem Hosenbund zum Vorschein kamen. »Los, hoch mit dir! Ich bin noch nicht fertig.«

Dann löste sich der Backenspalter plötzlich in Nullkommanichts auf, denn die Boxershorts zerriss und ließ sich ans Tageslicht befördern, was ihn vollends durcheinander brachte.

Jetzt war Hanks großer Augenblick gekommen, der alles entscheidende Moment. Er packte Charlie an den Haaren, bekam ein dickes Büschel zu fassen und riss den Kopf daran nach hinten. Charlies ganzer Körper war wie elektrisiert, das bandagierte Kinn ragte in die Luft, und sein Hals wurde so gezerrt, dass er keine Luft mehr bekam.

Hank hatte jetzt zweifellos die Oberhand, und er wäre nicht Hank, wenn er das nicht bis zum Äußersten ausnutzen würde. Er zog Charlie an den Haaren hinter sich her zu ein paar alten Schachteln, die sich zum Shopping in die große

Stadt aufgemacht hatten. Charlie versuchte sich zu wehren, aber Hank hatte alles unter Kontrolle. Charlies Bewegungen waren steif und ungelenk wie bei einem aufziehbaren Zinnsoldaten, der einen Spazierstock verschluckt hatte.

»Hallo Ladies«, sagte Hank, »ich bin Charlie Baileygates von der Rhode Island State Police. Möchten Sie meinen Pinsel sehen?«

Hank zog Charlie die Hosen runter und entblößte ihn – sie beide – vor den kichernden Damen im besten Alter.

Charlie meldete sich zurück, jedoch gerade nur lange genug, um zu stammeln: »Nein, nein, nein. Hören Sie nicht auf ihn. Das ist Hank! Hank!«

Die alten Damen rannten kreischend davon – allerdings erst, nachdem sie noch einmal genau hingesehen hatten.

»Halt den Rand!«, fauchte Hank.

Schnell unterdrückte er Charlies klägliche Versuche, über sich selbst Herr zu werden, indem er ihn mit einer geschickten Bewegung, mit der Charlie nicht gerechnet hatte, niederstreckte.

Auch Hank selbst hatte damit nicht gerechnet und wich überrascht zurück, um Charlie die Kontrolle über seinen Körper zu überlassen, damit dieser den gewaltigen Schmerz spüren konnte, den der Aufprall auf dem Boden verursachte.

Charlie lag flach auf dem Rücken und stöhnte. Seine Gliedmaßen zuckten schwach. Aber dann kehrten seine Kräfte zurück, und er war bereit, den Kampf wieder aufzunehmen.

»Los, komm her, Weichei!«, rief er Hank zu.

Das ließ Hank sich nicht zweimal sagen. Charlie sprang auf die Füße und begann, sich selbst zu verprügeln. Dabei bahnte er sich einen Weg bis zum Ausgang und taumelte auf die Straße hinaus.

Der Kampf, in dem eine der beiden Persönlichkeiten die andere angriff (wobei nicht mal sie selber mehr wussten, wer wem was antat), wurde immer brutaler.

Das Ganze endete damit, dass Charlie rückwärts in ein Schaufenster flog, was sich dabei in einen gewaltigen Glassplitterregen auflöste.

Die Leute in dem Geschäft schrien und stoben auseinander, um der Gestalt zu entkommen, die durch das zerschmetterte Fenster auf sie zugesegelt kam und mit einem gewaltigen Krach auf dem Boden landete.

Einige der erschrockenen Zuschauer spähten vorsichtig nach draußen, auf der Suche nach dem Täter, der den armen Mann durch das Fenster katapultiert hatte, aber es war niemand zu sehen. Seltsam.

Täter und Opfer befanden sich beide in einem Körper, der benommen auf dem Rücken lag und zuckte, worauf das zerbrochene Glas unter ihm knirschte.

Charlie war erschöpft und wie betäubt.

Hank brüllte: »AUUUUUU!!!«

Der Schmerzensschrei klang wie Musik in Charlies Ohren.

»Hast du genug?«, fragte er.

»Vergiss es«, erwiderte Hank.

Hank spuckte hoch in die Luft und die Spucke landete platschend auf Charlies Gesicht.

Mit ernster Stimme sagte Charlie: »Das war's. Jetzt bist du erledigt.«

Er sprang auf die Füße. Glassplitter regneten von seinem Körper auf den Boden. Dann umkreiste er sich und wartete auf den ersten Schlag, schlug eine Finte, mit der er sich selbst austrickste, um sich dann zu packen und rückwärts durch das zerschmetterte Fenster zu schleudern, worauf er dumpf auf dem Pflaster des Bürgersteigs aufschlug und sich in einem hitzigen Ein-Mann-Gerangel auf dem Boden wälzte.

Seine raumgreifende Selbstzüchtigung ließ die Schaulustigen einen gewissen Sicherheitsabstand einhalten, aber immer mehr Menschen blieben stehen, um zu sehen, was da auf dem Bürgersteig vor sich ging.

Irene, die etwas abseits stand, versuchte sich einen Weg durch die Menge zu bahnen, aber die dicht an dicht stehenden Gaffer kümmerten sich nicht um sie. Es gab kein Durchkommen. Sie stellte sich auf die Zehenspitzen und reckte ihren Hals, um zu sehen, was Charlie Hank antat und umgekehrt.

Eine Zivilstreife fuhr vorbei. Darin saßen Boshane und Gerke, auf dem Weg, die Flüchtenden zu kassieren, sobald sie aus dem Zug stiegen. Als sie den Tumult sahen, bremsten sie ab und rollten etwas langsamer weiter.

Die beiden gaunerhaften Gesetzeshüter konnten zwar nicht durch den Ring sehen, den die Zuschauer gebildet hatten, aber sie entdeckten Irene. Mit quietschenden Reifen hielt der Fahrer den Wagen sofort an. Irene drehte sich um und sah Gerke und Boshane. Die Vollbremsung erregte auch die Aufmerksamkeit der Schaulustigen, von denen sich viele nach dieser neuen Attraktion umdrehten. Irene nutzte die Gelegenheit, sich durch die Menschenmassen zu drängen. Sie schlüpfte durch jede Lücke, die sich auftat, und bahnte sich durch geschickten Einsatz ihrer Knie und Ellbogen einen Weg, wo sonst keiner war.

Als sie sich durch die vordersten Reihen schob, sah sie Charlie in einem heftigen Schlagabtausch mit Hank über den Bürgersteig rollen. Sie legte ihre Hände trichterförmig um den Mund und rief den Kämpfenden zu: »Hört auf ihr beiden! Gerke ist hier!«

Rufe der Empörung und Schmerzensschreie waren nun zu hören, die jedoch nicht von Charlie/Hank stammten, sondern von den Schaulustigen, die von Gerke und Boshane auf dem Weg zu den Flüchtenden brutal zur Seite gedrängt wurden.

Irene erblickte eine Pistole in Gerkes erhobener Hand und rannte so schnell wie möglich zurück ins Bahnhofsgebäude.

Charlie hörte auf, sich auf dem Bürgersteig herumzuwälzen. Erschöpft und außer Atem stieß er keuchend hervor: »Okay, Waffenstillstand!«

In Gönnerlaune stimmte Hank zu: »Okay, für's Erste, du Sack.«

Einträchtig stellten sie Charlies lädierten Körper auf die Beine, was angesichts der Verletzungen, die sie sich zugefügt hatten, nicht leicht war.

Charlie wollte Irene folgen, die durch den Haupteingang des Bahnhofs verschwunden war. Als er aus der Menge hervorkam, entdeckte Boshane ihn und feuerte einen Schuss ab. Er verfehlte sein Ziel, und der Schuss prallte als Querschläger von einer Mauer ab.

Die Menge rannte in Panik Schutz suchend davon. Einige kreischten und schrien vor Angst. Boshane schwang den Lauf seiner Waffe herum, um noch einmal auf Charlie zu zielen. Der erkannte, dass er dem Polizisten ein erstklassiges Ziel bieten würde, wenn er Irene in den Bahnhof folgte, und so drehte Charlie sich um und verschwand in einer schmalen Gasse.

Gerke kam mit gezogener Waffe angelaufen. Boshane deutete auf die Gasse und sagte: »Er ist da rein! Ich folge dem Mädchen, Sie schnappen sich Baileygates!«

»Okay!«, erwiderte Gerke und rannte in die Gasse.

Boshane eilte in den Bahnhof und steckte seine Pistole zurück ins Halfter. Jetzt zählte jede Sekunde und er durfte keine Zeit damit verlieren, irgendeinem übereifrigen Polizisten des Ortes seine Plakette zeigen zu müssen. An den Bahnsteigen angekommen, ging er von einem Zug zum nächsten und hielt nach Irene Ausschau.

Die hatte es gerade noch geschafft, auf den bereits wieder anfahrenden Zug aufzuspringen, mit dem sie in Providence angekommen waren. Als sie sicher auf den Stufen stand und sich am Geländer festhalten konnte, drehte sie sich suchend nach Charlie um, aber er war nirgends zu sehen.

Stattdessen erblickte sie Boshane auf der anderen Seite des Bahnsteigs. Sie drehte sich weg, um nicht gesehen zu werden.

Aber Boshane hatte sie bereits entdeckt. Er rannte hinter dem Zug her, der langsam Fahrt aufnahm, während er aus dem Bahnhof rollte. Mit hämmernden Schritten raste Boshane mit hochrotem Kopf über den Bahnsteig. Der Wind blies ihm entgegen, aber er legte noch einmal zu und kam nahe genug an den Zug heran, um sich am letzten Waggon festzuhalten und hinaufzuschwingen.

Draußen vor dem Bahnhof mündete die enge Gasse, in die Charlie verschwunden war, in einen Parkplatz, wo er jetzt hinter einigen Autos hockte und überlegte, was er als Nächstes tun sollte.

Hank hatte eine gute Idee. »Ich nehme den Zug und du die Gasse!«

Er rannte in Richtung Zug. Nach einigen Schritten stolperte er und überließ Charlie das Feld, der sofort umkehrte und in Richtung Gasse lief. Dann übernahm Hank wieder das Kommando und rannte zurück zum Zug, nur um gleich wieder von Charlie verdrängt zu werden, der sich wiederum der Gasse näherte.

Schließlich blieb er irgendwo dazwischen erschöpft stehen.

Er ließ sich gegen ein rotes Mustang Cabriolet fallen, das dort mit offenem Verdeck parkte. Was Charlie gar nicht bemerkt hatte, fiel Hank sofort ins Auge. »Nimm den Mustang – der Schlüssel steckt.«

In jenem Moment hatte Gerke das Ende der Gasse erreicht, sah Charlie und feuerte ab. Es war ein weiter Schuss, quer über den Parkplatz. Die Kugel traf Charlie am Arm und er sank zu Boden.

»O Gott«, stöhnte er, »mich hat's erwischt.«

Da kam Hank zum Vorschein und besah sich die Verletzung. Verächtlich sagte er: »Ist nur eine Fleischwunde, du Weichei. Los, weiter.«

»Aber ich fühle mich ... ich fühle mich so schwach«, sagte Charlie. Er rollte die Augen und wurde ohnmächtig.

Dieses Mal waren zwei Köpfe besser als einer. Während Charlie ausgeschaltet war, übernahm Hank. »Na prima«, sagte er. »Soll das jetzt heißen, dass ich deinen Arsch retten muss?«

Charlie antwortete nicht.

Hank richtete sich – und Charlie – auf. Als Charlie ließ er sich auf den Beifahrersitz fallen und verlor wieder das Bewusstsein.

Sofort verwandelte er sich in Hank, der aus dem Schalensitz aufsprang und sich hinter das Lenkrad schwang. Er drehte den Zündschlüssel um und startete den Motor.

»Wir sind weg«, rief er.

Er trat auf das Gaspedal, bis der Motor mit hohen Umdrehungen aufheulte. Die Reifen drehten kreischend durch und ließen ordentlich Gummi auf dem Asphalt zurück.

Der Mustang bewegte sich mit einem Satz vorwärts, brach aus, und Hank riss das Lenkrad herum, wodurch der Wagen, an einer Reihe parkender Autos vorbei, in einen langen Weg schlitterte, der auf eine Straße führte.

Zwischen dem Mustang und der Freiheit stand Lieutenant Gerke mit einer Waffe in der Hand. Als er den Mustang auf sich zurasen sah, richtete er die Waffe auf Charlie.

»Scheiße«, rief Charlie.

»Keine Sorge«, erwiderte Hank.

»Aber –«

Gerke schoss auf ihn, und die Kugel sauste so dicht an seinem Kopf vorbei, dass einige Haarsträhnen davon hoch wehten.

Hank brach in schallendes Gelächter aus. Charlies Fuß trat das Gaspedal bis zum Anschlag durch, aber Hank hatte die Fäden in der Hand. Der Mustang wurde immer schneller und nahm Kurs auf Gerke.

Gerke versuchte auszuweichen, aber es war zu spät. Ein dumpfer Aufprall war zu hören, als er von dem immer schneller werdenden Auto erfasst und über den Mustang hinweg durch die Luft gewirbelt wurde, bevor er als ziemlich unansehnlicher Haufen auf dem Asphalt landete.

Nur mühsam konnte Charlie ein Schluchzen unterdrücken. Hank zischte: »Hör auf zu heulen, oder ich werf dich mit dem Arsch zuerst aus dem Wagen!«

Der Mustang raste mit quietschenden Reifen den Weg entlang. Hank blickte in den Rückspiegel und ergötzte sich ein letztes Mal an dem Anblick von Gerkes Breihaufen, bevor er sich rücksichtslos in den Verkehr stürzte. Andere Autos auf der Straße versuchten dem plötzlich einbiegenden Mustang auszuweichen, was einen Tumult blecherner Hupen und kreischender Bremsen auslöste.

Zwar kollidierte niemand mit dem Mustang, doch fuhren stattdessen die anderen Wagen ineinander und verursachten auf der Straße vor dem Bahnhof eine Massenkarambolage.

Charlie rief: »O mein Gott!«

Hank grinste: »Ist das nicht klasse?!«

Eine Frau, die eine Kinderkarre schob, musste einen großen Schritt zur Seite machen, um dem heranrasenden

Mustang zu entkommen, dessen Kotflügel ihren Hintern nur knapp verfehlte.

Hank hupte sie an und lachte glucksend.

Charlie sagte empört: »Du bist doch ein kranker Sack.«

Hank drehte den Rückspiegel, bis er sich selbst sehen konnte, streckte sich die Zunge raus und sagte: »Du musst es ja wissen!«

Charlie schüttelte angewidert den Kopf: »Du kranker Bastard.«

Hank stieg mit Wucht auf die Bremse und wurde dabei nach vorn geschleudert. Der Mustang rutschte und kam nur Zentimeter vor der Stoßstange eines weiteren Autos zum Stehen, das an einer roten Ampel wartete.

Der Fahrer des Autos drehte sich in seinem Sitz um und steckte den Kopf aus dem Fenster, um zu sehen, welcher Idiot um Haaresbreite in ihn reingefahren wäre.

Hank öffnete die Tür und packte sich selbst am Kragen. »Ich habe dich gewarnt.«

Charlie sagte: »Was machst du denn da?! Hank! Hör auf!«

Hank stieß Charlie, das heißt sich selbst, auf die Straße, und Charlie stürzte kopfüber auf den Asphalt.

Als er das sah, beschloss der Fahrer des Autos vor dem Mustang, dass es wohl klüger sei, sich mit diesem Chaoten nicht weiter einzulassen. Wenn er gekonnt hätte, wäre er so schnell wie möglich vor dem Spinner abgehauen, aber vor ihm stand ein weiteres Fahrzeug, das den Fluchtweg versperrte. Also versuchte er ganz ruhig sitzenzubleiben und den Wahnsinnigen zu ignorieren, bis die Ampel grün wurde.

Hank sprang in einer Art Salto wieder auf die Füße und schwang sich sofort hinter das Lenkrad des Mustangs. Ohne ein so lächerliches Hindernis wie eine Ampel zu beachten, lenkte er den Wagen über die Mittellinie und fuhr auf der Gegenfahrbahn quer über die Kreuzung davon.

Irenes Fluchtplan war nicht weniger problematisch. Der nächste Halt des Zuges war South County, wo Charlie einige seiner Kollegen hinbestellt hatte. Aber nicht nur der Killer Boshane war an Bord und suchte sie, auch Dickie befand sich im Zug – hoffentlich lag er immer noch ohnmächtig und in Unterwäsche in ihrem Abteil.

Irene würde bestimmt nicht dorthin zurückkehren, um nachzusehen. Wahrscheinlich war es für sie sicherer, sich vorn im Speisewagen oder in einem der Großraumabteile unter die anderen Passagiere zu mischen. Oder vielleicht doch nicht?

Verstohlen hastete sie den Gang hinunter und blickte nervös über ihre Schulter zurück. Er schien unendlich lang, und durch die geschlossenen Abteiltüren auf beiden Seiten kam sie sich vor wie in einem Schießstand. Außer Irene befand sich niemand in dem Gang, und sie eilte auf das Ende des Waggons zu.

Zu ihrer Linken war ein Abteil einen Spalt breit geöffnet. Als sie sich umsah, glaubte Irene hinter der Tür im Gang, in der Richtung, aus der sie gekommen war, die vagen Umrisse einer Gestalt zu erkennen.

Sie nahm all ihren Mut zusammen und trat in das Abteil. Es war leer.

Wenn sie Glück hatte, konnte sie den ganzen Weg bis South County hierbleiben.

Sie schaute sich in dem Abteil um und bemerkte, dass an einer Längsseite, wie im Flugzeug, Gepäckfächer angebracht waren.

Aus dem Abteil auf der gegenüberliegenden Seite des Ganges kamen vier College-Studenten, die auf Besuch nach Hause fuhren. Sie gingen durch die Tür am vorderen Ende des Waggons, um sich ein paar Bier und etwas zu essen aus dem Bistrowagen zu holen.

Kaum hatte sich die Tür hinter ihnen geschlossen, da betrat Boshane den Waggon von der anderen Seite. Er sah nur noch, wie die Tür zufiel, und eilte durch den leeren Gang darauf zu. Kurz vor Ende des Waggons fiel ihm zu seiner Rechten eine Tür ins Auge, die einen Spalt breit offen stand. Sie führte zu dem Abteil, das die College-Studenten gerade verlassen hatten, was Boshane aber nicht wusste. Für seine geschulten Polizistenaugen sah es verdächtig aus. Falls es sich als Pleite erweisen sollte, musste er eben weitersuchen. Aber wenn Irene dort drin wäre, ja dann –

Er steckte seinen Kopf in das Abteil. Es war leer, aber es war zu erkennen, dass noch vor kurzem jemand dagewesen sein musste. Zeitungen, Zeitschriften, Reisetaschen, CDs, eine Gitarre, Jacken, Hüte und noch viele Dinge lagen verteilt herum.

Das hielt Boshane allerdings nicht davon ab einzutreten. Irene konnte sich ja dort hineingeschlichen haben, nachdem die anderen Reisenden das Abteil verlassen hatten. Er schloss die Tür und zog seine Pistole.

Zunächst öffnete er die Tür zur Nasszelle, aber dort war niemand. Dann fiel sein Blick auf das große Gepäckfach. Langsam bewegte sich Boshane darauf zu – den Finger am Abzug seiner Waffe. Mit der freien Hand umfasste er den Griff des Gepäckfachs – und öffnete es mit einem Ruck.

Es war mit Taschen vollgestopft, wie es nur College-Studenten hinkriegen konnten. Vor lauter Gepäck drohte das Fach aus allen Nähten zu platzen, und es musste schon einiges an Muskelkraft bedurft haben, den Deckel überhaupt zu schließen.

Jetzt, da das Fach offen war, wurden die Taschen jedoch nicht mehr gehalten und fielen Boshane entgegen. Ein überdimensionaler, grüner Seesack, der bis zum Bersten mit schmutziger Wäsche gefüllt war, warf ihn zu Boden und begrub ihn unter sich.

Es folgte eine kleine, schwere Kameratasche mit Metallverstärkungen an den Ecken, von denen eine sich ihm direkt in den Schädel rammte, während er mit dem Seesack auf dem Schoß auf dem Boden saß.

Boshane verlor das Bewusstsein, sodass er die Tennis- und Hockeyschläger sowie die Inline-Skates, die auf ihn niederhagelten, nicht mehr spürte. Aber sie hatten ihre Wirkung, und als er schließlich wieder zu sich kam, tat ihm alles weh.

Hanks Plan war einfach, schnörkellos. Er würde nach South County fahren und Irene dort am Bahnhof abholen. Der Mustang stob den Highway entlang und fraß förmlich die Meilen bis nach Jamestown.

Null problemo!

Nein?

Hank fuhr zusammen, als Charlie sich mit Macht wieder in den Vordergrund drängte. Sich einen Körper zu teilen war, wie zehn Pfund in einen Sack zu packen, in den nur fünf passen.

Seine Stimmung sank und ihm wurde übel. Er stellte den Rückspiegel so ein, dass er sich sehen konnte. Und es kam noch schlimmer: Er sah Charlie.

»Was zum Teufel machst du denn noch hier?«, fragte Hank.

»Du kannst mich nicht einfach entsorgen, Hank. Wir hängen hier beide drin«, erwiderte Charlie klugscheißerisch.

»Na gut, du Honigkuchenpferd, aber lass die Finger von meinem Sahnetörtchen.«

Die Überheblichkeit wich aus Charlies Visage. Er war dem Ausrasten nahe. »Dein Törtchen?! Du solltest dich schämen. Rum und 'nen Dildo hast du gekauft.«

Unverfroren konterte Hank: »Oh, das ist aber gemein, besonders wenn es von einem Wassermelonenwichser kommt.«

Charlie hatte wenigstens den Anstand zu erröten.

Die Polizeipräsenz am Bahnhof South County in Jamestown beschränkte sich auf einen Polizisten, genauer gesagt auf den Beamten Finneran, der mit vor der Brust verschränkten Armen gegen seinen Wagen gelehnt auf dem Parkplatz stand und auf die Ankunft des Zuges wartete, in dem er Charlie und Irene glaubte.

Die Sonne spiegelte sich auf den Gleisen, deren Schienenstränge in der Ferne immer weiter zusammenzulaufen schienen. Dort, wo sie sich trafen, tauchte verschwommen etwas auf, das stetig näherkam. Pfeifend rollte der Zug in den Bahnhof ein.

Die tiefe Stimme des Schaffners verkündete über Lautsprecher: »Der Zug fährt jetzt in South County ein. South County, Rhode Island.«

In einem der Waggons öffnete sich in einem anscheinend leeren Abteil mit einem Klicken von innen das Gepäckfach. Mit zusammengefalteten Armen und Beinen lag darin eingepfercht Irene.

Sie kroch hinaus und sprang auf den Boden. Ihre Gliedmaßen waren steif von der Enge in dem Gepäckfach, und sie streckte sich, um wieder etwas beweglicher zu werden.

Dann schob sie die Tür zum Gang ein wenig auf und sah eine kleine Menschentraube, die sich vor dem gegenüberliegenden Abteil drängelte. Neben einem Schaffner in blauer Uniform und einem Bremser standen dort ein paar College-Studenten in Sweatshirts und Jeans. Sie alle starrten gebannt in das Innere des Abteils.

Niemand bemerkte sie, als sie auf den Gang hinaustrat. Neugier und vielleicht auch ein wenig Intuition brachten sie dazu, einen Blick über die Menschentraube hinweg in das Abteil zu werfen.

Auf dem Boden lag, halb unter diversen Gepäckstücken begraben, Agent Boshane. Er war ohnmächtig und blutete an der Stirn.

Der Bremser hatte Boshane die Waffe abgenommen und hielt sie jetzt etwas hilflos in der Hand.

Einer der College-Studenten, ein glatzköpfiger Typ mit siebzehn Stahlringen im Ohr und Ziegenbart erklärte dem Zugpersonal: »Na ja, als wir zurückkamen, lag der Kerl hier. Der wollte uns wohl ausrauben. Geschieht dem Schwein ganz recht.«

Der Schaffner sagte: »Wir werden ihn der Polizei übergeben.«

Irene wandte sich ab und eilte den Gang hinunter.

Inzwischen war es Dickie Thurman in einem anderen Waggon gelungen, sich von den Fesseln zu befreien, die man ihm umgelegt hatte, als er ohnmächtig gewesen war. Er trug ein ärmelloses Unterhemd, Boxershorts und schwarze Kniestrümpfe.

Er suchte das Abteil nach dem Rest seiner Kleider ab, aber sie waren, ebenso wie seine Waffe, durch das zerschmetterte Fenster entsorgt worden.

Dickie horchte auf, als er Geräusche auf dem Gang hörte. Verstohlen trippelte er auf Socken zur Tür, schob sie einen Spalt auf und spähte nach draußen. Flüchtig sah er den Schaffner auf dem Gang näher kommen. Er war allein.

Dickie zog sich zurück, um nicht bemerkt zu werden. Als der Schaffner an der Tür vorbeiging, öffnete sie sich, und eine Hand schoss heraus, die ihn am Kragen packte und ins Abteil zerrte.

Die Tür fiel zu, und Dickie schlug den unglückseligen Zugbegleiter bewusstlos. Erst als dieser regungslos auf dem

Boden lag, sah Dickie, dass sein flüchtiger Blick wohl etwas zu flüchtig gewesen war, denn jetzt fiel ihm auf, dass der Schaffner extrem klein und schmächtig war.

Das stellte den stämmigen Dickie, der nicht gerade ein Leichtgewicht war, vor ein Problem, aber zumindest konnte er dem ohnmächtigen Körper so leichter die Uniform ausziehen, wofür er die halbe Portion auf dem Boden hin und her rollte.

Dickie quetschte sich in die blaue Hose des Schaffners und fühlte sich wie in einer Wurstpelle. Sie zu schließen war undenkbar. Er konnte Knopf und Knopfloch nicht einmal weit genug zusammenziehen, um es zu versuchen. Zumindest bestand keine Gefahr, die Hose zu verlieren, die so eng saß wie ein Kondom.

Der Saum befand sich etwa auf halber Schienbeinhöhe, was an die neueste Strandmode erinnerte.

Die Jacke riss an den Schultern ein, als er sie anzog, und seine haarigen Unterarme ragten ein gutes Stück aus den Ärmeln hervor.

Auch die Schuhe waren viel zu klein und drückten Dickie an allen Ecken und Enden, als er seine Füße hineinzwängte. Seine Fersen traten das Oberleder über dem Absatz nieder, sodass er sie als Schlappen tragen konnte. Es sah aus wie beschlagene Pferdehufe.

Als er aus dem Fenster sah, entdeckte er Irene auf dem Bahnsteig.

Bevor sie ausstieg, band sich Irene einen Schal um den Kopf und setzte eine Sonnenbrille auf. Einige Passagiere verließen vor ihr den Zug. Sie folgte ihnen und betrat den Bahnsteig.

Mit gesenktem Kopf eilte sie so schnell wie möglich davon, wobei sie versuchte, möglichst unauffällig auszusehen.

Jemand folgte ihr und drückte ihr einen harten Gegenstand

ins Kreuz. Irene schnappte nach Luft, ihr Schritt verlangsamte sich.

Dieser Jemand war Dickie Thurman, und was er ihr in den Rücken stieß, war seine Fingerspitze, aber unter den gegebenen Umständen musste sie davon ausgehen, dass es eine Pistole war.

Dickie trieb sie vor sich her: »Geh einfach weiter, Süße.«

»Du bist so ein unglaubliches Arschloch«, zischte sie über ihre Schulter hinweg.

Es sah einfach lächerlich aus, wie Dickie sich schlurfend vorwärts schob, um die winzigen Schuhe nicht zu verlieren. Die winzige Uniform des Schaffners machte ihn auch nicht gerade schöner.

Ein weiteres Problem durchkreuzte den Plan. Als Finneran Irene entdeckte, lief er auf sie zu. Wegen des Schals und der Sonnenbrille war er allerdings nicht hundertprozentig sicher, ob sie es war. Der Typ hinter ihr war auf keinen Fall Charlie. Also ging Finneran zu ihnen, um der Sache auf den Grund zu gehen.

Dickie setzte sein breitestes Lächeln auf, als Finneran näher kam. Der Polizist musterte Irene und versuchte festzustellen, ob er mit seiner Vermutung richtig lag. Während er sie anglotzte, streckte Dickie ihn mit einen Schlag von der Seite nieder.

Er setzte nach und hieb noch ein paarmal auf Finneran ein, bis er den Polizisten ins Land der Träume befördert hatte. Dann öffnete er Finnerans Halfter und schnappte sich die Waffe.

Irene rannte los, aber Dickie hatte die Pistole, und als er rief, sie solle stehenbleiben, tat sie es. Er war zu nahe dran, um sie zu verfehlen.

Dickie kam zu ihr. Die Waffe hielt er am gestreckten Arm an seiner Seite. Er packte sie und zerrte sie aus dem Gewimmel zum Parkplatz, der zum Bahnhof gehörte.

Auf der anderen Seite des Parkplatzes bog der rote Mustang gerade aus einer Seitenstraße ein und kam mit quietschenden Reifen direkt vor dem Bahnsteig zum Stehen. Ohne die Tür zu öffnen, sprang Charlie aus dem Auto und rannte dem Zug hinterher, der gerade aus dem Bahnhof rollte.

Charlie stieß frustriert eine Faust in die Luft. »Mist! Sie muss schon ausgestiegen sein.«

Aus der Ferne hörte er Irenes Stimme: »Hank, hilf mir!«

Charlie wirbelte herum und sah gerade noch, wie Dickie Irene in einen Trampelpfad schob, der zu einem Fluss hinunterführte.

Wutentbrannt rief er: »Und ich? Ich bin wohl nichts weiter als der Prügelknabe?«

Hank schaltete sich ein und imitierte Charlies Worte mit einem hämischen Grinsen: »Und ich? Ich bin wohl nichts weiter als der Prügelknabe?«

Dann verfiel er wieder in seine normale derbe Ausdrucksweise und fauchte: »Beweg deinen verdammten Arsch!«

Charlie rannte hinter Irene und Dickie her: »Lassen Sie sie los!«

Als er Charlie erblickte, versuchte Dickie, Irene anzutreiben. Halb schob er sie, halb zog er sie.

Charlies Verfolgungsjagd wurde plötzlich von Finneran unterbrochen, der schwankend dastand, nachdem es ihm irgendwie gelungen war, wieder auf die Beine zu kommen. Trotz seines trüben Blicks, der ihn alles doppelt sehen ließ, erkannte er Charlie und bewegte sich auf ihn zu, um ihn zu stellen. »Bleib stehen, Charlie. Du kommst mit mir –«

Charlie schlug dem schwerfälligen Finneran mit der Faust mitten ins Gesicht. Es war kein harter Schlag, aber nach der Dresche, die er von Dickie bezogen hatte, hätte ein leichter Stupser genügt.

Fix und fertig fiel Finneran zu Boden. Charlie nahm seine Verfolgung wieder auf und blickte im Lauf ungläubig auf seine Faust. »War ich das?«

Lakonisch erwiderte Hank: »Sieht so aus.«

»Wow. Das war ein Glückstreffer.«

Hinter dem Bahnhof fiel das Gelände zum Fluss hin ab, der an einem zehn Fuß hohen, steinernen Kanal entlangfloss, der ehemals zur Wasserversorgung gedient hatte. Der Fluss war ungefähr zwanzig Fuß breit. Ein paar hundert Meter flussabwärts führte eine Brücke über das Wasser.

Das war Dickie zu weit. Viel näher befand sich eine Kabeltrasse, die sich von einem Ufer zum anderen erstreckte und auf einer Stahlkonstruktion stand, deren Fundamente, vom Wasser umspült, im Flussbett lagen.

Auf der anderen Seite des Flusses verlief parallel eine Straße, und neben einigen Häusern und Höfen standen Autos, die man sich mit Waffengewalt unter den Nagel reißen könnte.

Dickie schob Irene ans Ufer auf eine breite Betonplatte, die als Abdeckung auf der schräg abfallenden Mauer des Kanals lag. Das Rauschen des Wassers war laut.

Als Dickie sich umdrehte, sah er Charlie oben auf dem Abhang auf sie zustürmen. Es gab keinen Ausweg, und so zwang er die panische Irene, vor ihm über das Rohr der Kabeltrasse zu gehen.

Es hatte einen Durchmesser von etwa drei Fuß. In Hüfthöhe darüber war ein dünnes Stahlseil gespannt, das von einigen wenigen Ständern gehalten wurde. Das Rohr war rund, sodass es nicht leicht war, darauf zu gehen, und Irene bewegte sich nur mit winzigen Trippelschritten vorwärts.

Das Stahlseil war zu dünn, als dass man sich hätte dagegen lehnen können. Es war wohl eigentlich nur dazu da, den Handwerkern bei Reparaturarbeiten einen Halt zu bieten.

Unter ihnen rauschte der Fluss schnell dahin: schwarzes, mit Schaumkronen durchsetztes Wasser.

Dickie stieß Irene mit dem Lauf der Pistole in die Seite, um sie zum Weitergehen zu zwingen. Langsam krochen sie auf dem Rohr vorwärts und ließen das Ufer immer weiter hinter sich.

Charlie erreichte japsend den Anfang der Stahlkonstruktion. Irene und Dickie befanden sich fast in der Mitte der Trasse.

Er folgte ihnen – nicht. Sein linkes Bein war bewegungslos, wie festgefroren, als wäre es in der Erde verwurzelt. Charlie zerrte daran, aber das verdammte Ding rührte sich nicht vom Fleck.

Und er wusste auch warum. »Hank, was soll das? Gib mir das Bein!«

Hank trat kopfschüttelnd mit einem mitleidigen Lächeln auf: »Keine Chance, Charlie. Du schwimmst wie ein Sack Steine.«

Charlie traute seinen Ohren nicht. Wieder versuchte er, einen Schritt nach vorn zu machen, aber sein regloses Bein ließ ihn nicht weg.

Aufgebracht rief er: »Hör auf damit, Hank! Irene braucht unsere Hilfe.«

Hank erwiderte mit der Arroganz eines Klugscheißers: »Stimmt, Charlie. Das nennt man gegenseitige Abhängigkeit, und wir verdienen etwas Besseres.«

»Aber es geht um Irene. Ich dachte, du liebst sie auch?«

Hank lächelte matt: »Tja, Liebe ist ein großes Wort. Ich liebe viele Dinge, Baseball zum Beispiel ... und Mädels allgemein.«

»Du bist ein verlogener Heuchler«, sagte Charlie.

Hank zuckte mit den Schultern. »Eh, bislang habe ich nur im Sinne unseres Teams gehandelt.«

»Und was ist mit den Lügen über meinen Vater?«

»Mensch, das Häschen saß doch schon in der Falle. Ich musste es nur noch häuten. Du bist doch selbst ein Kerl, du weißt doch, wie das ist.«

»Und was war mit Whitey? Die Tränen, das war doch die totale Verarschung.«

»Eh, wir brauchten ein Auto –«

Charlies rechte Hand schlug auf Hanks linkes Bein. »Auuuu!«, fluchte Hank.

Es kam zu dem entscheidenden Showdown. Charlie wusste inzwischen, dass ein Mensch, der gegen sich selbst kämpft, nie verlieren kann, aber gewinnen kann er auch nicht.

Das bedeutete, es war Zeit für die Zwangsräumung.

Charlie rechnete mit seinem Hank-Ich ab, dass es sich gewaschen hatte. »Du Hurensohn! Dies ist mein Körper, verstanden? Von jetzt an habe ich hier das Sagen. Ich brauche dich nicht, um mich zu behaupten. Wenn du in den entscheidenden Momenten nicht deinen Mann stehst, bist du ein Nichts. Hörst du, *ein Nichts*!«

Und dann verschmolzen die beiden Persönlichkeiten des Charlie Baileygates wie ein doppeltes Bild, das plötzlich zusammenpasst, zu einem einzigen Ganzen.

Charlie blickte mit seinen eigenen Augen in die Welt, als Solist.

Hank gab es nicht mehr.

Von einem Augenblick zum nächsten konnte Charlie sein linkes Bein wieder bewegen. Es hielt ihn nicht mehr zurück. Er schüttelte es aus, um es zu lockern. Bei dem Gedanken an das Bevorstehende zögerte er, aber nur kurz.

Dann atmete er einmal tief durch, griff nach dem dünnen Stahlseil, betrat das Rohr und begann seinen Weg über die Trasse.

Bei jeder Bewegung wurde er schmerzlich daran erinnert, dass er sich aufs Bein geschlagen hatte, denn es tat noch immer weh. »Au.«

Sein Abstand zu Dickie verringerte sich, dessen langsames Vorankommen zusätzlich durch Irene behindert wurde, die er vor sich hertreiben musste.

Als Dickie zurückschaute, sah er, dass Charlie schnell näher kam.

Er drehte sich um und richtete die Pistole auf Charlie. »Keinen Schritt näher!«

Irene rief: »Hank, hilf mir!«

Charlie versuchte, sie mit Gesten zu beruhigen, was zwar lässig wirkte, aber nicht ganz ungefährlich war, wenn man auf einem schmalen Rohr über rauschendem, schwarzem Wasser balancierte.

Er sagte: »Keine Sorge, Irene, Hank gibt es nicht mehr. Ich bin's, Charlie.«

Irene war entsetzt. »Hmm, vielleicht solltest du Hilfe holen.«

»O nein, ich schaff das schon.«

Charlie verringerte den Abstand zu Dickie weiter, der die Pistole nun direkt auf ihn gerichtet hatte und sagte: »Ich warne Sie. Das wird übel für Sie enden.«

Charlie wagte sich noch ein Stück vor und schien zuversichtlicher denn je. »Irgendwie glaube ich das nicht.«

Dickie schwitzte. Es war schlimmer als jeder Albtraum, jemanden herauszufordern, der entweder zu verrückt oder zu blöd war, eine Waffe zu fürchten. »Gehen Sie zurück!«

Charlie hatte zwar keine Waffe, aber er hatte etwas anderes, etwas in ihm drin, das stärker war als jede Bleikugel. Und das war die stolze Tradition und Geschichte der besten Gesetzeshüter in den USA – nein, in ganz Nordamerika inklusive Hawaii, Guam und der Virgin Islands.

Charlie lächelte und streckte seine Hand aus: »Mach schon, Dickie, gib mir deine Waffe. Niemand entkommt der Rhode Island State Police. Es ist vorbei.«

Er griff nach der Pistole, um sie Dickie abzunehmen. Da drückte Dickie ab und schoss Charlie in die Hand.

Der Schuss explodierte wie ein Donnerschlag. Charlie schwankte und blickte auf seine verstümmelte Hand. Irgendetwas stimmte damit nicht, aber sein perplexes Hirn konnte nicht so schnell schalten.

Dann sah er es. Seine vier Finger waren noch voll intakt, aber der Daumen war weg.

Sein Lächeln ebenfalls.

Das war der Auslöser. Charlie rastete aus. »*Verdammte Scheiße!* Das ist Entführung *und* Körperverletzung.«

Irene blickte verstört drein, während Dickie seine Pistole hob und auf Charlies Kopf zielte. »Wenn schon, denn schon!«

Plötzlich spürte er einen Stich in der Schulter. Dickie geriet ins Taumeln und rang nach Atem, wobei ihm die Waffe aus seiner gefühllosen Hand ins Wasser fiel.

»Aaauuua!« Dickie krümmte sich vor Schmerzen. Als er einen Blick über seine Schulter warf, sah er einen leuchtend bunten, torpedoförmigen Jart, dessen zehn Zentimeter lange Stahlnadel sich in sein Fleisch gebohrt hatte.

Mit heiserer Stimme stieß er ungläubig hervor: »Jarts ...?«

Er, Irene und Charlie drehten sich erstaunt um und suchten den Werfer. Am Ufer stand kein anderer als Whitey.

Bei dem Versuch, den Jart herauszuziehen, geriet Dickie Thurman ins Wanken, verlor das Gleichgewicht und stürzte kopfüber in den Fluss.

Sofort wurde er von dem tosenden, schwarzen Wasser verschluckt.

Irene wurde so plötzlich von Dickies klauenartigem Griff

befreit, dass sie ebenfalls das Gleichgewicht verlor und in den Fluss fiel. Sie war nicht mehr zu sehen.

Nach einer Weile tauchte ihr Kopf zehn Meter flussabwärts wieder auf. Sie ruderte wild mit den Armen und kämpfte einen aussichtslosen Kampf gegen die starke Strömung. Doch sie wurde von einem Strudel festgehalten, der sie herumwirbelte, sodass sie nicht sofort vom Wasser mitgerissen wurde.

Charlie zögerte, aber nur einen kurzen Moment, dann sprang er ihr nach.

Eisiges, schwarzes Wasser sprudelte um seinen Kopf, während unsichtbare Unterwasserströmungen an seinen Armen und Beinen zerrten. Charlie kraulte hektisch los, aber sein Schwimmstil, der an einen Hund erinnerte, war durch den fehlenden Daumen sowie den Schock und den Blutverlust, der mit einer solchen Verletzung einhergeht, noch schlechter als sonst.

Sein Kopf durchbrach die Oberfläche, und er paddelte auf Irene zu. Bei ihr angekommen, wurde er ebenfalls von dem Strudel erfasst, der sie jetzt beide herumwirbelte. Irene hatte viel Wasser geschluckt, und sie würgte und hustete es aus. In Panik griff sie nach dem nächstbesten schwimmenden Objekt – Charlies Kopf.

Charlie gab sein Bestes, aber die Zeit und seine Energiereserven wurden knapp. Er musste seine ganze Kraft darauf verwenden, sich und Irene wenigstens auf einer Stelle zu halten, sodass sie nicht stromabwärts vom Wasser mitgerissen wurden. Aber er war nicht mehr in der Lage, sich quer zu der Strömung bis zur Mauer am Ufer vorzukämpfen, deren glatte Oberfläche ohnehin keinerlei Griffmöglichkeiten bot.

Außerdem konnte er nicht wirklich richtig schwimmen und hatte Schwierigkeiten, Luft zu holen, da Irene seinen Kopf in ihrer Panik dauernd unter Wasser drückte.

Es sah schlecht aus. Doch plötzlich wurde das Rauschen des Flusses von einem noch lauteren Geräusch übertönt. Über ihnen ratterte und rotierte es, als hinge ein gewaltiger Mixer am Himmel.

In der Luft schwebte ein Hubschrauber der New York State Police, aber an Bord befanden sich keine Gesetzeshüter, sondern Charlies drei Söhne Lee Harvey, Jamal und Shonte Jr.

Shonte Jr. lehnte sich, mit Gurten gesichert, aus dem Fenster des Cockpits und sprach durch ein Megafon: »Halt durch, Daddy. Wir sind gleich da!«

Charlie war voller Stolz und spürte neue Kraft, der Strömung standzuhalten. »Irene, das sind meine Jungs!«

Wie ein Profi betätigte Jamal den Steuerknüppel, bis sie genau über den beiden aus dem Wasser ragenden Köpfen schwebten. Lee Harvey warf eine Strickleiter aus, nachdem er sich versichert hatte, dass ein Ende fest am Hubschrauber verankert war.

Das andere Ende der Leiter fiel zu Charlie und Irene hinab.

Lee Harvey nahm das Megafon und rief ihnen zu: »Los, packt das Ding!«

Irene packte die Strickleiter und fasste mit beiden Händen an die Sprossen. Bei Charlie funktionierte es nicht so gut, unter anderem, weil an einer Hand der Daumen fehlte, aber er schaffte es, einen Unterarm an einer Sprosse festzuklemmen, bis auch er sicheren Halt hatte.

Sobald sie beide an der Strickleiter hingen, stieg der Hubschrauber auf, zog Charlie und Irene aus dem Fluss und flog sie an Land.

Whitey stand winkend und applaudierend am Ufer.

13

Es dauerte nicht lange, bis Polizei- und Krankenwagen das Ufer in Beschlag genommen hatten. Blaulicht blitzte auf. Polizeibeamte durchkämmten die Gegend, fotografierten, nahmen Maß und sammelten Beweisstücke.

In einem der Krankenwagen saßen Charlie und Irene in Decken gehüllt nebeneinander. Die Heckklappe des Fahrzeugs war geöffnet, sodass sie mitverfolgen konnten, was draußen vor sich ging.

Dr. Rabinowitz versorgte Charlies Hand, indem sie den Stumpf seines Daumens reinigte und verband. Hoffnungsvoll fragte er: »Können Sie ihn retten, Doc?«

Die Ärztin schnaubte verächtlich. »Was denn retten? Ihr Daumen hat sich in Luft aufgelöst. Sie können von Glück reden, dass Sie noch am Leben sind, Sie Idiot.«

»Okay, das ist auch was.«

Captain Partington kam in Begleitung einer scharfsichtigen Spürnase im Rollstuhl auf sie zu und sagte: »Irene, Charlie, das ist Agent Steve Parfitt vom FBI. Er ist ein alter Freund von mir aus meiner Zeit als U.S. Marshal.«

Agent Parfitt begrüßte sie. »Schön, Sie kennen zu lernen.« An Charlie gewandt fügte er hinzu: »Sie müssen sehr stolz auf Ihre Jungs sein.«

Jamal und Lee Harvey scharrten verlegen mit ihren Schuhen im Sand. Shonte Jr. sagte: »Und wir sind auch stolz auf das Arschloch.«

Charlie strahlte. Jamal flüsterte Lee Harvey ins Ohr: »Wenn er sich die Torte da angelt, dann bin ich *wirklich* stolz auf ihn.«

Partington sagte: »Als Lee Harvey mich über Funk verständigt und über seine Vermutungen informiert hat, rief ich Steve an.«

Parfitt nickte. »Wir beobachten die Jungs von der Umweltbehörde jetzt seit sechzehn Monaten. Wir wussten, dass sie Dreck am Stecken haben, aber wir haben sie nicht mit dem Dickie-Thurman-Fall in Verbindung gebracht.«

Lee Harvey fragte: »Was ist aus den beiden krummen Hunden geworden, mit denen wir uns abgeben mussten?«

»Gerke haben wir in Providence von der Straße gekratzt und Agent Boshane wurde vor zwanzig Minuten von Captain Partington am Bahnhof festgenommen. Er wird jetzt kaltgestellt, bis wir vom Bund eine Vollmacht haben. Sie ist schon auf dem Weg.«

Charlie entdeckte Whitey, der etwas abseits von zwei Polizisten verhört wurde. Er sprang aus dem Krankenwagen, raffte die Decken hoch, in die er eingewickelt war, und ging auf die kleine Gruppe zu.

Zu den Polizisten gewandt sagte Charlie: »Entschuldigen Sie, könnte ich kurz mit meinem Freund hier alleine sprechen?«

Die Beamten nickten und entfernten sich. Charlie sagte zu dem Albino: »Ich bin Ihnen einiges schuldig, Whitey ... aber ich habe ein komisches Gefühl dabei.«

»Warum das?«, fragte Whitey.

»Es tut mir so Leid, dass Sie wieder jemanden umbringen mussten. Ich weiß, dass es für Sie sehr schwer sein muss, nach all dem, was Sie –«

»Ich habe vorher noch nie jemanden umgebracht.«

»Hä? Aber Sie haben doch gesagt ...«

»Sie waren ein wegen Mordes gesuchter Irrer und lagen neben mir im Bett und redeten, als wären wir alte Kumpels.« Whitey zuckte mit den Schultern. »Da habe ich Angst gekriegt.«

Perplex fragte Charlie: »Aber Ihre Familie – wie sind die denn alle gestorben?«

»Ich habe nie gesagt, dass sie tot sind. Auf der Fähre habe ich bloß gesagt, dass sie weg ist. Sie sind alle nach Phoenix gezogen. Mit meiner Haut würde ich da keine zehn Minuten überdauern.«

Whitey starrte auf Charlies Kinn, die triefend nasse Mullbinde hing nur noch an einem Faden. »Äh, Ihr Verband ist ganz nass.«

Charlie zupfte daran. »Tja, dann ist es wohl an der Zeit, ihn ganz abzumachen.«

Seine drei Söhne kamen aus Richtung des Krankenwagens von hinten auf ihn zu, als er den Verband gerade abzog. »Hey, Daddy«, sagte Jamal.

»Hm?« Charlie drehte sich um und präsentierte ihnen ein groteskes Kirk-Douglas-Kinn inklusive Grübchen. Es sah aus, als hätte jemand mit einem Bleistift ein Loch dort hineingebohrt.

Die Baileygates-Brüder hielten sprachlos inne. Jamal sagte: »Scheiße, seht euch Daddy an. Der hat ja ein Arschloch im Gesicht.«

Charlie und die drei Jungs brachen in schallendes Gelächter aus. Charlie stellte fröhlich fest: »Das alte Spiel.«

Shonte Jr. trat einen Schritt vor, um seinen Beitrag dazu abzuliefern: »Du siehst aus wie Spartakus höchstpersönlich.«

Wieder lachte Charlie herzlich.

Jetzt war Lee Harvey an der Reihe: »He Daddy, jetzt kannst du dir gleichzeitig die Nase putzen und den Hintern abwischen.«

Charlie hörte auf zu lachen. »Okay, jetzt reicht's.«

Die Brüder verstummten beschämt. Lee Harvey sagte: »Tut mir Leid, Daddy.«

Am nächsten Tag lehnte Charlie am vorderen Kotflügel eines Autos, das auf dem Parkplatz des Castel-Hill-Hotels stand, dem feinsten Hotel von Jamestown.

Der Himmel war blau, die Luft war lau und genauso fühlte sich Charlie, als er nachdenklich den verbundenen Stumpf seines Daumens betrachtete; sein Kinn stand meilenweit vor.

Das Auto gehörte Irene, und sie war damit beschäftigt, ihr Gepäck in den Kofferraum zu laden. Melancholisch fragte sie: »Wie war's beim Seelenklempner?«

»Gut«, antwortete Charlie. »Dr. Rabinowitz hat mir bescheinigt, dass ich wieder ganz gesund bin. Ein vollkommen normaler, ausgeglichener Mensch.«

Irene lächelte. »Das ist toll. Das freut mich für dich.«

Sie schloss den Kofferraumdeckel, ging um ihr Auto herum zur Fahrertür und legte die Hand auf den Griff.

Charlie sprang auf und ging zu ihr. »Tja, Irene, wenn es dich mal wieder in diese Gegend verschlägt, dann, ja, dann kommst du uns hoffentlich besuchen.«

»Klar doch. Es käme mir gar nicht in den Sinn, nicht bei euch reinzuschauen, wenn ich hier bin.«

Sie lächelte traurig. Die Unterhaltung stagnierte und beide schwiegen verlegen.

»Kleines, nettes Rhode Island«, sagte Irene.

Charlie nickte. »Der größte Kleinstaat der Vereinigten Staaten.«

»Tja, dann auf Wiedersehen.«

»Ja, auf Wiedersehen.«

Irgendwie schaffte er es, den Mut zusammenzukratzen, sie zu küssen. Flüchtig berührte er mit den Lippen ihre Wange.

Sie zwang sich zu einem Lächeln und stieg ins Auto. Durch das geöffnete Fenster blickte sie zu ihm hoch.

Er sagte: »Ja, und vielleicht schau ich bald auch mal bei dir vorbei.«

»Versprochen?«

Er stellte sich gerade hin und sagte mit schneidiger Stimme. »Darauf können Sie sich verlassen. Als Beamter der Rhode Island State Police gebe ich Ihnen mein Wort.«

Irene lächelte.

Der Motor sprang an und der Wagen rollte langsam vom Parkplatz. Dann bog er auf die Main Street ein und fuhr in Richtung Highway davon.

Vor ihr gab es offensichtlich ein Problem. Irene bremste ab. Mitten auf der Straße stand Captain Partington und signalisierte ihr anzuhalten. Er hielt sich ein Megafon vor den Mund.

Selbst wenn sie ihn umfahren hätte, wäre sie nicht viel weitergekommen, weil die Straße von mindestens einem halben Dutzend Streifenwagen der Rhode Island State Police blockiert war.

Durch das Megafon sagte der Polizeichef mit blecherner Stimme: »Bleiben Sie sofort stehen!«

Sie hielt an. Partington gab das Megafon an Pritchard weiter und ging zur Fahrertür von Irenes Wagen. Ihr Gesicht war angespannt und ihre Hand glich einer Klaue, als sie sich mit steifen Fingern nervös durchs Haar fuhr.

»Lieber Gott«, sagte sie, »das darf doch alles nicht wahr sein. Das ist alles nicht wahr, oder?«

Partingtons Gesichtsausdruck war so warm und mitfühlend wie ein Betonklotz. »Miss Waters, öffnen Sie bitte Ihren Kofferraum und steigen Sie aus.«

»Was?«

»Ich glaube, Sie haben mich verstanden.«

Irene stieg aus und ging mit Partington zum Kofferraum, wobei ihre Absätze ärgerlich über den Asphalt klapperten. Sie sagte: »Das ist doch lächerlich. Was habe ich denn jetzt schon wieder falsch gemacht?«

Partington antwortete: »Die Umweltbehörde hat uns einen Hinweis gegeben, dass Sie versuchen, Marihuana über die Staatsgrenze zu schmuggeln.«

Von ihrer Unschuld überzeugt, öffnete Irene mit gutem Gewissen den Kofferraum. »Hereinspaziert«, sagte sie sarkastisch.

Captain Partington gab dem Polizisten Neely ein Zeichen, woraufhin der begann, gierig in ihrem Gepäck herumzuwühlen.

»Amüsieren Sie sich gut«, fügte sie hinzu.

Neely zog ein Kilopaket Marihuana aus dem Kofferraum und hielt es triumphierend hoch. »Ich hab den Stoff gefunden, Sir.«

Irene war außer sich, ihr weit aufgerissener Mund schien ihr halbes Gesicht einzunehmen.

Als sie sich wieder etwas gefasst hatte, stieß sie hervor: »Was?! Das gehört mir nicht.«

Partington sah sie streng an: »Tut mir Leid, aber wir müssen Sie vorläufig festnehmen. Legen Sie bitte Ihre Hände auf die Kühlerhaube und stellen sich breitbeinig davor.«

Irene wusste inzwischen, wie so etwas ablief. Sie drehte sich zum Wagen um, beugte sich vor und nahm die verlangte Position ein, wobei sich ihr wohlgeformtes Hinterteil unter ihrem Rock abzeichnete.

Partington begann, sie von hinten von den Schultern abwärts abzutasten.

Irene protestierte: »Ich habe das Zeug noch nie gesehen. Das hat mir jemand untergeschoben.«

»Das sagen alle.«

Irene wurde immer genervter: »Ihr seid einfach unschlagbar. Warum bringt ihr es nicht hinter euch? Vergesst doch das Verfahren. Sperrt mich einfach ein, schmeißt die Schlüssel weg und behaltet mich für immer da.«

»Genau das hatte ich vor«, sagte Charlie.

Während des Durchsuchens hatte Captain Partington seinen Platz unbemerkt an Charlie abgetreten, der die noch immer ahnungslose Irene mittlerweile filzte.

Jetzt drehte er sie um, sodass sie sich gegenüberstanden. Er zeigte zum Himmel und sagte: »Sieh mal.«

Nicht allzu hoch über ihnen flog eine Propellermaschine, die sonst für die Schädlingsbekämpfung eingesetzt wurde. Sie zog ein Transparent hinter sich her, auf dem stand: IRENE, WILLST DU MICH HEIRATEN?

Als Irene das sah, strahlte sie. »Abcdefghijklmnnopqrstuv – warum nicht?«

Lächelnd beugte sie sich vor und gab Charlie einen dicken Kuss auf den Mund. Sie fielen sich in die Arme und küssten sich lang und innig, nachdem sie eine Stellung gefunden hatten, in der Charlies vorstehendes Kinn nicht im Weg war.

Das Küssen und Umarmen ging danach ohne Unterbrechung weiter.

Über ihnen drängten sich Jamal, Lee Harvey, Shonte Jr. und Whitey mit altmodischen Fliegermützen auf dem Kopf im Cockpit der Propellermaschine. Shonte Jr. hatte die Aufgabe des Piloten übernommen, Lee Harvey war der Kopilot, und Whitey und Jamal saßen hinten. Jamal, der es hasste, wenn er eine Maschine nicht selbst steuern durfte, hielt seinen Kopf aus einem geöffneten Fenster. Er sah gar nicht gut aus.

Lee Harvey murmelte: »Man kann dieser dürren Schlampe nur empfehlen, das hier zu lesen.«

»Ich bin mir sicher, dass sie es sieht«, beruhigte ihn Whitey.

Shonte Jr., ganz der Romantiker, sagte schwelgerisch: »Heute Nacht wird es Wein und rote Rosen regnen.«

Jamal, der inzwischen grün im Gesicht war, erwiderte: »Zuerst regnet es mein verdammtes Mittagessen, wenn du nicht sofort die Turbulenzen verminderst.«

Auf der Erde schlenderte der Polizist Finneran unterdessen zu seinem Streifenwagen zurück, um wieder seinen Pflichten nachzukommen. Es war ja schön und gut, dass Charlie und sein Weib sich mit Captain Partingtons Segen mitten auf der Main Street abknutschten, aber es gab auch noch engagierte Gesetzeshüter wie ihn, die ihren Beruf ernst nahmen und zu Höherem berufen waren.

Erhobenen Hauptes, sein kantiges Gesicht gen Himmel gewandt, als warte er auf göttliche Inspiration, bekam Finneran die volle Packung schleimigen, stinkenden Mageninhalts ab, der sich von oben bis unten über ihn ergoss.

Was Jamal raufgewürgt hatte, war unten angekommen.

Finneran, das Erbrochene in den Augen, irrte halb blind herum, worauf ein Polizist, der in der Nähe stand, fast bewundernd sagte: »Es gibt schon komische Vögel!«

In der Tat.

So endet die seltsame Geschichte des Charlie Baileygates, dessen zwei Persönlichkeiten sich zu einer zusammenschlossen, als er sich in eine ganz besondere Frau verliebte.

Irene und er heirateten, und sie alle lebten glücklich als eine große Familie zusammen: Charlie, Irene, die drei Brüder und sogar Whitey. Es war wunderschön und ein herzzerreißendes Zeugnis des Triumphes menschlichen Geistes.

Zumindest bis zu der Nacht, in der Whitey trübsinnig und betrunken mit einem Hammer nach Hause kam. Wie sich herausstellte, war seine Familie doch nicht nach Phoenix gezogen –

Aber das ist eine andere Geschichte, die ein anderes Mal erzählt werden soll.